한국 독자들에게 보내는 편지

나를 작가로 만들어준 것은 이 세상의 혼란을 정돈하고 거기에 새로운

의미를 주고 싶다는 욕망이었습니다.

목소리가 없는 자들에게 목소리를 주고 싶다는 바람도 있었고요.

『호텔 사일런스』는 새로 만들어내는 능력을 가진 한 남자에 대한

이야기입니다. 변화의 이야기이기도 하죠. 몸과 몸의 접촉, 피부, 살, 상처 등

이 모든 것이 이 이야기에서는 중요한 역할을 합니다.

비록 나는 지구상에서 오직 33만 명만이 이해하는 소수 언어로 글을 쓰지만,

모든 인간이, 그들의 꿈도 마찬가지지만, 똑같은 내용물로 빚어졌다고 믿습니다.

나의 책은 다음과 같은 질문들을 제기합니다. 연민을 느끼고

이를 보여주며 사는 동안 무언가 좋은 일을 하는 것이 얼마나 중요할까요?

또, 망가진 세상을 수선하고 바로 세우기 위해서 우리가 무언가를

할 수 있지 않을까요?

내 이야기의 맥락에서 보면 침묵은 고통을 치유할 수 있는 하나의 수단입니다.

나는 침묵이 세상을 구할 수 있다고 믿습니다.

침묵과 시 그리고 사랑이 그렇게 할 수 있을 테지요.

2018년 10월

외이뒤르 아바 올라프스도티르

호텔
사일런스

ÖR
by Auður Ava Ólafsdóttir

호텔 사일런스

외이뒤르 아바 올라프스도티르 지음·양영란 옮김

한길사

간호사, 교사, 식당 종업원, 시인, 어린 학생,
도서관 사서, 전기 기술자 등
모든 죄 없는 무명의 희생자들에게.
그리고 또 J에게.

흉터는 사고나 질병 또는 외과수술 등으로 살갗이나 다른 조직에 생겨났던 틈이 도로 아물 때 나타나는 지극히 정상적인 생물학적 과정이다. 우리 몸이 이미 벌어진 조직의 결을 확실하게 회복하지 못하면 새로운 조직, 벌어지지 않은 온전한 조직, 벌어진 상처 자국을 둘러싸고 있는 주변 조직에 있던 원래의 조직, 고유한 성질과는 다른 조직, 즉 성질이 다른 새살이 형성되는 것이다.

배꼽은 우리의 중심, 우리 몸의 한가운데 위치한다. 요컨대 우리라는 우주의 중심이다. 배꼽은 더는 존재하지 않는 기능이 남긴 흉터 자국이다.

5월 31일

　나도 벌거벗고 있는 내 꼴이 우습다는 건 잘 안다. 그렇지만 그럼에도 나는 옷을 벗는다. 먼저 바지를 벗고, 그다음에 양말을 벗는다. 그런 다음 셔츠 단추를 풀자 가슴의 왼쪽 부분, 다시 말해 하루에 8천 리터의 혈액을 공급하는 심장 근육에서 단도 반쯤 되는 거리만큼 떨어진 곳에 눈부시게 하얀 연꽃 한 송이가 분홍빛 살 위로 도드라져 보인다. 나는 마지막으로 팬티까지 벗는다. 대충 이런 순서다. 그다지 시간이 걸리지도 않는다.

　이제 나는 벌거숭이가 되어 마룻바닥 위, 한 여자 앞에 서 있다. 조물주가 창조한 그대로, 마흔아홉 살 하고도 엿새를 더 먹은 나이로. 그러니까 그게 뭐 꼭 바로 그 순간에 내가 하느님을 생각했다는 건 아니다. 여자와 나 사이에는 아직 마루청 세 개만큼의 거리가 있다. 근처 숲에서 많이 자라는 홍송으로 깐 마루인데, 그 숲은 언제 터질지 모르는 지뢰투성이다. 마루청 하나는 이음새를 빼면 넓이가 30센티미터쯤 되어 보인다. 나는 손을 내밀어 표시가 될 만한 지점을 찾는 눈먼 사람처럼 여자가 있는 쪽을 더듬거리면서 손가락 끝을 여자의 몸을 뒤덮고 있는 껍질, 말하자면 여자의 살갗으로 가져간다. 커튼 틈새로 흘러들어온 달빛이 여자의 등을 어루만진다.

여자가 내 쪽으로 한 발짝 다가오고, 나도 삐걱거리는 옆 마루청으로 한 걸음을 옮긴다. 여자는 손을 내밀어 내 손바닥 위에 자기 손바닥을 포갠다. 생명선과 생명선의 만남. 나는 그 즉시 경동맥을 타고 피가 거세게 흐르는 것을 느낀다. 양 무릎과 양팔에도 피의 용솟음이 전달된다. 나는 동맥을 타고 솟아오른 피가 나의 신체 기관 구석구석으로 퍼지는 것을 느낀다. 호텔 사일런스 11호 객실의 침대 머리맡 벽을 장식한 나뭇잎 무늬의 벽지를 보면서 나는 내일 마룻바닥을 갈고 닦은 뒤 왁스칠을 해야겠다고 마음먹는다.

제1장

살갗

살갗은 우리 몸에서 표면적이 가장 넓은 기관이다. 성인 남자의 피부를 펼치면 그 면적이 2제곱미터가량 되며, 무게는 어림잡아 5킬로그램쯤 된다. 사람을 제외한 다른 척추동물에게는 살갗이나 피부라는 단어보다 가죽이나 껍데기, 껍질이라는 표현을 주로 사용한다.

5월 5일

트릭비의 타투 숍 테이블은 온갖 색상의 잉크가 들어 있는 작은 유리병들로 뒤덮여 있다. 젊은 숍 주인은 내가 벌써 이미지를 골랐는지, 아니면 어떤 문양이나 상징 같은 걸 염두에 두고 있는지 묻는다.

그 젊은이의 몸은 완전히 문신으로 덮여 있다. 나는 그의 목을 타고 기어 올라와 검은 해골을 휘감고 있는 파충류를 물끄러미 바라본다. 그의 피부 전체에 잉크가 퍼져 있는 셈이다. 바늘을 다루는 팔뚝의 위쪽은 가시철망 세 줄이 둘러싸고 있다.

"흉터를 감추기 위해 오는 분도 많죠."

문신사 tattooist가 거울 속에서 나를 보면서 말한다.

그가 몸을 돌리자 그의 러닝셔츠 속에서 꿈틀거리는 몸집 좋은 말의 발굽이 내 눈에 들어온다.

그는 나에게 이미지를 보여주려는 듯 산더미처럼 쌓여 있는 플라스틱 파일들 쪽으로 팔을 뻗어 그중 한 권을 꺼낸다.

"50대 남자들에게는 날개 문양이 엄청 인기가 많아요."

그가 설명한다.

파일을 들고 있는 그의 팔 앞부분에는 불타오르는 심장과 그 심장을 꿰뚫는 단도 네 자루가 새겨져 있다.

내 살갗에는 흉터가 일곱 개 있는데, 배꼽―내 존재의 기원―위쪽에 네 개가 있고 나머지 세 개는 그 아래쪽에 흩어져 있다. 오래전부터 알고 지내던 지인처럼 친숙하고 든든한 새의 깃털 하나가 어깨를, 좀더 정확하게는 목덜미에서 쇄골에 이르는 부분을 덮도록 하고, 그 깃털 밑으로 두 개나 세 개 정도의 깃털을 숨기는 식으로 새길 수도 있을 것이다. 이를테면 그 깃털은 날개 달린 나 자신의 그림자로 나의 방패이자 요새가 되어줄 수도 있을 거라는 말이다. 촉촉하게 기름기를 머금은 깃털 안쪽에 여리디 여린 분홍색 살점을 숨기고.

순식간에 파일을 처음부터 끝까지 훑은 젊은이는 손가락으로 도안을 하나 가리킨다.

"최고로 인기 많은 독수리 날개죠."

그는 한마디 덧붙일 수도 있었을 것이다. 산 정상의 호수며 깊은 골짜기, 늪지대 등 이 세상 전부를 굽어보며 언제라도 먹잇감을 향해 수직 하강할 채비가 되어 있는 고독한 날짐승의 제왕이 되어보고 싶다는 꿈을 꾸어보지 않은 남자가 있을까요, 라고 말이다.

하지만 젊은이는 무심한 듯 한마디만 날린다.

"천천히 생각하세요."

커튼 안쪽에서 기다리고 있는 다른 손님에게 음양과 요철까지 곁들인 국기 문양을 마저 새겨줘야 하거든요, 라고 젊은 문신사는 부연 설명한다.

그가 목소리를 낮춘다.

"저 손님에게 몸무게가 2킬로그램만 늘어도 국기의 세로줄 무늬가 쭈글쭈글해질 거라고 미리 경고를 했는데도 도무지 내 말을 안 듣고 고집을 부리네요."

엄마한테 잠자리에 드시기 전에 뵈러 가겠다고 약속했기에 나는 신속하게 결정하지 않으면 안 된다.

"사실 난 드릴을 생각했습니다."

그는 예상치 못한 나의 선택에 놀란 것 같았으나 겉으로는 전혀 내색하지 않고 얼른 적합한 파일을 찾기 시작한다.

"이 파일 어딘가에 전기 기계들을 모아놓은 쪽이 있는데 거기에 분명 드릴 그림이 있을 겁니다. 드릴이라면야 지난주에 오신 손님이 요청한 쿼드바이크보다는 훨씬 간단하죠."

"됐습니다, 농담이었습니다."

내가 못 하게 말린다.

나를 바라보는 젊은이의 표정이 너무나 진지해서 나는 그가 얼마나 당황했는지 그 정도를 가늠하기 어렵다.

나는 얼른 주머니를 뒤져 여러 번 접은 종이를 꺼낸다. 그림이 그려져 있는 종이를 판판하게 펴서 그에게 내민다. 그는 그 종이를 이리저리 돌려보더니 전등 가까이 가져간다. 나는 드디어 그를 놀라게 하는 데 성공한다. 그는 곤혹스러움을 감추지 못한다.

"이건 꽃 같은데, 아니면…?"

"연꽃입니다."

나는 망설이지 않고 대답한다.

"한 가지 색으로요?"

"네, 흰색으로만요. 음영 같은 건 필요 없어요."

"특별히 곁들일 메시지는 없나요?"

"메시지도 없습니다."

젊은이는 파일을 저만치 밀어놓고 연꽃 정도는 안 보고도 그릴 수 있다면서 당장 타투 기계를 작동시킨다.

"어디에 새기고 싶으신데요?"

그가 흰색 잉크에 바늘을 담글 채비를 하는 동안 나는 셔츠 단추를 풀어 그에게 심장이 있는 곳을 가리킨다.

"우선 털부터 깎아야겠군요."

그가 기계를 끄면서 한숨짓듯 토해낸다.

"그렇게 하지 않으면 손님이 원하시는 연꽃이 시커먼 가슴 털 숲에 가려 보이지도 않겠어요."

국가, 서서히 진행되는 모든 이의 자살이 '삶'이라는
이름으로 불리는 곳

요양원으로 가는 가장 가까운 길은 묘지를 가로질러가야 한다.

나는 늘 한 해의 다섯 번째 달이 나의 마지막 달이 될 것이며, 5라는 숫자는 가령 5월 5일, 5월 15일 또는 5월 25일, 이런 식으로, 나의 마지막이 될 그날에 반드시 한 번 이상 들어가게 될 것이라고 생각해왔다. 나의 생일 달이니까. 그때쯤이면 오리는 짝짓기를 끝냈을 테고, 오리 말고도 검은머리물떼새와 주홍도요새도 연못에 드나들 것이다. 새들의 노랫소리가 들리고, 봄기운이 그득한 세상에 밤이 찾아오지 않을 그 무렵이면 나는 이 세상에 존재하지 않을 것이다.

세상 사람들은 나를 그리워할까? 아니. 내가 없으면 세상은 더 고약해질까? 그것도 아니지. 나 없이도 세상은 계속 돌아갈까? 그렇지. 세상은 내가 태어났을 때보다 지금 더 나아졌을까? 아니. 나는 세상을 더 낫게 만들기 위해 무엇을 했지? 아무것도.

스코트후스베귀르가를 따라 내려오면서 나는 이웃 사람에게 사냥총을 빌릴 수 있는 가장 그럴싸한 방법이 무엇일지 궁리한다. 전기 연장 코드 빌려 쓰듯 총기도 빌릴 수 있을까? 5월 초에는 어떤 동물을 사냥하는 철이지? 차마 봄을 알리는 전령 검은가슴물떼새를 쏠 수는 없는 노릇이잖아. 이제 막 섬에 둥지를 튼 참일 텐데 말이야. 알을 품고 있는 암컷 오리를 향해 총구를 겨눌 수도 없을 테고. 도심 한가운데 서 있는 아파트 제일 꼭대기 층 우리 집까지 날아들어 밤잠을 방해하는 바다갈매기를 쏴버리려 한다고 말할까?

스바누르는 내가 갑자기 새끼 오리들의 열렬한 보호자가 된 걸 수상하게 생각하지는 않을까? 더구나 스바누르는 내가 사냥이라면 질색하는 것을 잘 아는데 말이야. 물론 나도 인적이라고는 없는 황야에서 혼자, 허벅지까지 올라오는 긴 장화를 신고 얼음장처럼 차가운 물속에서 학다리를 한 채, 매서운 추위와 씨름하면서, 조약돌투성이인 강바닥에 발을 딛고 서서, 강물이 틈새 많은 바닥에 순식간에 구멍을 뚫는 것을 느끼면서, 수면 위로 반짝이는 동심원들이 소용돌이처럼 퍼져나가는 광경을 지켜본 적은 있지만, 총이라고는 평생 단 한 발도 쏘아보지 않았다.

마지막 낚시에서 나는 송어 두 마리를 낚았으며, 그것들을 포로 떠서 튀긴 다음 병에 든 실파 가루를 뿌려 발코니에서 먹었다. 스바누르는 또한 「다이 하드」 4편을 보자고 나를 극장으로 데려간 날 이후 내가 폭력을 끔찍하게 싫어한다는 사실도 잘 알고 있다. 사람들은 5월엔 도대체 무엇을 향해 총을 쏜단 말인가, 자기 자신이 아니라면? 혹은 자기가 아닌 다른 호모 사피엔스가 아니라면? 스바누르는 2 더하기 2가 4라는 걸 잘 아는 친구다.

하지만 그는 이것저것 꼬치꼬치 캐묻는 사람은 아니다. 남들의 내면세계에 대해 그다지 관심을 보이는 편도 아니다. 그는 보름달이 어쩌니 저쩌니 하거나 오로라를 들먹거리는 부류도 아니다. "저기 좀 봐, 애들아! 저 무지개를 좀 보라니까…" 같은 호들갑스러운 말이 그의 입에서 나올 거라고 기대해서는 안 된다. 그는 아내 오로라 Aurora에게조차 하늘 빛깔에 대해 언급하거나, 분홍색으로 밝아오는 새벽을 손가락으로 가리키며 "드디어 왔군, 당신과 이름이 같은 새벽 말이야…" 라는 식으로 말하는 법이 없다.

오로라도 물론 남편과 더불어 창공이 이렇거니 저렇거니 하는 식의 대화를 나누지 않기는 마찬가지다. 두 사람은 집에서 각자 할 일을 아주 명확하고 분명하게 나누어 분담한다. 사춘기에 접어든 자식들을 아침마다 깨우는 일은 아내 몫이다. 그사이 남편은 열네 살이나 먹어서 살날이 얼마 남지 않은 보더 콜리종 암캐를 산책시킨다.

아무리 보아도 스바누르는 무슨 일에든 감정을 드러낼 위인이 아니다. 그는 그저 "이건 약간 개조된 레밍턴 40-XB인데, 총신과 노리쇠는 원형 그대로일세"라고 말하면서 묵묵히 총을 건네줄 것이다. 설사 내가 총구를 나 자신에게 겨눌 것 같다는 의심이 들더라도 그는 그렇게 할 것이다.

배꼽은 태어날 때 탯줄이 떨어지면서 생긴 흉터로,
아기가 태어날 때
애초에 탯줄을 집게로 집어 그걸 자름으로써
어머니 몸과 아기 사이의 연결을 끊는다.
그러므로 이 최초의 흉터는 어머니와 관련이 있다.

잔디밭에 놓인 벤치 위에, 아직은 쌀쌀한 봄 햇살을 받으며, 노인들이 양털 담요로 몸을 감싸고 옹기종기 모여 앉아 있다. 그들에게서 멀지 않은 곳에 한 무리의 거위가 두 마리씩 짝을 지어 노닌다. 한 마리만 예외다. 그 거위는 혼자 저만치 떨어져 있다. 그것은, 내가 곧장 자기를 향해 가는데도 꼼짝도 하지 않는다. 그 거위의 한쪽 날개가 뒤로 젖혀져 있는데, 언뜻 보아도 부러진 것 같다. 다친 거위는 짝짓기를 할 수 없으므로, 당연히 번식은 하지 못할 것이다. 하느님이 나에게 보내는 메시지다. 뭐 꼭 내가 하느님을 믿어서 보내는 건 아닐 테지만.

엄마는 등받이 조절을 할 수 있는 의자에 깊숙이 몸을 넣고 앉아 있다. 바닥에 닿지 않는 엄마의 두 발에 신겨진 너무 큰 실내화는 공중에서 대롱거린다. 살이라고는 없이 바싹 마른 두 다리 끝에 매달려 대롱거리는 실내화. 엄마는 어찌나 쪼그라들었는지 한 줌거리밖에 안 된다. 더 이상 살덩어리라고 할 수 없는 엄마는 깃털처럼 가볍다. 스티로폼으로 만든 것 같은 뼛조각 몇 개와 힘줄 몇 개가 엄마를 그나마 한 덩어리로 유지해주고 있는 셈이다.

겨울 내내 혹독한 날씨 속에 전시되어 있는 새의 골조, 속은 텅 비고 껍질만 남아 있으나 그마저도 머지않아 한 줌의 먼지로 풍화되고 결국 발톱만 남을 것 같은 형상. 내 어깨에도 채 닿지 않는 이토록 작고 가녀린 피조물이 예전엔 여인의 형상을 갖추고 있었다는 사실을 상상하기는 쉽지 않다. 나는 예전에 일요일마다 엄마가 즐겨 입었던 치마를 알아본다. 허리가 너무 헐렁해진 그 치마는 이젠 엄마한테 너무 크다. 엄마의 옷들은 전생, 지금과는 다른 시간대에 속한다.

나는 엄마처럼 끝나고 싶지 않다.

냄새가 흩어지지 않고 대기 중에 계속 머물러 있다. 미트볼과 배추 요리에서 모락모락 솟아올라 구름처럼 피어오르는 김을 피할 수 있는 방법은 없다. 복도를 거슬러 올라오는 식사 운반 카트에는 반쯤 빈 빨간 배추 샐러드와 대황 잼 그릇들이 쌓여 있다. 그릇들이 덜그럭거리며 부딪치는 소리가 들리고,

이따금 다급하게 언성을 높이는가 하면 때로는 부하 직원들에게 주의를 주느라 나지막하게 속삭이는 듯한 식사 담당 직원들의 목소리도 들린다.

구색 맞춰 가구를 들여놓을 만한 공간이라고는 없는 방이지만, 그래도 오르간 하나는 벽에 딱 붙어 당당하게 자리를 차지하고 있다. 전직 수학교사이자 오르간 연주자였던 엄마가 요양원 측에 그 악기를 곁에 두어도 좋다는 합의를 얻어낸 덕분이었다. 단 연주는 하지 않는다는 조건으로.

침대 옆에 놓인 서가는 엄마의 관심사가 전쟁, 그 가운데에서도 특히 제2차 세계대전이라는 것을 묵묵히 증언한다. 서가에는 나폴레옹 보나파르트와 훈족의 왕 아틸라에 관한 책이 나란히 꽂혀 있고 덴마크어로 씌어진, 한국전쟁과 베트남전쟁에 관한 책은 갈색 가죽으로 제본된 아주 두꺼운 두 권짜리 책 『제1차 세계대전』『제2차 세계대전』 사이에 꽂혀 있다.

내가 엄마를 방문하는 일은 돌에 새겨진 것처럼 절대 변하지 않는 의식이다. 우선 내가 손을 씻었는지 여부를 묻는 것부터 시작한다.

"너, 손은 씻었니?"

"네, 그럼요."

"그냥 대충 헹구는 것으론 충분하지 않단다. 반드시 흐르는 온수에 30초 동안 손을 대고 있어야 해."

그 말을 들으면서 나는 내가 한때 엄마 몸 속에 있었다는 사실을 퍼뜩 떠올린다.

내 키는 185센티미터고, 마지막으로 체중계에 올라갔을 때—그건 수영장 탈의실에서였다—눈금은 84킬로그램을 가리켰다. 엄마는 이 덩치 큰 아이가 정말로 자기 몸 속에 있었다고 생각할까? 그런데 나는 도대체 어디에서 만들어졌을까? 틀림없이 낡은 2인용 침대, 옆에 놓는 협탁과 한 세트인 그 마호가니 침대, 집에 있는 가구 가운데 가장 묵직한, 뭐랄까, 정말로 값나가는 그 침대에서였겠지.

엄마 방 담당 여직원은 지금 막 배식판을 들고 방을 나가던 참이다. 엄마가 후식으로 나온 말린 자두와 생크림 케이크를 먹고 싶지 않다고 했기 때문이다.

"여긴 요나스 에베네세르, 내 아들이야."

엄마가 직원에게 말한다.

"엄마, 어제도 우리를 인사시켰잖아요…"

여직원은 기억하지 못한다. 전날은 근무하지 않았으니까.

"요나스는 비둘기를, 에베네세르는 남을 위해 봉사한다는 뜻이지. 애들 이름은 다 내가 지었어."

엄마는 누가 듣거나 말거나 계속한다.

나는 타투 숍 젊은이에게 연꽃 옆에 비둘기도 한 마리 새겨 달라고 할 걸 그랬다고 생각한다. 그러면 새 두 마리가 되는 건데, 문신 속의 새와 나⋯ 둘 다 약간 희끄무레하잖아.

나는 엄마가 나를 낳을 때의 이야기를 읊어대기 전에 여직 원이 방을 나가주었으면 한다. 하지만 그 직원은 전혀 서두르 는 기색이 없다. 식판을 정리하는가 싶더니 이젠 목욕수건을 챙긴다.

"너를 낳을 때가 네 형을 낳을 때보다 훨씬 힘들었어."

결국 엄마의 이야기가 시작된다.

"네 머리 크기 때문에 그랬지 뭐니. 글쎄 넌 이마에 뿔이 두 개 달렸다고 해야 하나, 큰 혹이 두 개 달렸다고 해야 하나, 마 치 어린 송아지처럼 말이다."

여직원은 나를 향해 한쪽 눈을 찡긋한다. 나는 그 직원이 지 금 나와 엄마를 비교하고 있는 중이라고 잠정적인 결론을 내 린다.

나는 여직원을 향해 빙긋 미소 짓는다.

그 직원도 내게 미소로 화답한다.

"너랑 네 형은 체취도 달랐어."

1인용 소파에 앉은 엄마가 말을 이어간다.

"너한테서는 흙냄새가 났지, 차갑고 축축한 냄새 같은 거. 네 두 볼은 차가웠고, 입 주변은 흙빛이었거든. 넌 고양이에게 양손을 할퀴어 집에 돌아오기도 했어. 그 상처가 아무는 덴 시간이 꽤 오래 걸렸어."

엄마는 마치 시나리오에 적힌 대사를 기억해내려는 사람처럼 잠시 주저했다.

"열한 살 때였나, 내 어린 강아지는 감자에 대한 짧은 글을 썼는데, 그 글에 글쎄 '어머니 대지'라는 제목을 붙였더구나. 그건 결국 엄마인 나에 관한 글이었어."

"엄마, 전 그런 이야기가 과연 이분한테, 아, 죄송하지만, 성함이 어떻게 되시죠? 흥미가 있을지…"

"딜리아."

"제가 보기에 딜리아가 이 모든 이야기에 관심이 있을 것 같진 않아요, 엄마."

여직원은 내 생각과는 반대로 엄마의 이야기에 진심으로 관심을 보이는 것 같다. 그 직원은 다 이해한다는 듯이 고개를 끄덕이며 문틀 언저리에 기대 서 있다.

"지금은 이렇게 덩치가 산만 해진 이 아이가 어릴 땐 얼마나 예민했던지, 믿을 수가 없다니까."

"엄마…"

"어쩌다 마당에 날개 부러진 새라도 한 마리 떨어져 있으면, 얘는 금세 울음을 터뜨렸다니까… 예민해도 아주 극도로 예민했지. 서로에게 너그럽지 못한 사람들을 볼 때면 언제나 슬픔에 잠겨서, '난 이다음에 어른이 되면 이 세상 사람들을 다 위로해줄 거예요… 왜냐하면 이 세상 사람들은 너무 괴로워하니까요… 왜냐하면 누구든 보살펴줘야 하니까요'라고 말했어. 내 강아지는 석양을 아주 좋아했어. 어둠이 퍼지기 시작하면 이 아이는 창가와 가까운 바닥에 누워서 하늘을, 구름을 바라보았지. 얼마나 시적이야. 그런 다음엔 인형극을 만들겠다면서 자기 방으로 가곤 했지. 신문지를 적셔서 인형을 만들고, 그 인형들 머리를 빗겨주고, 옷도 만들었어. 방문을 열쇠로 잠그고 열쇠구멍마저 휴지로 틀어막고는 그런 짓을 했으니… 사춘기에 접어들어서는 허구한 날 이 세상에 대해 걱정을 늘어놓았어. '난 결혼 같은 건 하지 않을 거야. 정말로 사랑에 빠진다면 이야기가 달라지겠지만 말이야'라고도 했지. 그러더니 결국 구드룬을 만났지. 수간호사 말이야. 나중엔 산파가 되어 관리자 교육까지 받았지만…"

"엄마…"

난 엄마 방이 지나치게 더워서 답답함을 느낀다. 그래서 안뜰을 향해 난 창문으로 다가간다. 크리스마스 무렵에 걸어둔 작고 빨간 전구들이 쉬지 않고 깜빡거린다. 찬바람이 들어온다는 이유로 열지 못하게 되어 있는 창문에는 실푸르툰에 있는 우리 집 거실에 걸려 있던 것을 떼어와서 엄마가 길이를 짧게 줄인 커튼이 걸려 있다. 커튼 무늬를 보니 기억이 난다. 창 앞에 서자 영구차가 늘 싣고 다니는 짐을 싣고서 후진하는 광경이 눈에 들어온다.

"내 새끼 강아지 구드룬 님페아는 5월 말 대자연 속에서 만들어졌잖아. 그 아인 물떼새 알처럼 얼굴이 주근깨투성이지만, 해양학에 관해서라면 모르는 게 없지. 그 아이 애인은 래퍼인데, 담배를 질경질경 씹고 귀엔 귀고리를 하고 다녀. 그 귀고리는 예사롭지 않지. 귓불을 뻥 뚫어서 반지처럼 커다란 쇠고리를 박아 넣었으니 말이야. 에스키피외르뒤르는 자기 할머니가 돌아가실 때까지 침대 곁을 지킨 아주 용감한 사내라니까…"

"엄마, 이제 알았으니 제발…"

"세상엔 한 번 버림받으면 절대 다시는 일어서지 못하는 사내들도 있지."

"우리 엄마가 하는 이야기를 다 믿으면 안 돼요."

나는 창문을 열면서 변명하듯 중얼거린다.

그 후로도 엄마는 이야기를 계속하려 했지만, 본인이 무슨 이야기를 하려 했는지 기억나지 않는지 더는 신호를 잡지 못하는 송신기처럼 돌연 말을 멈추고 만다. 엄마는 잠시 다른 세계로, 다른 시간 속으로 자취를 감춰버린다. 그곳에서 엄마는 뿌옇게 안개 낀 여러 갈래의 오솔길에서 엄마의 길을 찾으려는 걸까, 엄마를 인도해줄 별을 찾으려는 걸까. 엄마는 양들을 잃어버린 목동처럼 흐릿한 시선으로 방 안을 둘러본다. 과거의 얼굴들이 가까운 돌 더미 위로 서서히 미끄러져 내려간다.

여직원이 말없이 방을 나서자 엄마는 보청기를 조절하려 애쓴다. 나와 주파수를 맞추기 위해, 이 세상과 같은 파장 안에 머물러 있기 위해, 잠시나마 세상의 주파수에 자신을 맞추기 위해.

서가 옆에 선 나는 거기 꽂혀 있는 소설들을 눈으로 살핀다. 톨스토이의 『전쟁과 평화』, 헤밍웨이의 『무기여 잘 있거라』,

에리히 마리아 레마르크의 『서부전선 이상 없다』, 엘리 위젤의 『나이트』, 타데우시 보로프스키의 『신사 숙녀 여러분 가스실은 이쪽입니다』, 윌리엄 스타이런의 『소피의 선택』, 임레 케르테스의 『운명』, 빅터 프랭클의 『삶의 의미를 찾아서』, 프리모 레비의 『이것이 인간인가』. 나는 서가에서 파울 첼란의 시집을 꺼내 「죽음의 푸가」를 펼친다.

우리는 너를 마신다, 밤을
우리는 너를 아침에도 그리고 정오에도 마신다
우리는 너를 저녁에도 마신다
우리는 마시고 또 마신다

나는 그 시집을 주머니에 쑤셔 넣은 다음 이번에는 『제1차 세계대전』을 꺼내든다.

"네가 내 뱃속에서 나온 이후, 세계에선 568차례에 걸쳐 전쟁이 일어났어."

1인용 소파에서 목소리가 들린다.

엄마가 실제로 언제부터 거기에 있었는지 알기란 쉬운 일이 아니다. 뭐랄까, 마치 전류가 엄마의 몸을 관통하는 것 같다고 할까. 아니 그보다 차라리 바람에 흔들리는 촛불이라는 표현이 더 적당할지도 모른다. 이제 곧 꺼져버릴 것 같다는 예감이 들 때쯤이면, 어느새 예고도 없이 다시 타오르는 불길 같은 엄마.

여직원이 방을 나간 후, 나는 엄마가 침대에 눕도록 돕는다. 연두색 모노륨 위로 실내화를 질질 끌며 걷는 엄마의 겨드랑이를 부축한다. 엄마의 몸무게는 얼마나 될까? 40킬로그램? 바람 한 번이면, 굳이 강풍이 아니라 미풍, 아니 짧게 내쉬는 입김 한 번에도 엄마를 바닥에 쓰러뜨리기에 충분할 듯하다. 나는 침대 가장자리에 걸터앉기 위해 거기 놓여 있던 수놓인 쿠션 두 개를 양쪽으로 멀찌감치 벌려놓는다. 침대에 눕자 엄마의 몸은 빨려 들어가듯 매트리스에 파묻힌다. 크리스마스 때 내가 선물한 향수는 협탁 위에 얌전히 놓여 있다. 이터니티 나우Eternity Now. 엄마는 귓불 뒤에 영원*의 향취를 슬쩍 뿌리기를 좋아한다. 엄마는 내 손을 꼭 쥔다. 나이 듦에 익숙해진 손등에 볼록 솟아오른 파란 핏줄, 일주일에 한 번씩 바르는 매니큐어.

---

* 향수 이름인 이터니티(Eternity)는 영원을 뜻한다.

엄마는 중고등학교 시절에 내 수학 공부를 도와주었다. 엄마는 이 과목을 모든 아이가 쉽사리 정복할 수 없다는 사실을 도저히 이해하지 못했다.

"방정식보다 간단한 건 이 세상에 없어."

엄마는 늘 그렇게 주장했다.

엄마는 나에게 제곱근 구하는 방법을 설명했다. 2의 제곱근이라는 것은 같은 수를 곱했을 때 그 합이 2가 되는 숫자를 말하는 거야. 우리는 그러니까 그 말을 $x^2=2$라는 방정식으로 풀어쓸 수 있고, 이제 x에 해당하는 숫자를 찾아야 하는 거지. 그런데 말이지, 우리는 x가 1.4와 1.5 사이에 있는 숫자라는 걸 짐작할 수 있어. 왜냐하면 $1.4^2=1.96$이고, 이건 2보다 작은데, $1.5^2=2.25$라서 2보다 크거든. 1.41, 1.42⋯처럼 1.4와 1.49 사이에 있는 숫자들을 생각해보면, $1.41^2=1.9881$이라 2보다 작고, $1.42^2=2.0164$라서 2보다 크지. 그러니까 2의 제곱근은 1.41과 1.42 사이에 있겠지.

"혹시 휴전협정이 맺어졌니?"

엄마가 뜬금없이 걱정스러운 투로 묻는다.

엄마는 일주일에 한 번씩 머리를 단장한다. 창문으로 들어온 봄 햇살이 예쁘게 손질된 엄마의 보랏빛 머리카락에 광채를 더한다. 저녁 무렵의 석양 속에서 눈꽃송이 닮은 솜털들이 작은 구름처럼 둥둥 떠다니는 듯하다.

"제2차 세계대전으로 무려 6,000만 명이 목숨을 잃었지."

엄마가 뜻 모를 말을 이어간다.

엄마와 이야기하는 것은 아무와도 대화하지 않는 것과 마찬가지다. 난 그게 마음에 든다. 그저 살아 있는 나 아닌 다른 사람의 몸을 느끼는 것만으로도 충분하니까. 나는 엄마가 나를 이해해주기를 바라면서 단도직입적으로 말한다.

"난 불행해요."

내가 말한다.

엄마가 내 손을 토닥인다.

"우리는 누구나 자기만의 전투가 있는 법이지. 나폴레옹은 자기 스스로 내린 결단에 따라 유배 생활을 했어. 조세핀은, 내가 그랬던 것처럼, 결혼 생활에서도 늘 혼자였지."

서가 맨 위에는 사진이 들어 있는 액자가 가지런히 놓여 있다. 대부분 내 딸 님페아가 커가는 모습을 담은 사진들이다. 내 사진이 두 장, 내 형 로기 사진이 두 장. 공평하다. 두 장 가운데 한 장 속의 나는 네 살이다. 나는 의자 위에 올라서서 한 팔로 엄마의 목을 감고 있다. 엄마는 하늘색 스웨터를 입었고,

입술에는 진한 빛깔 립스틱을 발랐고, 진주 목걸이를 하고 있다. 나는 고슴도치처럼 머리를 삐죽삐죽 짧게 자르고서 한 팔을 붕대로 감고 어깨에 메고 있다. 나에게 남아 있는 제일 오래된 기억이다. 부러진 팔을 고치기 위해서 못까지 박아야 했으니까. 엄마는 오르간 옆에 서 있다. 우리는 무얼 축하하는 중이었을까? 혹시 엄마 생일? 사진을 자세히 살펴보니 구석에 놓인 크리스마스트리가 눈에 들어온다. 어린 사내아이는 천진하고 진지해 보인다. 45년 전에 찍은 사진이라니.

다른 한 장은 나의 첫 영성체 때 찍은 사진이다. 나는 입술을 살짝 벌린 채 놀란 표정으로 사진사를 응시하고 있다. 마치 모르는 사람이 갑자기 잠든 나를 깨우기라도 한 것처럼. 마치 내가 태어난 세상이 어떤 곳인지 미처 깨닫지 못한 것처럼. 티크 목재로 된 벽이란 벽은 온통 꽃무늬 벽지로 도배되어 있는 세상. 사진에서는 모든 것이, 당시 TV 모니터처럼, 흑백으로 표현되었다는 점이 예외지만.

나는 마지막으로 한 번 더 시도해본다.

"난 내가 누구인지 모르겠어요. 난 아무것도 아니고, 가진 거라곤 아무것도 없죠."

"네 아버지는 이란 전쟁도, 이라크 전쟁도, 아프가니스탄 전쟁도 겪지 않았어. 우크라이나 전쟁도, 시리아 전쟁도 물론 알지 못했고. 그 양반은 카우라흐니우카르 수력발전소 시위도, 미클라브뢰이트 대로 폭이 두 배나 넓어진 것도 알 수가 없었지…"

엄마는 팔을 뻗어 협탁 서랍을 열더니 립스틱을 꺼냈다.

잠시 후에는 어느새 북부 왕국의 족보를 읊조리기 시작했다.

"…아달스테인의 양아들 하콘, 파란 이빨 하랄드, 갈래 수염 스베인, 꺽다리 크뉘트, 아름다운 머리카락의 소유자 하랄드, 피로 물든 도끼 에릭, 올라프 트리그바손…"

엄마는 이름을 줄줄이 열거한다.

하지만 곧 동요하기 시작한다. 이제 곧 엄마 입에서 '나는 지금 무척 바쁘다'는 말이 튀어나올 참이다.

"내가 좀 바쁘구나, 애야."

뉴스 시간이 다가오자 엄마는 한쪽 팔꿈치에 체중을 몰아실으며 라디오를 켠다. 예고된 세계의 주요 전쟁 소식을 맞이하기 위해서다. 엄마는 이내 사망 소식과 그에 따른 장례 예고를 들으면서 다시 몸을 눕힌다.

나는 밖으로 나와 요양원 근처에 날개 부러진 거위가 있다고 신고한 뒤 도움을 요청한다.

"수놈입니다."

내가 보충 설명한다.

"거위는 혼자였어요. 가까이에 암놈은 없더라고요."

그런 다음에야 나는 기억을 더듬는다. 헤밍웨이는 그가 제일 아끼던 사냥총으로 자살을 했던가?

남성적이고 집요한 회의주의는
전쟁과 정복의 천재와 아주 가까운 친척

타투 숍의 젊은이는 피부가 며칠 동안은 멍든 것처럼 보일 거라고 경고했다. 불그스름해지면서 가려움증이나 반점 같은 증상이 나타날 수도 있다고 설명했다. 혹시 살갗이 부풀어 오르면서 열이 나면 항생제를 먹는 게 좋으며, 최악의 경우, 응급실로 직행해야 할 수 있다고도 덧붙였다. 나는 슬슬 초기 증세가 나타나는 것을 느낀다.

내가 엄마를 만나고 집에 돌아올 무렵, 스바누르는 그의 오펠 자동차를 닦느라 한창이었다. 그의 트레일러는 벌써 단장을 마쳤는지 집 앞 길목에 주차되어 있다. 그는 몇 년 전에 잠깐 다녔던 타이어 회사 로고가 인쇄된 오렌지색 플리스 재킷에 샌들 차림이었다. 나와 스바누르는 그가 스틸 레그스 회사에 다니던 무렵 처음 알게 되었다. 자기가 사는 길, 즉 그와 오로라가 사는 집 대각선 방향에 빈 아파트가 있다고 나한테 귀띔해준 것도 다름 아닌 스바누르였다. 하지만 그렇다고 해서 우리가 아주 친한 건 아니다. 최근 한동안 그는 척추 디스크 헤르니아 수술을 받은 후 회복 중이다. 스바누르는 나와 그에 대해 말할 때면 우리를 두 '남자 주부'라고 지칭한다.

마치 손님을 기다리는 듯 접이식 의자 두 개를 길에 내놓은 그가 나를 보더니 와서 앉으라고 손짓한다.

나는 나의 이웃 스바누르에게 감시당하는 기분이다. 오늘 아침만 해도, 내가 집을 나설 때 그는 동네 쓰레기처리장 부근에서 우리 집 대문에 시선을 고정하고 개를 산책시키는 중이었다.

뿐만 아니라 최근 며칠 사이에 그의 방문이 눈에 띄게 잦아졌다. 그는 아주 특별한 크기의 스패너를 빌려달라고 오더니 그걸 되돌려주려고 왔고, 캠핑용으로 새로 산 냉장고 설치를 도와달라고도 찾아왔다. 하지만 그는 그가 제일 좋아하는 두 주제, 즉 모터 달린 자동차와 전 세계 여성들의 삶의 조건에 대해서만 주로 이야기한다. 그는 어떻게 해서든 이 두 주제를 접목시키려 애쓴다. 스바누르는 의자 두 개 가운데 하나를 앞으로 끌어당기더니 나에게 거기 앉으라고 청한다. 그러니 나에게는 그와 수다를 떠는 것 말고는 달리 선택지가 없다.

"사람들은 자기 자동차를 제대로 관리하지 않아."

그는 늘 이런 식으로 말문을 연다.

"우리는 항상 파도가 몰아치는 섬에 살고 있기 때문에 차체에 금세 녹이 슬지. 1년에 한 번 오일을 교환하고 광을 내는 것만으로는 어림없어. 자기가 알아서 정기적으로 차체에 왁스칠을 해야 한다고. 적어도 세 번 정도는 칠하고, 그리고 그때마다 부드러운 가죽으로 닦아줘야 해. 세차장에서 제공하는 서비스 정도로는 턱도 없어."

그는 빈 의자에 엉덩이를 붙이고 앉는다.

"타이어에 구멍 난 차를 몇 년이고 그냥 몰고 다니는 사람도 있다니까, 내 참. 그렇게 하다보면 결국 몽땅 바꿔야 하지."

스바누르의 말은 대화가 아니라 거의 독백 수준이다. 그의 두 눈은 나를 쳐다보는 게 아니라 저 너머 어딘가를 응시한다. 마치 대화 상대가 나라는 사람의 옆에 있거나 나 너머의 다른 곳에 있기라도 한 것처럼.

"그리고, 말이 나왔으니 말인데, 전 세계에서 사람들이 여자를 대하는 방식을 보면 말이야, 정말이지 남자인 게 부끄러울 지경이라니까."

그는 혼잣말처럼 계속 떠벌린다.

그는 두 다리를 쩍 벌리고, 양 팔꿈치를 무릎 위에 얹은 채 상체는 약간 앞으로 구부린 자세로 앉아 있다.

나는 스바누르가 외국 TV방송 채널에 가입했다는 새로운 사실을 알아낸다. 그가 그제 저녁에는 할례에 관한 다큐멘터리를, 어제 저녁에는 여성과 전쟁에 관한 다큐멘터리를 봤다고 했으니까.

"자넨 딸이 있는 아빠잖아…"

"그게 뭐?"

"혹시 이 사실을 알고 있어? 여성들은 지구상의 업무 가운데 90퍼센트를 도맡아 수행하는데, 그들이 소유한 재산이라고는 고작 1퍼센트에 불과하대. 여자들이 일하는 사이에 남자들은 뭘 하는 거지?"

그는 대답 따위는 기다리지 않고 말을 이어간다.

"남자들은 빈둥거리며 술이나 마시고 전쟁을 한다고."

그는 투박한 기계공의 손으로 얼굴을 가린다. 손가락 군데 군데에는 엔진 오일이 묻어 있다.

"자넨 한 시간에 몇 명이나 되는 여자들이 강간을 당하는지 알고 있어?"

"그러니까 전 세계적인 상황을 묻는 건가?"

"그렇지, 전 세계적으로."

"아니."

"1만 7,500명."

우리는 둘 다 입을 다문다.

이윽고 그가 다시 입을 연다.

"그럼, 내일 5월 6일 화요일에 아기를 낳다 죽을 여자가 몇 명이나 될지는 알고 있어?"

"아니."

"거의 2,000명."

그는 숨을 깊이 들이마신다.

"게다가 아이를 낳다 죽는 것만으로는 부족한지, 여자들은 강제 결혼까지 감수해야 하지."

그는 쓰고 있던 안경을 벗는다. 술병 바닥만큼이나 두꺼운 안경알은 언제 닦았는지 모를 지경이다. 그는 자기가 근시인데다 난시까지 겹쳐 안경을 벗으면 바닷가 만 반대편에 버티고 있는 화산의 윤곽마저도 희미해 보인다고 말한다. 그가 처음으로 나를 정면으로 바라본다.

"우리는 죄인일세. 뻔히 알고 있으면서 아무 일도 하지 않으니까."

마당에는 작은 새가 구름떼처럼 몰려 있다. 새들은 지붕 밑 빗물받이 홈통에서 날아올라 눈 깜짝할 사이에 자취를 감춘다. 내가 자리에서 일어나자 스바누르는 오븐에 브라우니 과자를 구웠으니 자기 집으로 들어가자고 제안한다.

"베티 크로커 요리법대로 구웠네."

그가 똑 부러지게 말한다.

그러더니 잠시 머뭇거리다가 한마디 덧붙인다.

"오로라는 글루텐 섭취 금지 다이어트 중이거든."

오로라가 다이어트하는 기간에 요리는 스바누르가 한다는 뜻이다.

그는 케이크 반죽을 방금 오븐에 넣었으니 곧 먹을 수 있을 거라는 말도 잊지 않는다.

나는 잠시 생각에 잠긴다. 나에게는 아직 사냥총을 빌려야 하는 문제가 남아 있다.

"남자들에게도 서로 마음을 터놓을 수 있는 사람이 있다는 건 좋은 일이지."

그가 주절거린다.

나는 그에게 너무 오래 길리지는 않을 거라고 약속한다.

집에 가서 확인해야 할 일이 있어 잠시 갔다 와야 한다고.

나는 물이 닿으면 지워지는
한 폭의 수채화다

오늘 아침에는 주방 창문을 통해서 반으로 뚝 잘린 산과 찬 기운이 느껴지는 길고 가느다란 녹색 바다 한 줄기가 시야에 들어온다. 지금 짓고 있는 건물이 한 층만 더 높이 올라가면 산은 보이지 않게 될 것이다.

나는 컴퓨터를 켜고 검색란에 '자살한 유명 작가들'이라고 입력한다. 내가 입력한 키워드를 담고 있는 자료가 얼마나 많은지 그저 놀라울 따름이다. 나는 인생의 이러저러한 순간에 자신의 삶에 종지부를 찍기로 결심한 유명한 남녀가 이렇게나 많으리라고는 꿈에도 생각하지 않았다. 『해는 또다시 떠오른다』와 『소유와 무소유』의 작가 헤밍웨이에 대한 나의 기억은 틀리지 않았다. 헤밍웨이는 자신이 아끼던 사냥총을 사용했다. 나는 내 짐작이 맞았음을, 그러니까 남자들 대부분이 총을 사용해서 자살한다는 사실을 확인하는 데에도 그다지 오랜 시간이 걸리지 않았다. 이 사실은 총기 사용이 확산되어 있는 나라일 경우 특히 두드러졌다.

나는 인터넷 화면을 계속 읽어 내려간다. 어떤 소설가는 스키 활주로 한복판에서 자신을 향해 권총을 쏘는 바람에 스키장이 온통 붉게 물들었다. 서른 살된 한 시인은 먼저 젊은 연인을 쏜 다음 자기 머리를 쐈는데, 파리의 한 호텔방에서 발견되었을 때, 그의 발톱에는 새빨간 매니큐어가, 한쪽 발바닥에는 십자가 문신이 새겨져 있었다고 한다. 창문으로 뛰어내린 사람은 많지 않은 반면, 다리 위에서 뛰어내린 사람은 더러 있었고 센강 같은 곳은 다른 강에 비해서 더 많이 애용되는 편이었다. 센강에서 투신자살한 자들 가운데는 파울 첼란도 있다. 내가 엄마 방 서가에서 집어와 지금도 여전히 내 주머니 속에 들어 있는 시집이 바로 그의 작품이다.

고대 로마 시인 페트로니우스는 손목을 그어 혈관을 끊은 다음, 친구들이 쓴 인생에 관한 시 낭독을 듣기 위해 상처 부위를 붕대로 감아 임종의 순간을 늦추었다고 한다. 수면제 또

한 호텔방에서 아주 긴 잠—체사레 파베세라면 '이걸 영원이라고 부릅시다'라고 말했을 수도 있다—에 빠져들게 하는 수단 가운데 하나로 꼽힌다.

여자들은 대체로 다른 방법을 사용한다는 사실이 내게는 흥미롭다. 여자들은 보드카를 연거푸 여러 잔 마신 다음 가스레인지의 오븐이나 폐쇄된 정비소에서 배기가스를 흡입하는 식이다.

나는 여자들이 반드시 누군가에게 말을 남긴다는 사실도 확인한다. 이를테면, *아내에게 돌아간 나의 연인에게*라거나, *나는 수채화 같아요, 물이 닿으면 지워져버리죠* 같은 말을 남기는 것이다. 버지니아 울프는 남편에게 사랑의 편지를 남기고는 주머니에 돌을 잔뜩 집어넣고서 우즈강으로 걸어 들어갔다. 버지니아 울프는 편지에 *나는 두 존재가 그보다 더 행복할 수 있었으리라고는 생각하지 않아요*라고 썼다. 다른 사람들은 되도록 짧은 작별의 순간을 좋아했다. 멕시코만을 항해 중이던 한 배에서 *모두 안녕!*이라고 외치며 뛰어내린 시인의 경우가 대표적이다.

나는 이 유명 인사들이 대체로 나보다 훨씬 젊다는 사실에 놀랐다. 나와 스무 살 정도가 차이 나니 말이다. 서른이 조금 못 되거나 갓 넘겼을 때가 가장 힘든 나이다. 그들 가운데 한 명은 서른두 살에 생을 마감하기로 마음먹었으며, 또 한 명은 서른세 살에 결심했는데, 두 사람 모두 소설가였다. 한 시인은 서른네 살에, 마야코프스키는 서른여섯 살, 파베세는 마흔한 살에 각각 스스로 목숨을 끊었다. 한편, 화가들은 서른일곱 살이 고비였는지, 이 나이를 넘긴 사람이 별로 없다. 음악가들은 이보다 더 젊은 나이에 죽었다. 브라이언 존스, 지미 헨드릭스, 재니스 조플린, 커트 코베인, 에이미 와인하우스, 짐 모리슨 등은 하나같이 모두 스물일곱 살이었다. 그러니 나는 예술가들이 죽음을 맞이하는 나이를 오래전에 넘어선 셈이다.

평범한 사람들에게는 다른 법칙이 적용된다.

곧 마흔아홉 살

남성

이혼

이성애자

속 좁음

섹스리스

손재주 있음

흉터는
상처나 균열이 아문 곳에
비정상적으로 형성된 피부다

스바누르는 타일 깔린 부엌 바닥에 양말 바람으로 서서 'Shit happens^{빌어먹을 일들이 일어나기도 한다}'라고 적힌 티셔츠 위로 앞치마를 두른다. 그는 빨간색 오븐용 장갑을 끼고 오븐을 연다. 그러고는 조심스럽게 케이크 틀이 놓인 철판을 꺼내 온도계를 반죽 속에 찔러본다.

"아직 7분 더 구워야 해."

그가 말한다.

그는 푹 파인 그릇에 크림을 붓더니 거품기를 켠다. 그는 나에게 등을 돌린 자세로 맡은 바 임무에 열중한다. 생크림 거품 내기가 끝나자 그는 거품기 회전판을 물에 대충 헹군 다음 세척기에 넣는다.

나는 총 이야기를 언제 꺼내는 것이 좋을지 생각한다.

제과용 주걱으로 그릇에서 크림을 긁어내면서 스바누르는 오로라에게는 자신이 영혼의 불안정성이라고 부르는 무엇인가가 있다고 말한다.

그는 여전히 나에게 등을 돌리고 있다.

"여자들이란 도대체 무슨 생각을 하는지 알 수가 없단 말이지. 겉으로는 아무것도 드러내지 않다가 어느 순간 갑자기 결심을 하고는 이제는 당신을 사랑하지 않는다고 말하는 게 여자니까. 마치 아무도 모르는 사이에, 아주 은밀하게 바뀐 것처럼 말이야."

그가 틀에서 케이크를 꺼낸 다음 한 조각을 잘라 제대로 잘 구워졌는지 확인하기 위해 이리저리 살핀다. 그러더니 한 손으로 케이크용 칼을 쥐고 한 조각을 자른 다음 나머지 퉁퉁한 손가락들까지 동원해 조심스럽게 내 접시로 옮겨놓는다.

불안한 표정을 감추지 않던 그가 혹시 구드룬이 떠나기 전에 뭔가 전조 증세가 있지는 않았는지 묻는다.

그 질문에 나는 잠시 생각에 잠긴다.

"그러고 보니 구드룬이 말이지, 나는 늘 자기가 하는 말을 그대로 따라한다고 말하곤 했었어."

스바누르가 아연실색한다.

"그게 무슨 소리야, 자네가 그대로 따라한다니?"

"그러게. 그 여자 말로는 자기가 뭔가를 말하면, 난 그 여자가 사용한 단어들을 그대로 받아서 대답한다는 거야. 가령 마침표로 끝나는 문장을 의문문으로만 바꿔서 얘기한다는 식이지."

그 말에 스바누르의 얼굴이 커다란 의문부호로 바뀐다.

나는 그가 알아들을 만한 말로 다시 설명한다.

"예를 들어 구드룬이 나한테 '님페아가 전화했어'라고 말하면 내가 '아, 그래, 님페아가 전화했어?' 이런다는 거야. 이게 바로 따라하는 게 아니면 뭐냐고 구드룬이 입버릇처럼 말하곤 했지."

스바누르는 마치 내가 블랙홀 주변에서 일어나는 시공간의 왜곡 현상에 대해 새로운 가설을 내놓기라도 한 것 같은 표정을 짓는다. 잠시 망설이던 그가 묻는다.

"그런데 따라하는 건 좋지 않대?"

"아무튼 구드룬은 그게 좋지 않다고 했어."

"그렇다면 따라하는 대신 뭐라고 말했어야 한대?"

"그야 나도 잘 모르지."

"자넨 그 여자한테 떠나지 말라고 말리긴 했어?"

"아니, 그러지 않았어."

그가 냉장고에서 팩에 든 우유를 꺼내더니 두 잔 가득히 따라 한 잔을 내게 내민다. 엄마는 날 위해 우유 한 잔과 버터크림으로 속을 채운 케이크 한 조각을 침대 옆 협탁에 놓아두곤 했다. 원래는 커피를 담는 스테인리스 용기에 따끈하게 데운 우유를 따라놓았는데, 나는 그 우유 맛을 지금도 확실하게 기억한다.

우리 두 사람은 약속이나 한 듯 말이 없다.

그러다가 내 이웃 남자가 먼저 대화의 맥을 이어간다.

"자넨 여자라면 사족을 못 쓰지."

난 내가 잘못 들었다고 생각했다. 아니면 그 단어들이 내가 알고 있던 의미와는 다르거나. 하지만 스바누르는 은유 같은 걸 구사하는 인물과는 거리가 멀다.

내가 여자의 몸에 손을 대보지 않은 지, 적어도 고의로 여자를 만져보지 않은 지, 여자를 단 한 번이라도 내 품에 안아보지 않은 지 무려 8년하고도 5개월—그러니까 구드룬과 내가 잠자리를 함께하지 않은 이후—이 지났음을, 내 인생에 엄마와 전 부인, 딸, 다시 말해 세 명의 구드룬을 제외하고 다른 여자라고는 없음을 고백해야 할까? 물론 그건 이 세상에 여자의 몸이 부족해서는 절대 아니고, 또, 여인들의 몸은 이따금씩 나를 몹시 감동시키며 내가 남자임을 새삼 일깨워주는 위력이 있는 것도 사실이다.

따끈따끈한 김을 모락모락 피우고 땀방울을 뚝뚝 떨어뜨리면서 사우나에서 여자가 막 나오는데, 바깥 기온은 영하로 내려가려 하고, 수영장 문은 닫기 직전인데 때맞춰 구름 뒤로 살짝 초승달까지 모습을 드러내는 순간은 상상만 해도… 어쩌다 우연히, 가령 상점 계산대 앞에 줄을 서 있다 짧은 소매 아래로 드러난 여자의 팔을 슬쩍 스쳤거나, 웬 여자가, 예를 들어 미용실 같은 곳에서 몸을 숙이다 머리채가 내 몸에 닿았을 수도 있었을 것이다. 미용사가 고개를 뒤로 젖힌 내 머리를 감겨주고 내 뒤에서 관자놀이 부근을 빙빙 돌려가며 마사지해주면서 머릿결이 좋으시네요, 라고 말할 때가 있지 않은가 말이다. 한번은 내가 미용사에게 무슨 생각을 하느냐고 물은 적이 있다. 미용사는 거울 속에 비친 나를 바라보면서 대답했다. 어떤 남자와 어떤 요리를 생각해요, 라고. 아니지, 아니야. 난 반드시 내 머리에 총을 쏘고 말 거야. 납으로 만든 총알이 내 살을 갈기갈기 찢어버리게 할 거라고. 그래야만 내가 존재한다는 느낌을 맛볼 수 있을 것 같으니까. 남자들은 다 그래.

"마누라의 트래킹 모임 친구들이 자네가 혹시 여자한테 작업 중인지 궁금해 한다기에 하는 말이야. 그 친구들이 질문을 했다기에 난 그저 사실대로 오로라에게 말했지, 지금 현재로는 아니라고 말이야. 그랬더니 그 친구들은 오로라에게 부인이 떠난 뒤 자네가 그 충격을 잘 이겨냈느냐고도 묻더래. 그래서 난 그건 그렇지 않다고 대답했지. 그 친구들은 또 자네가 카페나 극장 같은 곳에 가끔 가느냐고 물어서 나는 아닐 것 같다고 대답했다네. 그 여자들은 자네가 독서를 좋아하는지도 알고 싶어 했대. 그래서 난 오로라에게 그렇다고 말해줬어. 오로라가 그 여자들에게 그런 이야기를 해주자 그들이 무척 관심을 보였다더군. 어떤 종류의 책을 읽느냐고 궁금해 한다기에 소설이나 시를 주로 읽는다고 알려주었지. 아이슬란드 작가 책을 읽느냐, 외국어 번역 책을 읽느냐고도 물어서, 둘 다라고 대답해주었다네…"

그 대목에서 나는 별 생각 없이 다짜고짜 주말에 총을 빌려줄 수 있겠느냐고 물었다.

스바누르는 나의 생뚱맞은 요청에 놀랐지만, 아무 내색도 하지 않고 고개만 끄덕이더니 앞치마를 벗어 의자에 걸쳐놓는다. 마치 내가 총기에 대해 언급하기를 기다리고 있었다는 듯이. 그가 곧 거실로 가는가 싶더니 잠겨 있는 벽장을 여느라 부산한 소리가 들린다. 그러는 동안 나는 자석으로 냉장고에 붙여놓은 사진 두 장을 들여다본다. 그중 한 장은 플리스 재킷 차림의 스바누르가 개와 산책하는 사진이고, 다른 한 장은 오로라가 한 무리의 여자들과 한껏 미소 짓고 있는 사진이다. 사진 속의 여자들은 모두 트래킹 복장에 등산화 차림이다. 그들 가운데 절반은 축구팀 단체 사진처럼 어정쩡하게 몸을 낮추고 있다. 잠시 후 다시 나타난 스바누르는 총을 빗자루가 세워져 있는 벽에 기대어 놓는다. 그는 사진 쪽을 바라보면서 고개를 끄덕인다.

"트레일러 손질이 끝나면, 오로라하고 나는 이끼가 자라는 곳에 가서 개울물 흐르는 소리나 실컷 들을까 하네."

그는 내 맞은편에 앉아 우유를 한 잔 더 따른다.

아무래도 오로라가 시를 읽기 시작한 것 같다고 그가 뜬금없이 말한다.

"어제저녁에 욕실에서 내가 오로라 앞을 지나갔는데 글쎄 이 여자가 뭐랬는지 아나? 내가 *자기의 지평선을 가렸다지* 뭔가."

그가 이번에는 고개를 가로젓는다.

"가끔은 말일세, 난 머릿속으로만 오로라를 생각하는 편이 훨씬 좋다네. 그 여자를 실제로 내 옆에 두는 것보다 말이야. 하지만 오로라는 이런 내 기분 따윈 전혀 이해하지 못할 걸세."

양 팔꿈치를 테이블에 올려놓은 그가 두 손으로 얼굴을 감싸쥔다. 그는 이제 손가락 사이로 말한다.

"오로라는 남자들에게도 내면의 삶이 있고 아름다움에 대한 개념이 있다는 걸 전혀 알아차리지 못해. 젖은 아스팔트 위에 흘러내린 엔진 오일 표면에 어른거리는 무지개 빛깔만으로도 내가 다른 세상을 꿈꿀 수 있다는 사실을 그 여자는 도통 모른다니까."

나는 자리에서 일어나 총을 집어든다. 스바누르는 현관 앞 계단까지 나를 배웅한다. 나는 총구를 아래로 향하도록 하고 총을 겨드랑이에 낀다. 그에게 지금 내가 어떤 심정인지를, 나에게는 늙을 때까지 살고 싶은 마음이라고는 전혀 없다는 사실을 솔직히 털어놓아야 하는 걸까?

혹시 그가 벌써 짐작하고 있을까?

만일 그에게 내가 살아야만 하는 단 한 가지 이유라도 말해달라고 한다면 그는 뭐라고 대답할까. 더도 아니고 단 한 가지 이유, 물론 두 가지라도 상관없지만.

왜 그러냐고 그가 반문한다면, 나는 구구절절 설명하는 대신 그냥 나는 이제 글렀다고 말할 것 같다.

그러면 그가 그 말 무슨 뜻인지 알 것 같네, 나도 내가 누구인지 잘 모르겠더라고, 하면서 현관 앞 계단 위에서, 그러니까 한 발은 집 밖에, 다른 한 발은 집 안에 걸친 채 나를 와락 끌어안을 테지. 네모난 기둥처럼 단단하고, 100킬로그램도 더 나가는 묵직한 그의 무게가 바지 앞섶에 대충 구겨 넣고 뒤는 바지 밖으로 삐져나온 짧은 소매 티셔츠를 통해서 나에게 고스란히 전해질 테지. 한 해의 다섯 번째 달 다섯 번째 날에 현관 앞에서 부둥켜안고 있는 두 중년 남자라니…

만일 이 장면을 오로라가 보았다면 고함을 칠 테지. 누구 왔어? 혹시 말린 생선이나 새우 팔러 온 사람이거든 새우나 조금 사. 감초는 사지 말고. 그건 자기한테는 별로 안 좋아.

스바누르는 내 귀가 번쩍 뜨일 만한 계시 같은 말을 해줄 수 있을까?

그는 시인이나 철학자가 죽음에 대해서 한 말을 인용하려 할까? 상황을 반전시킬 수 있는 적절한 말을 그가 찾아낼 수 있을까? 아니면 그저 담담하게 이렇게 말하려나? 그렇게까지 하지 않아도 자네는 어차피 머지않아 죽게 되어 있어. 30년쯤 후, 자네가 뼈다귀에 목숨 거는 강아지마냥 인생의 1분 1초에 아등바등 매달려서 살고 있을 무렵에 두고 보게나. 자네 어머니처럼 말일세. 그때 다시 나를 보러 오게.

　내 상상과는 달리, 스바누르는 생뚱맞게 말한다.

　"내가 자네에게 흉터를 보여줬던가?"

　"흉터라니? 아니, 무슨 흉터 말인가?"

　"척추 디스크 헤르니아."

　내가 '아, 난 또 뭐라고'라고 대답하기도 전에 그는 바지춤에 구겨 넣은 티셔츠 앞부분을 꺼내더니 등 쪽을 돌돌 말아 올린다. 지나가는 사람은 거의 없다. 주중인데다 대낮이니까.

　그의 등뼈를 타고 커다란 흉터가 차츰 모습을 드러낸다. 나는 트리그비 타투 숍 젊은이라면 금세 사륜 카트나 제설차 같은 걸 새기고 싶어 했으리라고 추측한다. 그래도 애써 내 연꽃을 보여주고 싶은 마음을 억누른다.

　"이 세상 어딘가에서는 흉터가 있는 사람이 존경받는다는 걸 혹시 알고 있나? 인상적인 커다란 흉터를 가진 사람은 맹수를 똑바로 응시한 사람, 자신의 두려움을 정면으로 응시해서 마침내 승리를 거둔 사람을 의미한다더군."

　스바누르의 사냥총을 겨드랑이에 끼고 길을 가로지른 나는 내가 사는 4층으로 올라와 그 총을 2인용 침대 위에 내려놓는다.

우리의 살갗에 남아 있는 흉터 대부분은
납작하고 빛이 바랬다. 그 흉터들은
처음 피부에 균열이 생기면서 형성된 상처의 희미한
흔적만을 지니고 있을 따름이다

내가 문지방을 막 넘어서는 순간 주머니에 들어 있던 휴대폰의 벨소리가 울린다.

요양원에서 걸려온 전화다. 말하자면 메시지를 전달하는 전령이다. 여자 전령은 변명 같은 말을 늘어놓으면서 자신을 소개한다. 여자는 요양원에서 일하는 직원인데, 엄마가 나와 통화하고 싶다고 하셔서 도와드리는 중이라고 말한다. 여자는 엄마가 오늘 내가 방문할 것으로 기대하고 있었는데 오지 않았다면서 푸념하신다고도 덧붙였다. 그녀가 그 내용을 어찌나 주저하면서 에둘러 말하는지, 마치 내가 두 시간 전에 다녀갔다는 사실과 일주일에 적어도 세 번은 엄마를 보러 간다는 사실을 다 아는 사람 같다. 서론을 끝낸 여자는 엄마에게 전화기를 건넨다.

전화기 너머 엄마의 목소리가 조금 떨린다. 점심 무렵의 내 방문은 엄마의 기억에서 이미 사라진 모양이다.

"나는 구드룬 스텔라 요나스도티르 스뵐란드인데, 요나스와 통화할 수 있을까요?"

"저예요, 엄마."

"오, 요나스, 너냐?"

"네, 이 번호가 제 번호잖아요, 엄마."

엄마는 왜 한 번도 당신을 보러 오지 않느냐고 내게 묻는다.

나는 엄마가 분명 나를 만났다고, 그것도 다른 날이 아닌 바로 오늘 우리가 서로 만났다고 대답한다.

엄마는 생각에 잠긴다. 엄마가 정신을 차릴 때까지 나는 전화기에 귀를 대고 기다린다.

엄마가 다시 입을 열더니 내가 찾아왔던 건 확실하게 기억하는데, 그때 뭔가 이야기한다는 걸 깜빡 잊었다고 변명한다. 엄마는 침대 쪽 창문에 자꾸 닿아 자신의 잠을 방해하는 나뭇가지를 잘라야 하는데 톱이 있느냐고 묻는다.

"네 아버지는 늘 공구함을 우리 침실에 보관했어. 네 아버지는 믿음직한 남자였지, 잔재미는 없어도 말이야."

엄마는 잠시 망설인다.

"너, 혹시 여행 떠난다고 말하지 않았니?"

"아뇨."

"너 전쟁터로 간다고 하지 않았어?"

"아니, 그것도 아닌데요."

엄마는 다시 주저한다.

"무슨 특별한 임무 때문에 길 떠나는 건 아니니, 얘야?"

특별한 임무라. 나는 이 표현에 집중한다. 지구를 구하는 임무 같은 거? 아니면 새로운 백신을 찾아나서는 거?

"아뇨."

전화기 너머로 다시 이어지는 긴 침묵. 어쩌면 엄마는 왜 아들한테 전화를 걸었는지 그 까닭을 자신에게 묻고 있는 중일 수도 있다.

"너, 혹시 살고 싶은 마음이 없는 거니, 얘야?"

"그건 아직 확실히 잘 모르겠어요."

"그래도 넌 적어도 머리카락은 온전하잖니. 우리 집안 남자들은 말이다, 머리가 벗겨지진 않아."

그때 내 입에서 무심코 한마디가 튀어나온다.

"구드룬 님페아는 내 딸이 아니에요."

나는 님페아가 나와 피 한 방울 섞이지 않았다고 덧붙일 수도 있었다. 나에게는 자식이라곤 없다고, 그러니 우리 집안은 이것으로 대가 끊긴 거라고 말이다.

전화기 너머에서 뭔가 구겨지는 소리가 들리면서 멀리 들리던 음성이 점점 가까이 들리기 시작한다. 잠시 침묵이 흐르는가 싶더니 이내 소리가 이어진다.

"네 아버지와 나는 말이다, 신혼여행 때 박물관에 갔지 뭐니. 그 양반한테 낭만은 딱 그 정도라니까. 그런데 군인들이 입던 군복의 천이 어찌나 얇은지, 난 그걸 보고 깜짝 놀랐지 뭐니. 아주 저급한 질의 천이었지. 겉만 번지르르한 싸구려 천."

"무슨 말인지 알아요, 엄마."

말은 그렇게 하지만 나는 엄마의 가슴에 여전히 뭔가 응어리진 게 있는 것 같다고 짐작한다.

"하이데거가 누구냐?"

마침내 엄마가 묻는다.

고작 1년 다니고 만 대학이지만, 나는 그 1년 동안 그래도 다른 사람도 아닌 바로 하이데거에 대해 소논문을 쓰지 않았던가? 우리가 세계와 관계를 맺는 것은, 어린아이들이나 동물들이 그러하듯이, 매 순간의 놀라움을 통해서라고 주장한 사람이 바로 하이데거 아니었던가?

"그 사람은 독일의 철학자인데, 왜 그런 걸 물으세요?"

"그자가 오늘 아침에 전화를 해서 너랑 통화할 수 있느냐고 하잖아. 그래서 난 전화를 잘못 건 것 같다고 대답했지."

아폴로지아 프로 비타 수아 Apologia Pro Vita Sua
(자기만의 삶을 방어하기)

확실히 선택지가 부족한 것은 아니다. 예를 들어 천장에 달린 등을 끌어내려서 거기에 갈고리를 매달 수도 있을 것이다. 장소도 얼마든지 선택할 수 있다. 나는 다양한 시나리오를 상상해본다. 거실에서 관자놀이에 총을 쏘는 것이 나을까, 아니면 침실이나 주방 또는 욕실에서 목을 매는 게 나을까? 의상도 생각해야 할 테지. 잠옷, 주일 미사 참석용 정장, 매일 입는 캐주얼 차림… 양말도 신어야 하나? 구두만 신으면 그걸로 될까? 어떤 차림이 제일 적절할까?

별안간 나는 님페아가 집 열쇠를 한 벌 가지고 있으니 언제라도 예고 없이 들이닥쳐서 나를 발견할 수 있다는 사실을 깨닫는다. 최근에 발견한 내용을 공유하자면서 시도 때도 없이 불쑥 거실에 모습을 드러내는 건 완전히 그 아이다운 짓이니까.

"아빠, 그거 알고 있었어? 철새 부부는 일생에 딱 한 번 우리 섬에 찾아오기 때문에 그 특별한 여행에서는 어떠한 가르침도 얻을 수 없다는 거 말이야."

몇 시간이 지나야 그 아이는 본격적으로 나에 대해 걱정하기 시작할까? 게다가 내 물건들을 처분하는 과제는 오롯이 그 아이에게 남겨질 텐데 말이다. 나는 벌써 오래전에 선별해서 버릴 건 버리고 남은 것들은 야무지게 정리해두었어야 하는 지하 창고를 생각한다. 적어도 그 아이에게 그런 일만큼은 덜어주어야 하지 않을까?

지하 창고 문을 열자, 구드룬과 내가 동거를 시작한 후 처음으로 내가 만든 등받이 없는 의자가 먼저 눈에 들어온다. 나사로 높낮이를 조절할 수 있는 의자도 있다. 썰매도 있고, 온전하게 치려면 반나절은 족히 걸리는 오렌지색 텐트와 여러 개의 침낭, 등산화 등도 눈에 띈다. 이 집으로 이사 온 후 한 번도 지하 창고에 내려간 적이 없는 나는 상자와 상자 사이를 누비며 돌아다닌다. 한 상자에는 엄마가 떨리는 필체로 '찻잔 세트, 요나스에게'라고 적어놓았다. 선반 위에는 내가 님페아에게 만들어준 인형 집이 있고, 바로 그 옆에는 낡은 턴테이블이 놓여 있다. 난 이 모든 물건을 까맣게 잊고 있었다.

창고 한가운데에는 큼지막한 공구함이 무심한 듯 놓여 있다. 그 안에는 내가 아주 가끔 사용하는 공구들이 들어 있다. 다양한 규격의 목재 절단용 가위, 끝이 둥근 볼 망치 하나, 각종 십자드라이버, 손잡이 달린 톱 하나, 시멘트 반죽용 주걱 하나, 실톱 하나, 대패 하나, 직각자 하나, 컴퍼스 하나, 목공용 줄 여러 개, 줄자 세 개, 상당량의 나사 등. 나는 주방 개수대 아래나 자동차 트렁크 안에 목공용 망치와 크기가 각기 다른 드라이버 등을 넣은 소형 공구함을 비치해둔다. 그 공구함 안에는 드릴도 반드시 구비되어 있다. 드릴은 내가 구드룬과 사귀기 시작하면서 제일 먼저 산 공구다.

우리는 푸루멜루르Furumelur가의 반지하방을 얻었는데, 거기엔 곰팡이가 잔뜩 피어난 리놀륨이 깔려 있었다. 집수리 안내 책자를 여러 권 뒤적인 끝에 나는 혼자 힘으로 그 리놀륨을 들어내고 마루를 까는 데 성공했다. 그런 다음 나는 타일 까는 법, 벽지 도배하는 법, 배관 파이프 교체하는 법 등을 차례로 익혔다. 그러다 보니 나는 센티미터로 길이와 넓이를 생각하게 되었다. 170에 80센티미터, 아니면 92에 62센티미터, 이런 식이었다. 나는 고통이 욕망보다 숫자로 표시하기에 훨씬 수월하다는 엄마의 주장에 완전히 동의하는 편이다. 그렇기는 해도, 아름다움에 관해서라면, 나의 기준은 항상 4.252킬로그램과 52센티미터다.

창고 한쪽 후미진 구석에는 신경 써서 접착테이프로 봉해 놓은 듯한 상자가 하나 있었다. 상자 위에는 검은색 사인펜으로 큼지막하게 써놓은 **버릴 것**이라는 문구가 눈에 띄었다. 내 기억이 맞다면, 이 상자는 바로 전, 그리고 그보다 앞선 이사 때도 벌써 버리기로 결정한 것으로, 이래저래 이 창고에서 저 창고로 옮겨 다니며 떠돈 경력이 제법 되는 상자인 셈이다. 그런데 어째서 지금도 이 창고 안에 있는 걸까? 나는 공구함에서 커터를 꺼내 상자를 봉한 스카치테이프를 가르고 상자의 양옆 날개를 쳐들었다. 나의 유일한 대학생활 때 모아둔 오래된 교과서들이 전부였다.

나는 니체의 『선악의 저편』 밑에서 타이핑한 소논문들과 손으로 쓴 노트들을 한 뭉치 찾아낸다. 상자 중간쯤까지 훑어 내려간 나의 두 손은 갈색 봉투를 하나 찾아낸다. 나는 그 갈색 봉투를 연다. 지금으로부터 무려 27년 전에 발행된 신문에서 오린 기사가 그 안에서 나온다. 내 아버지의 장례식에 즈음해서 신문에 게재된 애도의 글이다. 아버지의 친구가 남편을 잃은 엄마에게 마음속에서 우러나온 위로의 말을 전한다. 그

분은 친구의 두 아들에 대해서도 언급한다. 아버지의 움직이는 초상화라고 할 수 있으며, 상업학교 마지막 학년에 재학 중인 로기, 그리고 엄마처럼 음악에 재능이 있으며 대학 철학과 1학년인 요나스. 문득 2주일 뒤면 내가 집 문턱에서 쓰러졌을 때의 아버지와 같은 나이가 된다는 사실이 나의 뇌리를 때린다. 그게 유전적인 결함이 아니라고, 나 역시 똑같은 일로 세상을 떠나지 말라는 법은 없다고 그 누가 감히 장담할 수 있을까?

"부엌 창문으로 잠깐 눈길을 주었는데 말이다, 두 다리의 힘이 풀린 네 아버지가 마치 술 취한 사람처럼 맥없이 주저앉는 게 보이지 뭐니."

엄마는 그렇게 말하곤 했다.

"그래서 내가 얼른 밖으로 나가 보니 네 아버지는 바닥에 쓰러져 있었어. 사람들이 네 아버지를 실어갔지. 날 혼자 남겨두고서 말이야."

엄마는 그러면서 덧붙였다.

"세상에는 끝까지 함께 해주지 못하는 사람들도 있는 법이지."

그날 저녁, 엄마는 옷장 한쪽에 걸려 있던 아버지의 셔츠를 모조리 꺼내 침대에 차곡차곡 쌓았다.

"그런 일은 조금 기다렸다가 하지 그래요, 엄마?"

내가 말했다.

"최소한 장례를 치를 때까지라도 말이에요."

엄마는 아버지의 옷이란 옷은 모조리 기부했다. 엄마가 만에 하나 남편의 코트를 입은 사람을 만나게 되길 원하지 않았기 때문에 나는 옷을 가득 채운 가방 네 개를 조금 떨어진 지역까지 배달해야 했다.

난 아버지가 학교생활은 어떻게 되어가느냐고 물을 때마다 짜증이 났다. 심지어 나는 아버지가 몰래 강의 내용까지 캐고 다니는 건 아닌지 의심을 하기도 했다. 그런데 마침 아버지 유품을 정리할 때 나는 나의 의심이 사실이었다는 확신을 얻었다. 아버지가 『어떻게 하면 니체에 대해서 영리한 질문을 던질 수 있을까?』라는 제목의 책을 주문했다는 것을 알게 되었기 때문이다.

추도문을 다시 봉투에 넣은 나는 계속 상자를 훑어나간다. 상자 바닥에는 낡은 일기장이 세 권 있는데, 그중 하나를 펴자 자신 없어 보이는 내 필체가 눈에 들어온다. 분명 내 필체이기는 한데 내용에 관해서는 기억이 희미하다. 혹시 스무 살 무렵에 쓴 일기? 나는 일기장을 쭉 넘겨본다. 거기 적힌 날짜로 보면 일기는 3년에 걸쳐—중간 중간 휴지기를 포함해—작성되었다.

버릴 것. 당연히 쓰레기통으로 가야 마땅하다. 나는 다른 일기장을 집어 내용을 간간이 읽기도 하면서 재빠르게 살펴본다. 내가 보기에 거기 적힌 글들은 대략 구름에 대한 묘사와 날씨, 여자에 관한 단상으로 구별된다. 첫 장부터 플라톤의 『향연』에서 따온 인용문이 분위기를 잡으면서 철학을 공부할 때 내가 본질에 집중할 수 있는 역량을 갖추고 있음을 노골적으로 드러낸다.

모든 인간은 육체와 영혼에 따라 열매를 맺는다. 그리고 우리는 일정한 나이에 도달하게 되면 태생적으로 번식하려는 욕망을 느낀다.

매번 새로운 글이 시작될 때마다 날짜가 명시되어 있고, 뒤이어 나이 든 농부에게나 어울릴 법하게 그날의 날씨가 기록되어 있다.

3월 2일, 바람 없고 맑음, 섭씨 영하 3도.

4월 26일, 강한 바람, 섭씨 4도.

5월 12일, 약한 남동풍, 섭씨 7도.

날씨 관련 정보에 이어서 다양한 종류의 구름을 묘사한다. 그런 다음 천체에 대한 사색으로 연결된다. 바람에 매끈하게 다듬어진 고적운. *구름에 대한 나의 관심은 언제부터 시들해졌지?* 이런 묘사도 나온다.

사람들은 새로운 달이 지구 주위를 돌기 시작했다는 말을 그럴듯하다고 받아들인다. 하지만 일부 전문가는 그건 궤도를 따라 도는 로켓의 잔재일 거라는 의견을 내놓는다.

이렇게 전개되는 우주의 한가운데, 이미 오래전에 죽은 별 사이에, 난데없이 쇼핑 목록이 튀어 나와 천축 주변으로 타원을 그린다.

딸기향 프레시 치즈와 콘돔을 살 것.

더 읽을 필요도 없이, 나는 내 일기장에 적힌 내용 대부분이 여자들과 여자들의 외모, 몸매 그리고 그들과 나와의 관계에 대한 이야기일 것이라고 짐작한다. 여자들은 모두 이니셜만으로 지칭되는데, 나는 나와 잠자리를 같이 해준 그 여자친구들에게 감사한다. 일기장 한 면에 *고마워 K*란 인사가 나오는가 싶더니 뒤이어 *고마워 D*도 한 면을 장식한다. 때로는 글자 밑에 밑줄이 그어져 있기도 하다. 그런가 하면 *고마워 M*은 두 차례 등장한다. K도 마찬가지다. 몇 달 간격을 두고 두 번 나오니까. 그런데 이 K는 동일 인물일까? 글자 뒤로는 괄호 치고 감상도 첨부되어 있다. L(*처녀*).

나는 양을 기르는 외삼촌댁에서 여러 차례 여름을 보냈다. 그래서인지 외삼촌이 사는 글라시에 계곡 풍경에서 영감을 받은 비유가 간간이 눈에 띈다. (*K의 피부는 새끼 양의 털처럼 보드랍다.*) 그로부터 이틀 후, 이번엔 S 차례다. 나는 기억을 되살리려 애를 써본다. 나는 태어나서 처음으로 여자와 사귀는 게 가능하다고 느꼈다. 한 여자의 시선이 나에게 꽂히는 걸 느끼면서 나는 어쩐지 잘될 것 같다고 중얼거렸던 기억이 난다. 나는 일기장을 넘긴다. G가 여자관계에 있어 마지막 여자인 것 같다. 혹시 구드룬을 가리키는 걸까? 나와 잠자리를 같이 해줘서 G에게 고마움을 표현했을 때의 나는 스물두 살이었다. 내 기억으로는 산으로 소풍 나갔을 때였다. (*G에게는 맹장수술 때문에 새로 생긴 흉터가 있는데, 나는 거기에 대해서는 일절 언급하지 않았다*)라고 괄호 안에 적혀 있다.

나는 매우 특별한 날짜를 찾아 일기장을 훑는다.

1986년 10월 11일.

학교에 갔다가 자전거를 타고 돌아왔다. 실뷔르툰행 도로에서 레이건과 고르바초프가 회프디 하우스 계단 위에 서 있

는 광경을 목격했다. 두 사람 모두 외투를 걸치고 있었다. 한 사람은 트렌치코트를, 다른 한 사람은 모피 칼라를 댄 겨울 코트를 입고 있었다. 잔디밭에는 기러기 세 마리도 함께 있었다. 나는 저녁에 그 두 사람을 TV에서 다시 보았다. 모래와 빙하처럼 검은색과 흰색으로만 나오는 TV.

그 뒤에 곧바로 이어지는 단어. 나도 거기 있었다. 그 세 단어에는 밑줄도 그어놓았다.

다음 날, 같은 페이지,

10월 12일.

아버지가 돌아가셨다.

세상은 이제 그전 같지 않다.

내 삶을 사흘 더 연장하기로 마음먹은 나는 지하실을 비우기 위해 스바누르에게 트레일러를 빌린다.

나는 지하 창고에서 아파트까지 오르내리기를 세 차례 반복했다. 첫 번째는 등받이 없는 의자를, 두 번째는 턴테이블을, 마지막에는 **버릴 것**이라고 적힌 상자를 가지고 올라가기 위해서였다.

높이 올라가면 올라갈수록
날지 못하는 사람들이 보기에
우리는 점점 더 왜소해진다

나는 냉장고를 열어본다. 달랑 달걀 두 개. 달걀 포장지에는
'가장 경험 많은 암탉이 낳은 알'이라고 적혀 있다. 나는 주방
싱크대에서 회오리바람 모양의 파스타 한 봉지를 발견한다.
파스타는 요리하고 나면 부풀어 오르지 아마? 그럼 얼마만큼
의 양을 삶아야 하는 거지? 창가에는 내가 기를 쓰고 살리려
애쓴 파슬리가 자라고 있는데, 솔직히 거의 누렇게 말라버린
상태다. 나는 달걀을 부치고 제일 덜 마른 파슬리를 잘라 프라
이팬 위에 뿌린다.

파스타를 삶는 동안 나는 바둑판 무늬 일기장 마지막 권을
뒤적인다.

다른 글과 길이가 차이나는 글이 얼른 눈에 들어온다. 거의
빈틈없이 빡빡하게 채워진 세 쪽짜리 글이다. 등산 갔을 때의
상황이 상세하게 묘사되어 있는데, 나는 그게 무슨 소설이라
도 되는 양 제목까지 붙였다. *입문을 위한 사원 계단을 오르*
며. 날짜는 6월 7일이라고 명시되어 있는데, 글 첫머리에 *G*도

같이 가고 싶다고 했다고 쓰여 있는 것을 보니 그날 나는 혼자가 아니었다.

성가대 연습이 끝난 후 엄마의 자가용 수바루—배기관이 나갔다—를 빌렸다. 나는 이 산행을 오래도록—G보다 더 오랫동안—꿈꿔왔다. 나는 성가대 여자애 가운데 네 명과 잤는데, 그래서인지 분위기가 심상치 않았다. 엄마 친구인 성가대 지휘자가 나를 따로 부르더니 긴장감 도는 분위기는 목소리를 모으는 데 방해가 된다고 주의를 주었다.

내가 지은 죄를 만회하려고 다섯 번째 여자애를 차에 태워 같이 산에나 다녀오자고 꼬드긴 것 같은 냄새도 살짝 난다.

G는 노란 터틀넥 스웨터와 흰 운동화 차림이었다.

이번에도 쇼핑 목록이 등장한다.

가는 길에 우리는 한 상점에 들렀고, 나는 거기서 새우 샌드위치와 콜라, 프린스 폴로라는 이름의 초콜릿 바를 샀다.

분화구를 향해 달리는 차 안에서 나는 G에게 지난겨울 아버지가 돌아가셨다고, 그래서 가업인 스틸 레그스 회사를 이어나가기 위해 대학을 그만두었다고 말했다. 엄마랑 같이 살고 형이 하나 있다고도 이야기해주었다. 언젠가는 아빠가 되고 싶은 마음이 있다는 말도 했다(도대체 왜 그런 말을 했을까? 그렇게 하지 않으면 안 되겠다는 마음이 들었던 것 같다).
나는 과거에 있었던 어떤 일들에 대해서 이야기했고, 또 그보
다 최근에 일어난 일들로, 즉 나의 사고방식을 설명해주는 일
이라고 여겨지는 것들에 대해서도 언급했다. 물론 그 일들에
대해 지금은 내가 어떻게 느끼는지도 말했다.

이 대목 바로 뒤에 등장하는 문장에는 밑줄이 두 번이나 그
어져 있다. *나는 계속 이야기를 했는데, G는 아무 말도 하지
않았다.*

그다음 다섯 줄은 어찌나 흘려 썼는지 도저히 알아보기 힘
들더니 산이 무대 전면에 등장하는 대목부터는 다시 읽을 만
해졌다.

*G는 높은 산과 바위들을 눈앞에 맞닥뜨리자 도저히 믿을
수 없다는 듯 회의적인 표정을 지었다. 앞장서서 걷는 나의 뒤
를 따라오는 G의 숨결이 목덜미에 느껴졌다. 안개가 끼어 있
어서 정상의 위치를 제대로 가늠하기 어려웠다. 우리는 안개
가 걷히기를 기다렸고, 나는 G에게 동쪽에 펼쳐진 눈부신 빙
하를 가리켰다. 돌아오는 길에 우리는 사랑을 나눴다. 비가 와
서 이끼가 축축하게 젖어 있었으므로 우리는 필요 이상으로
옷을 벗진 않았다. 그렇게 하니 G의 상황은 나보다 약간 더 복*

잡했는데, 그건 G가 아래위가 붙은 일종의 멜빵 바지를 입고 있었기 때문이다. 아주 가까이에서 뇌조 한 마리가 구구 하는 소리가 들려오자, 나는 문득 새들은 무얼 보고 무슨 생각을 할까, 라는 의문이 생겼다. 그때 갑자기 양 한 마리가 우리 곁에 나타나 우리를 물끄러미 쳐다보았다. 나는 G에게 눈을 감으라고 말했다.

그러고는 또다시 자문했다. 양은 무얼 보고 무슨 생각을 할까? 우리가 옷을 다 입었을 때 G가 말했다.

"우리 발아래에서 화산이 폭발했다고 상상해봐."

차를 세워둔 곳으로 가기 위해 우리는 북극 제비갈매기들이 둥지를 튼 곳을 가로지르는 지름길로 들어섰다.

천의 목소리를 지닌 합창단.

난 거기서 그만 점심으로 먹은 새우 샌드위치를 게워냈다.

G는 맥 빠지고 기운 없는 나를 보자 시내로 돌아가는 길에는 자기가 운전을 하겠다고 제안했다. 덕분에 나는 뒷좌석에 몸을 뉘였다. G는 재잘거렸고 나는 말이 없었다. G는 자기 엄마와 간호사 공부, 주삿바늘 꽂을 혈관을 찾는 어려움 등에 대해서 이야기했다. G는 도로 위에 뇌조들이 있다면서 운전하던 도중에 한 번 차를 세웠다.

글은 여기서 끝난다. 암튼 그 중간 이야기가 어찌되었든 나는 다시 산 아래 있다. 그게 그러니까 적어도 거기 적힌 글에 따르면 그렇다는 말이다. *나는 산 정상에서 다시 내려왔다.*

일기장을 넘기자, 그로부터 한 달 뒤, 내가 G의 집에 방문한 이야기가 나온다.

7월 7일.

나는 G의 엄마 집에서 G를 다시 만났다. 나는 처음으로 G가 완전히(조금씩 부분적으로만 벗은 게 아니라) 벌거벗은 모습을 보았다. G의 방문을 열쇠로 잠글 수 없었으므로, 나는 할 수 없이 서랍장을 끌어와서 문을 막았다. 내가 그 집을 떠나려 할 때, G는 나에게 아기가 태어나기를 기다린다고 말했다.

어떻게 그런 일이 있을 수 있느냐고 내가 반문하자 G는 콘돔을 너무 믿어서는 안 된다고 대답했다.

난 아직 다 자라지도 않았는데 벌써 아기 아빠가 된다니. 난 여전히 엄마랑 같이 살고, 첫 영성체 기념으로 산 서랍 달린 침대에서 잠을 자는데 말이다. 나의 육체가 나도 모르는 사이에 달성한 위업에 관한 글은 그다음 장에 두 줄로 요약된다.

산에서 한 아이가 잉태되었고, 한 마리 양이 그 증인이다. 휴지 중인 분화구에서 불과 몇 미터 떨어진 곳이었다.

한 아이가 산에서 잉태되었고,
한 마리 양이 그 증인이다

뜬금없이 구드룬은 내가 입을 스웨터를 짜기 시작했다. 그래서 나는 이제 우리는 커플인가 보다, 라고 생각했다. G는 다림질해서 얌전히 갠 그 스웨터를 나에게 내밀며 말한다.

"네 눈동자 색깔에 맞췄어."

그러더니 G는 이번에는 아기 옷을 짜기 위해 코를 뜬다. 우리는 저녁 무렵 G의 집 소파에 앉아 있다. 우리는 G의 엄마가 있는 곳에서 함께 팝콘을 먹으며 TV를 본다. 양을 기르는 시골 외삼촌댁에서 보낸 네 번의 여름 동안, 양의 출산을 지켜보면서 어미 양의 뱃속에서 끈적거리는 새끼 양들을 꺼냈던 경험이 앞으로 구드룬에게 닥칠 일을 짐작하게 해주었다. 나는 심지어 뿔 달린 어린 숫양의 머리를 밖으로 꺼낸 일도 기억난다. 지금도 어미 양이 매애매애하며 울던 소리가 두 귀에 또렷하게 들린다.

등산을 간 지 8개월이 조금 지났을 무렵, 윤년이라 하루가 덤으로 붙은 날, 구드룬 님페아가 태어났다. 예정일보다 2주 일찍 찾아온 출산이었다. 그래서인지 아기의 손톱이 말랑말

랑했다. 예상대로 아기는 산모의 뱃속에 거꾸로 앉아 있었지만 돌릴 수가 없어서 하는 수 없이 제왕절개 수술을 해야 했다. 나는 산파가 아기를 안고 나에게 다가오자 어찌할 바를 몰라 완전히 겁을 집어먹었다. 산파가 내 두 팔로 마치 조개껍데기처럼 작은 아기 몸을 감싸 안는 법을 가르쳐주었다. 난 내 품 안에 생명을 안았다. 세상에서 제일 부서지기 쉬운 존재. 그러면서 나는 그 작은 생명은 내가 죽은 후에도 살아남을 것이라고 생각했다.

일기장의 마지막 장을 뒤적이던 나는 다음과 같은 문장을 발견한다.

2월 29일. 딸아이는 내가 죽은 후에도 살아남을 것이다. 딸아이의 두 눈꺼풀은 나비의 투명한 날개다.

거기까지 읽은 다음 나는 점심을 먹고 잠깐 주문을 처리하느라 일터로 가야 했다. 웬 남자가 나에게 전화를 걸어 다짜고짜 1시 30분에 주문한 물건을 찾으러 가겠다고 말했기 때문이다.

나는 함께 어울려 놀던 친구들 사이에서 가장 먼저 짝을 찾았다. 이 말은 곧 집에서 규칙적으로 성관계를 갖고, 매일 저녁 여인의 육체에 접근할 수 있다는 사실을 뜻한다. 나는 그 상황에 빨리 익숙해졌다. 아기를 낳은 이후 구드룬은 그녀의 몸에서 나의 접근이 허용되는 부분을 정해놓고 싶어 했다. 그래서 나는 양팔로 그녀의 복부를 얼싸안을 수 없게 되었고, 제왕절개 수술 자국이 난 부분도 만질 수 없게 되었다.

"네 손을 여기 대봐. 아니 그렇게 말고. 그렇게 하고 가만히 있어. 움직이지 말고, 숨도 너무 깊게 쉬지 마."

구드룬이 그렇게 말하는 바람에 나는 어쩔 수 없이 구드룬의 양 어깨를 끌어안거나 내 손을 그녀의 흉곽, 그러니까 젖가슴 바로 아래쪽에 얹고 가만히 있으려고 노력했다. 하지만 이따금씩 금지 사항을 잊어버리고는, 맨살을 더듬어 길을 찾기라도 하듯이, 어느새 손을 복부 아래쪽으로 가져가곤 했다.

"지금 뭐 하는 거야?"

구드룬이 물었다.

"아무것도."

"그럼 내 배 건드리지 마."

그로부터 26년이 지난 후, 구드룬은 나에게 이렇게 말한다.

"님페아는 당신 딸이 아니야. 우리가 이혼하려는 마당이니만큼, 지금이라도 당신이 그 사실을 알아야 한다고 생각했어."

그러고는 한마디 덧붙인다.

"첫 번째 데이트에서 고통과 죽음에 대해 이야기하는 남자는 당신 말고는 본 적이 없어. 당신이 우리는 모두 죽어, 라고 말했을 때, 난 그게 인생을 시작하는 데 괜찮은 출발점이 될 수 있다고 봤어. 그래서 바로 그 순간에 님페아는 당신 딸이 되는 게 좋겠다고 생각했지."

일기장의 마지막을 장식하는 글에는 날짜가 빠져 있다.

나는 살덩어리다.

그 문장을 끝으로 나는 현실에 대해 논평하는 일을 완전히 그만두었다.

나에게 *살덩어리*는 머리 아래쪽에 있는 모든 부분을 가리킨다. 살덩어리는 삶에서 제일 중요한 모든 것의 시작이자 끝이라고 할 때—내가 태어났고, 나의 심장과 허파가 쉬지 않고 계속 움직이니까—한 아기가 태어났으니 나는 나의 살덩어리에서 비롯된 살덩어리에 대해 책임을 져야 마땅하며, 머지않아 내 몸은 더는 작동하지 않을 것이다. 마치 엄마가 세상의 이치에 대해 강의하는 소리를 듣고 있는 것 같은 기분이었다.

"요나스, 너 그거 아니, 위대한 역사는 우리가 태어나기 훨씬 전에 이미 시작되었단다."

상처는 비교적 빨리 아물며, 흉터는 층을 이룬다
어떤 흉터는 다른 흉터에 비해 훨씬 깊다

새벽 2시 15분이다. 누군가 4층 내 집 문을 두드린다. 처음에는 살살, 그러다가 점점 더 세게.

숨을 헐떡이며 층계참에 서 있는 스바누르는 내 어깨 너머를 살핀다. 건물 입구 문은 정상적으로 잠겨 있는데, 그는 저녁 모임을 마치고 늦게 귀가하는 이웃 사람 뒤를 따라 들어왔다고 한다. 잠이 안 와서 서성거리다가 내 방 창 쪽을 보았더니 블라인드 너머로 움직임이 보이기에—누군가가 방 안에서 돌아다니는 중이었다—나도 아직 잠들지 않았다고 짐작했다는 것이었다. 그는 나에게 개를 데리고 같이 산책이나 하자고 말했다. 개는 아래층 트레일러 옆에서 기다리고 있다고도 덧붙였다.

그는 자기 개를 우리 큰딸이라고 부른다.

이 밤늦은 시간에 나는 따로 할 일이 있다고 말해도 되려나?

그가 열린 문틈으로 잽싸게 파고들더니 대뜸 거실로 들어간다. 그는 눈 깜짝할 사이에 그곳을 샅샅이 살핀다. 혹시 이

친구는 나를 감시 중인가?

그의 시선이 잠시 거실 한가운데 놓인 등받이 없는 의자로 향하는가 싶더니 이내 낮은 탁자 위에 놓인 천장 등의 갓으로 옮겨간다. 그가 한 손에 가죽 벨트라도 쥐고 있는 나를 발견했다면 조금 더 감동적이었으련만.

나는 작가들의 자살 방식을 소개하는 곳에 멈춰 있는 컴퓨터 화면을 끈다.

상자 속 내용물은 뒤죽박죽으로 섞여서 식탁 위에 어지럽게 흩어져 있다.

"집을 정리하고 있었나?"

그가 묻는다.

"응, 옛날 서류들을 정리하고 있었어."

내가 휴우, 하고 안도의 한숨을 토해낼 새도 없이 그는 이번에는 욕실로 간다. 나는 잠자코 서서 그가 벽장문을 여닫는 소리를 듣는다. 거실로 돌아온 스바누르는 침실 쪽도 힐끔 쳐다본다. 그에게 빌려온 총은 여전히 침대 위에 얌전히 놓여 있다. 그는 야외 나들이용 옷들이 들어 있는 복도의 벽장까지 돌아본 후에야 집안 검사를 마무리 짓는다.

"난 오로라를 좀더 잘 알고 싶다네."

내 이웃집 남자가 한탄 섞인 투로 속내를 털어놓는다.

인간과 짐승

스바누르는 우리가 항구 쪽으로 내려가는 내내 개의 목줄을 놓지 않는다. 고요한 적막 속에 유모차를 끄는 젊은 아빠를 제외하면 인적이라고는 없다. 나는 구드룬 님페아가 한밤중에 배앓이를 하며 보챌 때 아이 엄마가 눈을 붙일 수 있도록 님페아를 데리고 밤 산책에 나선 적이 있던가?

스바누르가 정적을 깬다.

"난 환한 빛이 너무나 고통스러워."

그는 암캐가 싼 똥을 치우기 위해 몸을 굽힌다.

"비닐봉지 없이 나와서 아무렇지도 않은 척하면서 슬쩍 도망가려는 사람들은 금세 알아볼 수 있지."

우리는 포경선과 고래 잡는 광경을 구경하려는 관광객들을 실어 나르는 배 사이로 난 부교에 다다른다. 우리 머리 위로는 거대한 하늘이 펼쳐져 있다.

"아름답지 않아?"

스바누르가 묻는다.

나는 아무 대꾸도 하지 않는다. 오렌지 빛깔을 띤 노르스름한 세 개의 가로줄이 쳐진 봄의 멋진 하늘조차 나를 흥분시키지 못한다. 똑같은 광경을 작년에도 보았고 재작년에도 보았는데 뭐. 나는 계속 무심하게 살거나 더는 존재하지 않을 수 있다.

"우리는 한없이 작은 존재라네."

스바누르가 개를 쓰다듬으면서 말한다.

그는 곧 자기가 한 말을 정정한다.

"인간은 한없이 작은 존재라고."

우리가 등대 방향으로 걷는 사이에 스바누르는 전날 같은 길을 걷다가 바다표범을 보았다고 말한다. 바다표범도 그를 보았다는 것이었다. 인간과 짐승이 서로 상대의 눈을 똑바로 쳐다보았다나 뭐라나. 그래서 그는 휴대폰을 꺼내 사진을 찍어야 하나 망설이다가 결국 인간과 짐승일 뿐, 그 이상의 깊은 의미 따위는 없잖아, 라고 생각하면서 포기했다고 한다. 집으로 돌아온 후 그는 인터넷에서 드라이버 사용법을 익힌 바다표범에 관한 기사를 읽었다고 했다.

"그런데 말이야, 내가 하필이면 그날 그런 기사를 읽게 된 게 완전히 우연일까?"

그가 나는 쳐다보지도 않고 그저 잔뜩 부풀어 오른 하늘만 바라보면서 자신에게 묻는다.

우리는 둘 다 말이 없다.

개는 컹컹 짖으면서 미역이 있는 곳으로 가자고 줄을 잡아당기지만, 스바누르는 개의 뜻대로 해주고 싶은 마음이 없는 눈치다. 북극 제비갈매기 한 마리가 우리 쪽으로 수직 하강하자 나는 손으로 그것을 물리친다. 산란기가 막 시작된 참이었다.

"자네, 혹시 인간만이 기쁨이나 슬픔 같은 감정을 표현하기 위해 눈물을 쏟아내는 유일한 동물이라는 사실을 알고 있었나?"

스바누르가 여전히 먼 바다 쪽으로 눈길을 준 채 혼잣말하듯 덧붙인다.

나는 그렇다고 대답하면서도, 그건 어디까지나 눈물샘의 자극을 받은 결과가 아닐까, 하는 의문이 든다.

"동물들과 달리 우리는 말이지, 삶에 끝이 있다는 사실을 알고 있어."

스바누르는 말을 계속한다.

"우리가 존재하는 시간이 끝난다는 걸 알고 있다니까."

눈을 두리번거리면서 쓰레기통을 찾던 그는 어디에도 쓰레기통이 보이지 않자 돌아오는 길 내내 손끝으로 비닐봉지를 들고 온다.

헤어지면서 인사를 나누는 순간, 나는 그가 아직 마음속에 담아둔 무언가가 있음을 직감한다. 그는 트레일러 앞에서 주춤거린다.

"자네, 탄알도 필요한가?"

그가 운을 뗀다.

"응."

"나도 그럴 거라고 생각했네."

그가 또 머뭇거린다.

"운이 없군. 가지고 있던 탄알은 지난해 뇌조 사냥 나갔을 때 다 썼어."

그가 민망한 듯 내 어깨 너머 허공을 응시하는 동안 그의 개는 나를 똑바로 쳐다본다.

"솔직히 말하면, 난 이제까지 총기라고는 한 번도 사용해본 적이 없네."

나는 스바누르에게 실토한다.

"나도 그러리라고 짐작은 했네. 자넨 총 같은 건 쏘지 못할 거라고 말이야."

그의 말이 맞다. 난 그렇게 하지 못할 것이다. 나 아닌 다른 사람이 총에 맞을 위험이 크다.

그는 가끔 우리 집에 놀러가도 되겠느냐고 묻는다.

"이따금씩 자네를 보러 가도 될까?"

나는 앞으로 며칠은 좀 바쁠 것 같다고 말한다.

"집을 떠날 예정이거든. 여행갈 거야."

나는 별 생각 없이 되는대로 떠벌린다.

사라져야겠다는 생각이 불시에, 번갯불처럼, 내 머리를 관통한 것이다. 그렇게 하면 님페아가 나의 몸뚱이를 발견하게 될 일을 염려하지 않아도 될 테니까. 공중에서 빙빙 맴돌며 지면에서 불과 몇 미터 떨어진 곳까지 내려오더니 결국 땅으로 떨어져 숨을 거두는 새의 처지와 다를 바 없는 나의 몸뚱이. 마지막으로 날개를 퍼덕거리다가 거대하게 벌어진 틈새, 마지막 조준점인 그곳에 떨어진 새의 백골은 그래도 여행자에게 이정표는 되어줄 테지.

곰곰이 생각해본 후, 나는 발견되지 않을 수도 있다는 잠재적 가능성은 배제한다. 만일 그렇게 된다면 님페아는 평생 나를 찾아다닐 수도 있고, 그러다가 결국 고통에게 삶의 자리를 내어주게 될 수도 있을 테니까. 반면, 내가 외국으로 여행을 떠난다면, 님페아와 엄마는 상자에 잘 포장되어 돌아온 나를 맞이하게 될 것이다.

"네 아버지는 일생에서 가장 긴 여행길에 올랐어."

엄마는 나에게 이렇게 말했다.

엄마는 문간에 서서 나를 기다리는 중이었다. 나는 시험을 치고 집에 돌아오는 길이었다.

"어디로 떠났는데?"

나는 팬지꽃을 심어놓은 화단에 떨어져 있는 아버지의 서류가방을 보며 다급하게 외쳤다.

나는 서류가방을 내 방으로 가져와서 안에 들어 있는 고지서들을 책상 위에 쭉 늘어놓았다. 다음 날 나는 엄마에게 대학을 그만두고 스틸 레그스 회사로 들어가 가업을 잇겠다고 선언했다. 어느 정도 부침이 있다고는 해도, 철강 제품이 누리는 인기는 여전했다.

나는 걱정하지 말라고 엄마에게 큰소리쳤다.

"내가 살면서 제일 좋은 순간은 말이지."

스바누르가 주절거린다.

"동틀 무렵 총을 들고 혼자 황야에 있을 때라네. 침낭 속에서 배를 깔고 엎드려 새들이 잠에서 깨어나길 기다리지. 땅 위에 살짝 깔린 눈을 관찰하며 침묵할 때면 꼭 엄마 뱃속에 있는 것 같다니까. 안전하게 보호받는 느낌이 든다네. 그래서 그곳을 떠나고 싶지 않아. 태어날 필요를 느끼지 않는단 말이지."

난 그때 스바누르에게 뭐라고 대꾸했더라?

난 그가 한 말을 반복했다.

"암, 그럴 필요가 없지, 왜 떠나겠어."

그게 내가 그에게 한 마지막 말이었다. 그러니까 '떠나다'가 제일 마지막 단어인 셈이다.

말은 살이 되어 우리와 함께한다

나는 님페아에게 전화를 걸어 약속을 잡는다. 딸아이는 테이블 두 개와 의자 몇 개가 있는 빵집에서 보자고 한다.

지난번에 만났을 때, 그 아이는 내가 쓰레기를 분리하는지, 종이류를 담는 파란 쓰레기통을 장만했는지 알고 싶어 했다. 한편 나는 딸아이에게 시그트리구르의 안부를 물었는데, 딸은 나에게 되물었다.

"트리스탄 말하는 거야, 아빠?"

딸은 덧붙였다.

"이제 개랑은 끝났어."

내 딸은 아빠가 아니라 애인이 필요하다. 그러니 내 역할은 이제 끝났다.

딸아이는 가장자리에 모피를 댄 모자가 달린 파란색 파카 차림으로 나를 향해 함박미소를 짓는다. 내가 지난 크리스마스 때 선물한 파카다. 나는 그 아이가 치아 교정기를 달고 주말 내내 엉엉 울었던 때를 떠올린다. 딸아이는 파카를 벗어 의자 팔걸이에 걸쳐놓는다.

내 딸은 해양생물학 전문가다. 그 아이는 플라스틱이 해양 동식물에 끼치는 유해성에 관해 논문을 썼다. 특히 남자의 정자 생산에 관한 플라스틱의 유해성에 관심이 많다.

다량의 불소를 함유한 분자들, 이라고 딸이 말한다.

나는 얌전히 고개를 끄덕인다.

기후 변화에 따른 대양의 산성화와 산소 제거에 관한 나의 모든 지식은 딸아이 덕분이다.

아주 어렸을 때, 딸아이는 흐르는 물에 관심이 많아서 수도 꼭지란 수도꼭지는 모두 열어놓았던 기억이 난다. 개수대 가장자리에 턱을 괴거나 의자를 끌어와 그 위에 올라가서는 물이 흐르는 광경을 지켜보던 아이였다.

"물이 흐르네."

딸아이는 두 살 무렵에 그렇게 말했다.

딸은 핫초콜릿과 빵을 주문하고 나는 커피와 '행복한 결혼'이라는 이름의 케이크 한 조각을 주문했다.

"작년에 전 세계에서 무기와 군사장비를 구입하기 위해 무려 240조 쿠론24만 6천 조 원을 썼다는 사실을 아빠도 알고 있었어?"

딸은 뜨거운 초콜릿 음료를 한 모금 마시고는 윗입술에 묻은 크림을 닦는다.

"계산해볼 필요가 있어."

딸아이가 말을 이어간다.

"전쟁으로 이익을 챙기는 사람들 때문에 입은 손해를 똑 부러지게 계산해서 그자들에게 비용을 지불하도록 해야 한다니까. 그래야만 그자들이 평화 유지보다 전쟁 비용이 훨씬 크다는 걸 알게 될 테니 말이야. 어찌되었든 그자들이 이해하는 유일한 언어는 돈이라는 언어니까."

딸아이가 덧붙인다.

내 딸은 말할 때 온몸을 사용해서 표현하는데, 그게 끝나면 갑자기 입을 다물어버린다.

"최근에 할머니 뵈러 간 적 있니?"

내가 묻는다.

"응. 할머니도 나랑 동감이셔."

"왜 아니겠니."

우리는 같이 웃는다.

나는 어떤 부류의 아빠였던가?

나는 항상 딸과 잘 지냈다. 난 그 아이에게 한 번도 화를 낸 적이 없다.

아이의 질문에는 꼬박꼬박 대답해주었고, 축구 연습 갈 때마다 데려다주었으며, 아이가 가느다란 두 다리에 무릎까지 올라오는 초록색 양말을 신고, 너무 크다 싶은 장갑을 낀 채, 언제라도 겁 없이 공에 달려들 태세로 골대 앞을 지킬 때면, 늘 아이에게서 눈을 떼지 않았다.

답: 나는 평균적인 아빠였다.

점수: 10점 만점에 7.5점.

나는 내가 일생에서 가장 긴 여행길에 오른다고 딸아이에게 말을 해야 할지 나 자신에게 스스로 물어본다.

"무슨 일 있어, 아빠?"

딸이 묻는다.

"아빠 지금 아주 이상한 표정으로 나를 바라보고 있거든."

"아무 일 없어."

"확실해?"

"그럼, 확실하지."

나는 생각에 잠긴다. 혹시 이 아이는 다 알고 있을까? 제 엄마가 다 말해준 건 아닐까?

아이는 나를 주의 깊게 살핀다.

"아무 일 없는 거 확실해, 아빠?"

"그럼, 모든 게 이 이상 더 좋을 수 없지."

"엄마 소식 들었어?"

"아니, 전혀."

"두 사람, 다 괜찮은 거지?"

"그럼, 다 괜찮다니까."

아이는 더 가까이 다가와 나를 살핀다.

"혹시 슬픈 건 아니고?"

"아니, 슬프지 않아."

나는 이 아이가 과연 나를 용서해줄지 궁금하다. 아니, 이 아이는 아마 나를 원망할 거야, 심지어 증오할 수도 있지. 이 아이는 아들을 낳으면 아들에게 내 이름을 붙여줄까? 이 아이의 아들은 자기 엄마처럼 주근깨투성이일까? 그 아이는 혼자 있는 걸 좋아할까, 탐험가 기질을 가졌을까?

"아빠, 혹시 어디 아픈 거 아냐?"

"아니, 그런 거 아니라니까."

딸은 주문한 빵을 다 먹고 테이블 위에 흩어진 빵 부스러기를 긁어모아 접시에 담는다.

"혼자 너무 외로운 것도 아니고?"

"아니야, 아니래도."

딸아이는 여전히 뭔가 짚이는 데가 있는 모양이다.

"그게 말이지, 지난밤에 내가 꿈을 꾸었거든. 그래서 자꾸 묻는 거야."

그 아이는 잠시 머뭇거린다.

"꿈에서 내가 떡두꺼비 같은 아들을 낳았어."

"무슨 말인지 알겠어."

"머리가 엄청 컸지."

이 아이에게 나는 해몽이라면 젬병이라고 고백해야 하려나?

딸아이는 깊이 숨을 들이마신다.

"그런데 글쎄 그 아이가 자세히 보니 아빠지 뭐야."

"그게 무슨 소리야?"

"꿈속의 아기. 내가 내 아빠를 출산하는 중이었다니까."

나는 적절한 반응을 보이기 위해 최선을 다한다.

"그 꿈, 혹시 새로운 프로젝트 같은 걸 뜻하는 건 아닐까?"

"응, 나도 좀 찾아봤어. 아기의 출생은 부활이나 새 출발을 의미한대. 그런데 또 동시에 자신의 일부가 소홀히 되고 있다는 의미이기도 하대. 머리가 큰 건 홀대 취급 받고 있는 부분에 특별한 주의와 보살핌이 필요하다는 말이고."

나는 또 생각에 잠긴다.

"그러니까, 넌 그 꿈의 의미를 이해했어?"

짧게 몰아쉬는 아이의 숨결은 불안감을 드러낸다.

"더러는 아이의 출생이 죽음을 상징하기도 한대."

"그렇구나."

"육체적인 죽음이라기보다는 무언가의 끝, 또 다른 무언가의 시작, 뭐 이런 거지."

딸아이가 핫초콜릿을 비우는 사이 우리는 둘 다 말이 없다. 그러더니 아이가 내 쪽으로 돌아앉는다.

"근데 아빠, 아빠는 꿈 안 꿔?"

"글쎄, 별로."

"오르간 연주자의 아들이면 오르간 음악 꿈 정도는 꿔줘야 하는 거 아닌가?"

나는 빙긋 미소 짓는다.

"아니, 오르간 음악 꿈이라곤 꾼 적이 없어."

딸아이는 도로 파카를 입는다. 갑자기 걱정스러운 표정을 짓는다.

"깜빡 잊고 있었어."

그 아이가 고무줄로 머리를 질끈 동여매며 말한다.

"주방 벽장의 경첩 하나가 고장 나는 바람에 문짝 하나가 떨어져서 타일 바닥이 깨졌어. 아빠가 잠깐 와서 봐줄 수 있어?"

님페아는 한 여자친구와 함께 작은 아파트를 임대했다. 이 둘이 이사하기 전에 나는 주방 수납장을 손보고, 손잡이를 바꾸어 달아주고, 페인트칠도 새로 해주었다. 해묵은 욕조 대신 새 샤워부스를 설치하고 주위에 타일도 발라주었다.

"그럼, 문제없어."

내가 대답한다.

나는 내 인생에 등장하는 세 구드룬이 요청하는 거라면 뭐든 다 해준다. 선반과 거울을 단단히 고정하고, 가구를 원하는 곳으로 옮겨준다. 내가 타일을 깔아준 욕실만 해도 벌써 일곱 개에다 시스템 싱크대 장을 설치해준 주방이 다섯 개나 된다. 나는 마루도 깔 줄 알고, 이중창 유리를 왕창 깨부수어야 했던 적도 있다. 그럼에도 나는 부수는 사람은 아니며, 어디까지나 제대로 기능하지 않는 것을 정비하고 수선하는 사람이다. 누군가 나에게 왜 그런 일을 하느냐고 묻는다면, 나는 여자가 부탁한 일이기 때문이라고 대답한다.

나는 두 팔로 딸아이를 품에 꼭 끌어안는다.

정작 하려고 했던 말은 도로 집어삼키는 대신 이렇게 말한다.

"인간은 울음을 우는 유일한 동물이라는 사실을 너도 알고 있니?"

딸아이의 입이 귀에 걸린다.

"아니, 난 몰랐던 사실이야. 난 인간이 웃을 수 있는 유일한 동물이라고만 알고 있었어."

집에 돌아온 나는 서가에서 해몽에 관한 책을 찾는다. 구드룬이 가져가지 않은 그 책은 티크 목재로 제작된 가구 관리법을 소개하는 책과 같은 줄에 꽂혀 있다.

나는 오르간 항목을 찾는다.

아름다운 오르간 음악을 듣는 꿈은 정력이나 수컷성을 의미한다, 라고 그 책에 적혀 있다.

아빠, 아빠가 생각하는 모든 것을 다 믿으면 안 돼, 라고 님페아는 헤어지면서 말했다.

달나라로 가는 편도 여행

마을에는 정적이 내려앉는다. 새 한 마리만 꺽꺽 울어댈 뿐.

행선지를 어디로 잡을 것이냐, 그것이 문제다.

나는 인터넷에서 전쟁 지역 부근에 특히 집중하면서 적절한 목적지를 검색한다. 전쟁 지역이라는 기준에 부합하는 곳으로 첫 페이지에 뜨는 나라만 해도 63개국이나 된다. 스바누르가 보았다는 여자와 전쟁에 관한 다큐멘터리 영화에 등장하는 곳은 도대체 어디였을까?

마침내 나는 치열한 전투 때문에 오랫동안 미디어 1면을 장식해오다가 몇 달 전 휴전 협정에 서명한 후 무대 전면에서 사라져버린 나라를 선택한다. 그러나 그곳의 상황은 여전히 불안정하며 휴전 협정이 제대로 유지되고 있는지조차 불확실하다. 내가 보기에는 더할 나위 없이 이상적인 곳이지만 길거리

어디에선가 총을 맞을 수도 있고, 지뢰를 밟을 수도 있는 상황이므로. 내 귀에 스바누르의 목소리가 들리는 듯했다.

"자네가 만일 여자라면, 우선 강간당하는 것으로 시작해야 할 걸세."

이 여행은 편도 여행이 될 것이다. 호텔이야말로 여행에 종지부를 찍기 적합한 장소다. 나는 인터넷에서 뉴스 시간에 이름을 들었을 정도로 전쟁이 심하게 할퀴고 간 한 마을에 있는 호텔을 찾아낸다. 누가 보아도 전쟁 전에 찍은 것이 분명한 소개 사진 속의 호텔은 꽃이 만발한 작은 광장 정면에 있고, 인근 시골에서는 양봉업이 성행한다고 적혀 있었다. 호텔에서 멀지 않은 곳에 해변이 있어서 관광지로도 각광받으면서, 그와 동시에 고고학 유적지와 진흙 마사지로 널리 알려진 곳이기도 했다. 호텔 내부에 온천과 고대 모자이크 벽화가 있다는 설명도 첨부되어 있었다.

나는 턴테이블 위에서 돌아가는 「원 웨이 티켓 투 더 문」One Way Ticket to the Moon을 들으면서 작별 편지를 쓴다.

편지를 받는 사람은 누구로 해야 할까? 내 딸과 엄마, 그러니까 동명이인인 구드룬 N과 구드룬 S?

나는 스바누르와 함께 산책했을 때 그가 했던 말을 되새겨본다.

"사람은 빨리 잊히기 마련이지. 결국 누구든 자네를 기억에서 지워버리게 된다니까."

끝내주는 피부를 가진 님페아는 자기 무릎에 대헤 늘 불만이다. 그 아이에게 괜히 그런 것에 마음 쓸 필요 없다고 말해줘야 하나? 남자들은 무릎 같은 건 관심도 없다고. 남자들은 여자들을 한 조각 한 조각 따로 노는 부품으로 보지 않고 전체적인 느낌으로 판단한다. 그런데 정말 그럴까? 나는 내 손으로 기록한 일기를 다시금 생각한다.

엄마는 당신 무덤을 장식해줄 식물에 대해서 벌써 나름대로 구상을 해두었다. 엄마가 원하는 건 키 작은 관목에 속하는 난쟁이 수양버들이다. 그렇다면 나도 내 생각을 미리 정리해두어야 할까? 허례허식은 필요 없고, 관은 손잡이 없는 목재 상자, 그마저도 가장 값싼 비가공 원목이면 충분하다, 이런 식으로?

나는 편지 초고를 쓰기 시작한다. *나는 결국 떠나고 말았구나.* '결국'이란 말은 왜 넣었을까? 나는 문장을 고친다.

이어서 다음과 같은 말을 덧붙인다. *나는 돌아오지 않을 작정이야.* 나는 곧 돌아오지 않을 작정이야를 지우고 그 대신 이제는 존재하지 않을 게다를 적어 넣는다. 지금은 봄이라고 꼭 써야만 하려나? 그렇다면 어디쯤에 그 말을 넣어야 하지? 문득 편지에 '끝나갈 무렵'이라는 표현을 넣고 싶은 욕망이 솟아난다. 이렇게 말하면 될까? 다음 주가 끝나갈 무렵이면 나는 이제는 여기 있지 않을 거야, 라고? 아니면, 다음 주가 끝나갈 무렵이면, 이 세상은 나 없이 돌아갈 거야, 라고? 나 없는 이 세상에서 일기 예보는 무슨 말을 늘어놓을까? 앞으로 며칠은 따뜻하고 비가 내리겠습니다. 나는 *다음 주가 끝나갈 무렵이면, 날씨가 화창해질 거야*, 라고 쓴다. 님페아는 내 말이 무슨 뜻인지 잘 이해할 거다.

나는 쓴 걸 전부 지워버린다.

그러고는 처음부터 다시 시작한다.

나는 그 어떤 친아버지도 나보다 더 자랑스러워했을 거라고는 생각하지 않는단다. 나는 '친'은 지워버리고 아버지만 남긴다.

나는 그 페이지를 쭉 찢어버리고 다시 시작한다.

난 스틸 레그스 회사를 에이리쿠르 구드문손에게 팔았단다(그렇지. 주방 파트 전문 기업 스틸 프레임 회사의 경영 책임자, 바로 그 사람). 그자가 6월에 잔금을 네 계좌로 입금할

거야.

너의 아빠가.

신은 고통받음으로써
괴로워하는 자를 구한다

나는 고인에게 어울릴 법한 짐을 싼다. 가방은 거의 텅텅 비었다. 선크림, 면도기, 갈아입을 여분의 셔츠, 샌들, 수영복, 반바지, 사진기나 휴대폰도 없다. 누구도 나에게 연락할 수 없을 것이다.

그런 다음 나는 아파트를 대충 치운다.

이불을 펼쳐 큰 침대를 덮으면서 표면이 매끈해지도록 군데군데를 매만진다. 이번에는 이불 위에 침대 덮개를 씌우고는 네 귀퉁이를 잡아당겨 면을 고른다. 청소기도 한 번 돌려야 하려나? 나는 옷장을 연다. 저기 저 선반 구석에 얌전하게 개켜져 있는 것이 구드룬이 짜준 스웨터 맞나?

나는 침대 협탁에 쌓여 있는 책들도 가지런히 정리한다. 『성경』이 왜 여기 있지? 책갈피는 「욥기」에 꽂혀 있다. 구드룬과 내가 더 이상 잠자리를 같이하지 않게 된 이후, 구드룬은 몸에 오리털 이불을 두른 채 책을 한 권 쥐고 침대 한쪽 끝에서 잤다. 나는 나대로 책을 한 권 쥐고 반대쪽 끝에서 잠을 청했다. 그렇게 해서 읽은 책이 『성경』『코란』『베다』 이렇게 세 권이었는데, 세 권 모두 내가 아는 그 어떤 사람도 끝까지 읽지 못한 책이었다. 내가 총 1,829쪽에 이르는 『성경』을 읽는 데에는 석 달이 걸렸고, 나머지 두 책은 그보다 조금 덜 걸렸다. 나는 사도 바울이 쓴 「아가서」와 『코란』에 담긴 평화의 메시지가 가장 마음에 들었다. *사람을 한 명 죽이는 것은 인류 전체를 죽이는 것이며, 한 사람의 생명을 구하는 것은 인류 전체를 구하는 것이기 때문이다.* 나는 『베다』에 등장하는 *천 개의 머리와 천 개의 눈, 천 개의 발을 가졌으며 이 세상 전부를 자신의 품 안에 담고 있는 푸루샤*에게도 마음이 끌린다.

구드룬은 딱 한 번 나한테 뭔가를 읽어달라고 청한 적이 있다. 그 무렵 그녀는 벌써 우리 이불에 따로따로 커버를 씌우고, 우리 두 사람 사이에 쿠션을 쌓아올리기 시작한 터였다. 마치 부부 침대의 동안과 서안 사이에 요새를 쌓아올리듯이 말이다.

* 인도 신화에 등장하는 거인.

"내가 당신한테 뭘 읽어주면 좋겠어?"

내가 물었다.

"그냥 지금 당신이 읽고 있는 대목."

나는 「욥기」를 읽는 중이었으므로 욥에 대한 묘사 부분을 읽었다. 청렴하고 의로우며, 신앙심 깊고 양심적인 그가 고통의 동아줄로 몸이 묶여 괴로움을 당하는 대목.

"벌거벗은 채 내 어머니의 뱃속에서 나왔으니, 나는 벌거벗은 채 그곳으로 돌아갈 겁니다."

"고마워."

나지막하게 말하는 구드룬의 목소리에서 떨림이 느껴지는 것 같다고 생각했다.

이윽고 그녀가 혼자 중얼거리는 소리가 들린다.

"나도 그쯤은 알고 있었어."

구드룬이 우리 둘 사이에 놓인 쿠션들을 이리저리 옮기더니 나에게 등을 돌려버린다. 나는 잠옷 속으로 드러나는 그녀의 동그스름하고 예쁜 어깨를 물끄러미 바라본다. 내가 만일 「아가서」를 읽는 중이어서, *너의 가슴은 포도송이 같다*는 대목을 읽었더라면, 나는 어쩌면 아직 기혼남이었을지도 모른다.

잠시 후 일어나 욕실로 간 그녀는 침실로 돌아와 말한다.

"세면대 수도꼭지 물이 새."

다음 날, 주방 식탁에는 메모 한 장이 놓여 있다.

복도 전구가 나갔어.

우리는 이런 식으로 중간에서 만난다. 나는 그녀에게 고통을 주고, 그녀는 나에게 성가신 일들을 맡긴다.

나는 저녁까지는 세상에 내가 존재함을 선언할 수 있다
어디서나 무언가 할 일이 있으므로

접시를 닦아서 물기까지 말끔히 제거한 후 벽장 안에 넣은 다음 싱크대 가장자리를 박박 문지르고 행주까지 빨아서 넌다.

창문을 전부 연다.

창문을 전부 닫는다.

침대는 아까 정리를 끝냈으므로, 나는 소파에 몸을 눕히고는 아무 생각도 하지 않으려고 노력하면서 두어 시간 동안 누워 있다. 인생에서 아직도 나를 놀라게 할 만한 것들이 남아 있을까? 인간의 악함? 아니, 그 분야에 관한 한 나는 알 만큼은 다 안다. 인간의 선함? 아니, 난 좋은 사람들을 충분히 만났으므로, 이미 인간의 선함에 대한 믿음을 가지고 있다. 산 정상에서 느껴지는 무한한 아름다움, 하나의 풍경에서 배어나오는 수많은 폭과 두께, 끝없이 이어지는 산, 산, 산, 파란 바탕 위에 펼쳐지는 온갖 뉘앙스의 파랑? 끝없이 펼쳐지는 검은 모래 해변과 동쪽에 벽처럼 둘러선 빙하의 눈부심, 합성수지 판 아래에서처럼 서서히 형태를 바꿔가면서 수천 년 동안 이어져 내려오는 꿈같은 윤곽선? 나는 그 모든 것을 속속들이 꿰고 있다.

아직도 내가 시도해보고 싶은 무언가가 남아 있을까? 내 머릿속에는 아무것도 떠오르지 않는다. 나는 발그스름한 핏덩어리인 갓난아기를 품에 안아 보았고, 12월이면 침엽수 숲에서 크리스마스트리로 쓸 전나무를 베어보았으며, 아이에게 자전거 타는 법을 가르쳐주었고, 한밤중에 눈보라가 휘몰아치는 산간도로에서 혼자 타이어도 갈아보았다. 나는 내 딸의 머리를 땋아주었으며, 외국에 갔을 때 빽빽하게 들어선 공장들 때문에 잔뜩 오염된 계곡을 따라 차를 몰아보기도 했고, 몇 량 안 되는 작은 기차의 마지막 칸에서 몸이 심하게 흔들리는 것을 느끼며 달려보았고, 검은 모래로 뒤덮인 사막 한복판에서 가스버너로 감자를 익혀보았으며, 그림자가 때로는 길어 졌다가 때로는 짧아지는 곳에서 진실과 드잡이도 해보았다. 인간은 웃기도 하고 울기도 한다. 인간은 괴로워하기도 하고 사랑하기도 하며, 엄지손가락을 가지고 있고, 시를 쓸 줄 안다 는 사실을 나는 알고 있다. 인간은 자신이 죽음을 피하지 못하 는 존재임을 안다는 사실도 알고 있다.

그러니 나한테 무슨 할 일이 남아 있단 말인가? 밤 꾀꼬리 가 지저귀는 소리 듣기? 또는 흰 비둘기 먹기?

택시가 건물 입구에서 대기하는 동안 나는 문앞에서 다시 몸을 돌려 몇 가지 연장을 가지러 간다. 내가 어떤 상황에 처 하게 될지 누가 알겠는가. 천장에 고리를 달아야 할 수도 있지 않겠는가 말이다. 나는 또 연장 코드와 변압기도 하나씩 챙긴 다. 그러면서 이러느니 차라리 내 소형 공구함, 그러니까 무선 드릴이 들어 있는 상자에 이런 걸 다 넣어가지고 가는 편이 낫 겠다고 생각한다.

문을 닫기 전에 나는 침대 협탁에 놓여 있는 님페아의 독사 진 액자를 가지러 간다. 사진 속의 딸아이는 다섯 살인데, 가 느다랗게 땋은 머리에 막 앞니 두 개가 빠진 터라 잇몸이 부은 상태다. 빙하 석호 인근 캠핑장에서 찍은 그 사진 속에서 아이

는 청록색 빙하를 배경으로 하늘을 향해 작은 다섯 손가락을
활짝 펴 보이고 있다. 쓰레기통 옆을 지나는 순간 퍼뜩 누군가
가 쓰레기 더미에서 내 낡은 일기장을 꺼내 읽을 수도 있겠다
는 생각이 뇌리를 스친다. *Apologia pro Vita Sua.** 일기장에는
요나스 에베네세르 스넬란드라는 이름이 또박또박 적혀 있
다. 왜 나는 나의 정체성을 표시하기 위해 외가 쪽 이름을 사
용했을까? 나는 일기장을 두루마리처럼 둘둘 말아 재킷 속주
머니에 쑤셔 넣는다.

　일기장들은 외국에 나가 내가 처음 마주치는 쓰레기통으로
직행할 것이다.

　됐어, 드디어 출발하는 거야.

　나 자신과 만나기 위해.

　나의 마지막 날을 맞이하기 위해.

　나는 모든 것에 작별을 고한다.

　크로커스 화분에는 꽃이 한창이다.

　나는 내 뒤에 아무것도 남겨두지 않는다.

　나는 이제 영원한 빛에서 어둠으로 넘어간다.

---

* 그의 생애를 위한 변호.

110

지금 존재하는 것은 지금 끝난다

나는 비행기 안에서 잠이 든다. 양 한 마리가 내 귀를 핥는 꿈을 꾸다가 놀라서 착륙 직전 잠에서 깨어난다.

비행기는 구름 속을 가로질러 하강한다.

나는 하늘을 난다.

나는 하늘을 난다.

나는 짠 바다 근처의 대지를 향해 날아간다.

너른 평야와 들판, 끝없이 이어지는 숲, 풍경 속에 박힌 거울처럼 얼어붙은 호수들이 눈에 들어온다. 철제 날개의 그림자가 숲 언저리와 들판 위로 길게 드리운다. 활주로가 전속력으로 내 품을 파고든다. 나는 착륙한다. 비행기 창문에서 멀지 않은 곳에 서 있는 한 그루 나무의 잎사귀들이 흔들린다. 나의 두 눈은 하늘과 숲이 만나는 언저리쯤에서 수평선을 찾아 두리번거린다. 나는 그곳에, 더 멀리 가지 않고 딱 거기까지만 갈 작정이다.

나는 일주일이면 모든 것들을 끝낼 수 있을 것이라고 생각한다.

나는 어둠과 빛깔 짙은 키다리 나무들로 가득 차 있는
숲일지니, 나의 어둠을 두려워하지 않는 자라면
나의 실편백 아래에서 장미 화환을 발견할지니

밖으로 나오자 점퍼 차림의 남자가 빨간색 사인펜으로 두
개의 이름을 적은 종이를 치켜들고 서 있다. 위쪽에는 요나스
씨, 그 아래쪽에는 웬 여자 이름이 적혀 있다. 호텔 측에서 데
리러 나온 두 승객인 나와 여자는 택시 뒷좌석에 나란히 앉는
다. 택시기사 뒤에 앉은 여자는 날씨가 잔뜩 찌푸렸는데도 선
글라스를 벗지 않는다. 낡은 자동차는 먼지투성이인데다 좌
석 시트는 천이 반질반질하게 닳았고, 내 등짝으로는 용수철
이 느껴질 정도다. 안전띠도 나달나달하다.

"결혼하셨어요?"

택시기사가 우리 쪽을 향해서 고개를 끄덕이며 던진 첫 인
사말이다. 먼저 나를 바라보고는 긍정이라고 판단한 그가 여
자 손님 쪽으로 시선을 옮겼을 때 비로소 나는 여자에 관한 한
그의 말은 진짜 질문이었음을 깨닫는다. 여자는 그 나라 언어
로 뭐라고 말하면서 고개를 흔든다. 파란 정장 차림에 목에 스
카프를 두른 여자는 두 손을 앞좌석의 등받이에 올려놓고는,

마치 스튜디오에서 화보 촬영이라도 하듯이, 몸을 약간 앞으로 굽힌다. 나는 지금껏 내 나라에서 이토록 멀리 떨어진 곳으로 와본 적이 없다. 너무 멀리 온 나머지 나는 여기저기서 들리는 말이라고는, 심지어 나에게 맥주를 가져다주는 카페 종업원이 하는 말도 못 알아듣는다. 그건 상대도 마찬가지다.

호텔 사일런스는 공항에서 차로 한 시간 정도 걸리는 바닷가에 자리 잡고 있는데, 택시기사는 도로망이 아직 완전히 가동되지 않아 외곽으로 빙 둘러서 시내를 가로질러야 한다고 설명한다. 요컨대 정상적일 때에 비해서 30분 정도 시간이 더 걸린다는 것이다. 우회로의 일부는 지도에도 표시되어 있지 않다고 그가 덧붙인다. 평지가 이어지는 가운데 언덕들이 드문드문 보인다.

나는 마치 화산 폭발이 만들어낸 화산재처럼 온 천지를 뒤덮고 있는 회색 먼지에 제일 먼저 주목한다. 저녁노을로 붉게 물든 하늘만 예외일 뿐 우리는 온통 흑백의 세계 속을 달린다.

택시기사는 내가 느낀 이곳의 첫인상을 더 명확히 설명해준다.

"제일 고약한 건 먼지죠."

그가 운을 뗀다.

"먼지를 들이마시며 사는 건 아주 힘들죠. 우리는 비가 오기를 기다립니다. 물론 비가 오면 모든 것이 진흙탕으로 변하죠. 비는 당연히 끈적끈적한 습기를 몰고 오고요."

택시기사는 우리를 향해 말할 때마다 우리 두 사람이 모두 시야에 들어오도록 룸미러를 이리저리 조작한다. 그는 왼손은 양 무릎 위에 얌전히 놓아둔 채 오른손으로만 운전한다. 그는 우리에게 뭔가를 보여주고 싶을 때면 그 한 손마저 핸들을 놓기 때문에 차가 도로 위에서 비틀거린다.

도시의 옛 장벽 일부가 내 눈에 들어온다.

"전엔 여기에 로마 유적이 있었습니다. 지금은 그저 평범한 폐허에 불과하지만요. 이 나라를 재건하려면 아마 50년은 족히 걸릴 겁니다. 모든 것이 폐허로 남아 있는 상태에서는 망명자들이 절대 돌아올 리 없죠. 요새는 관광객도 없어요. 뉴스에서는 이 나라에 관해서 아무런 언급도 하지 않습니다. 세상은 우리를 잊어버렸다, 이겁니다. 우린 아예 존재하지 않는 투명인간이 되어버렸다니까요."

호텔은 여러 달 동안 문을 닫았는데, 이번 주에는 무슨 바람이 불었는지 손님을 세 명이나 태워다주었다고 그가 말한다. 다 합해서, 그러니까 우리 두 사람까지 포함해서 세 명이라고 그가 손가락 세 개를 들어올리자 자동차는 급작스럽게 궤도를 이탈한다.

우리가 지나가는 길에는 성한 건물이라고는 단 한 채도 없다. 택시기사는 손가락으로 건물을 가리키며 읊어댄다. 의사당은 박물관과 마찬가지로 파괴된 반면, TV 방송국 사옥은 무너진 잔해만 깔려 있고, 국립 문서보관소와 그 안에 보관되어 있던 원고들은 재가 되어버렸고, 현대미술관도 산산조각 나버렸다는 것이다. 이쪽에는 학교, 저쪽에는 도서관, 또 그 너머에는 대학교, 바로 요 앞에는 빵집, 그리고 그 옆에는 극장이 있었다고 그는 계속 주절댄다.

어디나 폐허뿐이다.

주거용 고층 건물들은 폭탄을 맞아 배를 드러냈으며, 쓰러지지 않고 근근이 버티고 있는 정면 벽 창틀에는 제대로 된 유리창이라고는 손으로 꼽을 정도다. 나는 속으로 생각한다. 당신들에게는 폐허가 되어 무너져 내리는 집들이 있고, 우리에게는 융해 상태의 용암을 개울처럼 토해내며 녹아내리는 바위들이 있다고. 우리는 서서히 도심 안으로 들어선다. 길거리에 인적이라고는 거의 없다. 사람들은 안색이 창백하고 피곤한 기색을 보인다. 곳곳에서 중장비들이 돌무더기를 치운다.

군데군데에서 예전에는 제법 잘 살았음을 보여주는 단서들이
눈에 띈다.

우리는 사거리, 인형의 집처럼 아예 한쪽 면이 없어져 버린
건물 바로 옆에 멈춰 선다. 모든 것을 뒤덮은 두터운 먼지 층
에도 아랑곳하지 않고 나는 그 건물 바닥에 새겨져 있는 문양
과 피아노 한 대를 단번에 발견한다. 나의 눈길은 한동안 앉
는 자리가 깊숙이 패인 안락의자와 그 의자에 딸린 발걸이에
머문다. 꽤 잘 알려진 유명 디자이너의 작품이다. 의자 옆에
는 가로등과 책꽂이가 넘어져 있다. 침실에는 가지런히 정돈
된 침대가 보인다. 누군가가 그 방을 나서기 직전, 가령 빵집
에 소프트 롤을 사러 가기 전에, 하얀 이불보를 바짝 잡아당겨
판판하게 펴놓은 모양이다. 다만 그 사람은 길에서 총에 맞아
돌아오지 못했겠지만. 거실 선반 위에 놓인 말짱하게 보존된
노란 꽃병이 특히 내 시선을 잡아끈다. 차고 바닥에는 라이트
밴의 차체가 널브러져 있으며, 세발자전거는 골목길에서 뒹
군다.

어디에나 오물이 널려 있는데, 내 짐작으로는 하수도와 직
결되는 수세 장치의 하수도관이 지상으로 불거져 나온 듯했
다. 택시기사는 내가 앉은 쪽 창유리가 올라가지 않는다고 미

안해한다. 밖에서 들어오는 악취와 택시기사가 뿌린 파렌하이트 향수 냄새 외에도 함께 차에 타고 있는 여자 손님이 뿌린 은은한 꽃향기까지 뒤엉킨다. 구드룬의 향수와는 아주 다른 향이다. 구드룬이 쓰는 향수 이름이 뭐였더라? 플루톤Pluton* 향수 한 방울을 귀 뒤에 살짝 뿌린 구드룬은 별들의 동반자 아니었던가? 시종일관 말이 없는 여자 승객은 앞좌석의 등받이 사이만 응시한다.

"부동산 개발업자들이죠."

택시기사가 게걸스럽게 움직이는 캐터필러 회사의 거대한 굴착기 아가리를 가리키며 내뱉는다. 공군 병력을 동원한 대대적인 폭격이 끝나자 평화유지군이 들어왔으며, 중장비로 무장한 기업가들이 그들의 뒤를 따랐다.

택시기사는 룸미러를 만지기 위해 또다시 핸들을 팽개친다. 이번에는 그의 조준점에 내가 들어갈 차례다.

그는 내가 무얼 하려고 여기 왔는지 알고 싶어 한다.

"휴가."

나는 짤막하게 답한다.

---

* 향수를 가리키는 고유명사로 쓰인 플루톤은 명왕성이라는 뜻을 지니고 있다.

그와 여자 승객은 나를 물끄러미 바라본다. 두 사람은 거울 속에서 서로 눈빛을 교환한다. 택시기사가 몇 마디 중얼거리자 두 사람은 나에게서 눈을 떼지 않으면서 고개를 끄덕인다. 나도 두 사람을 관찰한다.

택시기사는 질문을 다른 방식으로 바꾼다. 그는 혹시 내가, 그가 주초에 호텔에 데려다준 남자 손님처럼, 무슨 임무가 있어서 출장을 온 건 아닌지 묻는다.

내가 다시 한번 휴가 중이라고 조금 전과 똑같이 대답하자, 그제야 그는 질문을 포기한다.

도시에서 멀리 벗어난 우리는 이제 숲을 가로지르는 꼬불꼬불한 시골길을 달린다. 나는 나뭇등걸마저도 회색이라는 사실에 주목한다. 나무들은 잎이라고는 한 번도 가져보지 않은 것처럼 보인다.

숲 언저리 들판에 이르자 택시기사는 가속페달에서 발을 떼더니 손을 쭉 뻗는다. 그 바람에 핸들은 또다시 저 혼자 움직인다. 자동차는 도로에서 비틀거린다.

"공동묘지, 이름 없는 무덤들이죠."

그가 설명한다.

"여기 이 무덤들 가운데 황량한 숲에 대한 시를 남긴 유명한 시인이 잠들어 있습니다."

여자 승객이 그에게 뭐라고 대답하자 택시기사는 운전석에 엉덩이를 붙인 채 좌불안석이다.

그가 고개를 젓는다.

여자 승객은 처음으로 나에게 말을 건다.

"이곳에 우리의 아들들, 남편들, 아버지들이 묻혀 있어요. 주변 어디고 아버지와 아들들이 나란히 누워 있다고요. 간혹 한 집안의 삼대가 함께 묻혀 있기도 하죠. 전쟁은 이 집에서 저 집으로 거세게 번졌습니다. 전쟁은 아이들을 같은 학교, 같은 반에 보냈던 이웃들 사이에서, 직장 동료 사이에서, 같은 장기 클럽에 드나들던 회원 사이에서, 같은 축구팀의 공격수와 골키퍼 사이에서도 치열하게 일어났죠. 한쪽엔 가족들의 치료를 도맡았던 주치의가, 반대쪽엔 배관공과 합창 선생님이 적이 되어 싸우는 식이었습니다."

여자 승객은 담담하게 말을 이어간다.

"합창단의 단원들조차도 서로 적이 되었고요. 바리톤은 이편, 테너는 저편, 이런 식으로요."

여자 승객은 입을 다물더니 창밖을 물끄러미 응시한다.

나는 택시기사가 전쟁에서 어떻게 살아남았는지 궁금해

진다.

그는 어떤 연유로 숲 언저리에 묻히지 않은 걸까? 그는 가해자였을까 피해자였을까? 그는 바로 얼마 전에 땅을 파서 급조한 무덤 속 아버지들과 아들들, 적어도 그들 가운데 일부에 대해서 책임이 있는 걸까? 입을 굳게 다문 택시기사는 운전에만 정신을 집중하는 것 같다.

잠시 후, 그는 화제를 바꿔 다시 입을 열더니 전쟁이 나기 전에는 유명 스타 여럿을, 그의 표현대로라면, 건강 호텔에 데려다주었다고 말한다.

"그들이 휴식을 취하면서 건강을 회복할 수 있도록."

그가 잠시 생각에 잠긴다.

"예를 들어 믹 재거 같은 유명 스타들이었죠. 웃기는 건, 그를 차에 태웠을 때 「아이 캔트 겟 노 새티스팩션」 Can't Get No Satisfaction이 막 라디오에서 흘러나왔다는 겁니다. 하긴 뭐, 그가 그 순간 그 노래를 따라 부르진 않더군요."

한동안 말이 없던 그가 다시 입을 연다.

"정말로 그자였거나 아니면 그자랑 꼭 닮은 사람이었을 겁니다. 한쪽 눈은 갈색이고 다른 쪽 눈은 파란 사람."

"혹시 데이비드 보위가 아니었을까요?"

내가 한마디 거들어본다.

차 안의 다른 두 사람이 나를 바라보는데, 그중 남자가 고개를 끄덕인다.

"손님이 그렇게 말씀하시니, 데이비드 보위였을 수도 있겠네요."

지난 일을 되새겨보던 택시기사는 그때 자기와 손님이 들은 노래가 아무래도 「데얼스 어 스타맨 웨이팅 인 더 스카이」There's a starman waiting in the sky였던 것 같다고 인정한다.

"그런데 그 사람은 내가 상상했던 것보다 훨씬 체구가 작았죠."

택시기사가 계속 떠벌린다.

게다가 그 점은 그를 대단히 놀라게 하지는 않았는데, 그건 그가 벌써 여러 차례 유명 인사들을 차에 태웠으며, 유명 인사들은 대체로 일반 사람들이 생각하는 것보다 키가 작다고 들었기 때문이다.

"사람들은 기대했던 것보다 더 크거나 더 작죠."

택시기사가 현자처럼 덧붙인다.

그의 기억에 의하면 그는 자신이 믹 재거 또는 데이비드 보위를 룸미러로 관찰하는 동안 분명 상대가 라디오에서 흘러

나오는 멜로디에 따라 두꺼운 입술을 움찔거리는 걸 보았다
고 했다.

"듣고 보니 믹 재거와 더 닮은 것 같군요."

내가 말한다.

택시기사도 순순히 인정한다.

"글쎄 그렇다니까요. 둘 중 하나가 분명해요."

여자 승객이 빙긋 웃는다. 저 여자는 나한테 미소를 보내는
건가?

석양이 질 무렵, 우리는 핏빛으로 물든 하늘을 이고 있는 마
을로 들어선다. 택시는 포석이 깔린 좁은 길 위를 서행한다.
나의 시선은 포석 깔린 길 깊숙한 곳으로 파고든다. 어디에서
든 깊게 패인 상처들이 수도관의 맨살을 드러내거나 터뜨리
고 있다.

택시기사가 트렁크에서 짐을 꺼내는 순간, 나는 그의 재킷
왼쪽 소매, 운전석에서 그의 허벅지 위에 얌전히 놓여 있던 그
소매의 속이 비었음을 확인한다.

"지뢰였죠."

그가 왼팔에 남아 있는 부분을 들어 올리며 말한다.

한쪽 귀가 멀고 한쪽 팔이 잘려나갔지만 그는 그래도 자기

는 그만하면 운이 좋은 편이었다고 여긴다.

"그래도 팔꿈치가 있는 것과 없는 것은 천지 차이입니다."

그가 온전한 손으로 머리카락을 쓸어 올리자 반만 남은 귀와 눈에서 관자놀이까지 이어지는 흉터가 드러난다.

"룸미러가 있어서 손님들이 하는 말을 듣는 데 도움이 됩니다. 입 모양을 보면 소리가 들리거든요."

나는 생각한다. 나는 듣기도 하고 보기도 한다.

공구함을 들고 호텔 사일런스로 들어서는데, 택시기사가 내 뒤에서 중얼거리는 소리가 들린다.

"당신들은 폭격이 모든 문제를 해결해준다고 믿겠죠."

그런데 아무래도 그는 혼잣말을 하는 것 같다.

제2장

흉터

모든 것을 지켜보는 것은 침묵, 침묵이다

호텔 사일런스는 한눈에 보기에도 전쟁의 참화를 요행히 피한 듯하다. 하지만 인터넷에서 본 홍보 사진 속의 분위기는 조금도 남아 있지 않다. 마치 색이란 색은 모두 바래버린 것처럼. 오래도록 햇빛이라고는 보지 못해 창백해질 대로 창백해진 육체처럼. 눅눅한 실내는 곰팡이 냄새를 풍긴다. 나는 천장에 매달린 샹들리에가 사진 속의 그것임을 알아보지만, 회색 빛깔의 뿌연 불빛에서는 화사함이라고는 조금도 느껴지지 않는다.

호텔 안내 데스크의 젊은 남자 직원은 택시기사와 마찬가지로 영어로 말한다. 기껏해야 스무 살쯤—내가 구름의 다양한 형태와 살에 대해서 일기를 쓰던 나이—되었을까. 흰 셔츠에 넥타이를 맨 청년은 이따금 이마로 흘러내리는 긴 머리카락을 쓸어 올려 뒤로 넘긴다.

잠깐 동안이지만 체크인하려는 커플처럼 여자 승객과 나란히 서 있던 나는 공구함을 든 채 뒤로 한 발짝 물러난다. 여자가 숙박에 필요한 서류를 작성하는 동안 나는 주위를 살핀다. 청년과 여자는 낮은 목소리로 이야기를 주고받는다.

척 보아도 호텔은 수리가 필요하다. 거의 모든 곳에서 페인트 칠이 일어나기 시작한 건 물론이고, 천장을 칠한 도료에서는 결로 현상도 보인다. 호텔에 장기간 난방을 하지 못했다고 해도 놀랄 일은 아니다. 눈이 많이 내린 겨울을 지내고 난 여름 별장과 비슷하다고 할까. 우선 철저하게 환기를 한 다음 손을 조금 보아야 할 것이다. 나는 되는대로 칸막이벽 하나를 톡톡 두드려보지만, 목재의 종류까지는 파악하지 못한다. 흑단? 우리가 방금 여기로 오면서 어떤 숲을 가로질렀더라? 호텔의 로비 겸 살롱에는 제법 커다란 벽난로가 설치되어 있는데, 얼마 전에 거기에 불을 피웠는지 공기 중에 연기 냄새가 떠다닌다.

벽난로 위에는 시선이 액자 밖을 향하고 있는 표범과 겁을 먹기는커녕 두 눈 가득 용맹성을 담아 표범을 노려보는 사냥

128

꾼을 전면에 내세운 숲 그림 한 장이 걸려 있다. 사냥꾼에 비하면 인형 같은 눈을 가진 맹수에게 공격성이라고는 전혀 느껴지지 않는다.

안내 데스크의 청년은 여자 승객을 상대하면서도 짬짬이 내 쪽을 힐끔거린다. 여자 승객은 여전히 선글라스를 쓰고 있다. 틀림없이 여행에 따른 두통으로 괴로움을 겪고 있는 것 같다.

열쇠를 받은 여자 승객이 계단 쪽으로 사라지자 청년은 카운터 위로 몸을 숙인다.

"영화계 스타죠."

그는 기억을 떠올리려 애쓴다.

"저 여배우가 마지막으로 출연한 영화 제목이 뭐였더라?"

그는 한동안 골몰한다.

"「맨 위드 어 미션」Man with a Mission이었나? 아니지."

그는 혼자 묻고 혼자 대답하면서 자기가 한 대답을 부정한다.

"그게 아니라 「맨 위드아웃 어 미션」Man without a Mission이었나?"

결국 이도 저도 확신하지 못한 그는 사실 저 여배우를 극장에서 보지 못한 지 꽤 오래되었다고 자신을 위로한다.

나는 여러 종류의 서류를 작성해야 한다. 공항에서처럼 끝도 없이 이어지는 질문지 목록. 부모. 출생지는? 외가가 있는 아우스투르 후나바튼주 락사르달이라고 적어야 하나? 가족 관계, 자녀, 가까운 친척, 긴급연락처? 나한테 무슨 일이 일어나면 누구에게 연락을 해야 할까? 나는 구드룬 님페아 요나스도티르라고 적고 그 아이의 휴대폰 번호를 기록한다. 안내 데스크 직원은 내가 빈칸 없이 잘 채웠는지 서류를 쭉 훑어본다.

"신장이 얼마나 되는지도 적으셔야 합니다."

그가 손가락으로 서류를 짚으며 지적한다.

나는 185센티미터라고 적어 넣는다.

"183센티미터 정도 되실 거라고 짐작했습니다만."

청년이 말한다.

그는 여러 가지 서류를 작성하라고 해서 미안하다면서, 그래도 규정은 지켜야 한다고도 말한다.

그의 앞에 있는 사람이라고는 나 하나뿐인데도 청년은 주변을 두리번거리면서 목소리를 낮춘다.

"우리는 사람들이 무얼 하려고 이 나라에 오는지 알아야 합니다."

그는 또 이곳은 대형호텔이 아니라고도—객실이 열여섯 개인데 현재 손님이 든 객실은 그중 다섯—설명한다.

이윽고 그는 택시기사가 한 말, 그러니까 벌써 수개월째 손님이라고는 없었는데 이번 주에만 세 명이 들어왔다는 말이 사실임을 확인해준다.

"손님과 아까 그 여자분, 그리고 남자 한 분."

청년은 한마디 덧붙인다.

"손님이 묵으실 방은 오늘 난방을 켰습니다."

그 말을 끝으로 청년은 시내 지도를 펼친다. 그는 손에 쥔 파란색 볼펜으로 지도 곳곳에 십자가 표시를 하면서 설명을 곁들인다. 여기는 폐허가 되어 사라졌고… 그러더니 이번에는 빨간색 볼펜으로 동그라미를 그린다.

"지뢰가 있는 곳입니다. 여기랑 여기."

그가 경고한다.

"숲으로는 가지 마십시오. 방치된 지역에도 가지 마시고요. 여기, 여기, 여기, 그리고 여기엔 절대 발 들여놓을 생각을 마십시오. 여기랑 여기도 가지 마시고요. 아, 그리고 여기도. 버섯 같은 건 절대 따시면 안 됩니다. 플라스틱 지뢰들이 더 위험하대요. 탐지기에 잡히지도 않으니 말입니다."

마침내 청년은 나에게 열쇠를 내민다.

"7호실입니다. 저녁 11시부터 아침 6시까지는 통행금지 시간입니다. 전기는 배급제라서, 매일 여섯 시간 정도는 정전된다고 보시면 됩니다. 뜨거운 물을 좋아하시면 아침 9시 전에 샤워하세요. 하지만 3분 이상은 곤란합니다. 안 그러면 제 누이가 샤워를 할 수 없거든요."

나는 누이가 호텔 샤워꼭지 아래서 무얼 하는지까지는 차마 묻지 않는다. 그런데도 청년은 나에게 알려주는 편이 낫겠다고 스스로 판단한다.

"누이도 이 호텔에서 일해요."

잠시 망설임이 이어진다.

"사실상 우리가 이 호텔을 관리한다고 말할 수 있어요."

그가 서류를 검토한다.

"손님께서는 일주일 동안 묵겠다고 예약하셨습니다. 호텔 부속 식당은 아직 문을 열지 않았지만, 그래도 아침식사는 가능합니다. 길로 나가서 조금 내려가시면 식당이 하나 있는데, 손님이 가신다고 미리 말해두면 거기서 식사하실 수 있습니다."

아직 끝이 아니다. 그에게 볼일이 있으면 초인종을 울리면

된다, 하지만 그에게는 다른 일들도 있기 때문에 늘 자리를 지키고 있는 건 아니라고 설명한다.

내가 인터넷으로 호텔을 예약할 땐, 내 기억이 맞다면, 분명 고대 온천과 유명한 모자이크 벽화 유적이 있다고, 호텔을 짓기 위해 기초공사를 할 때 발견되었다고 명시되어 있었다.

나는 청년에게 어떻게 해야 거기에 갈 수 있느냐고 묻는다.

"그 유적들을 꼭 보고 싶거든요."

내가 말한다.

그러자 별안간 내 상대는 영어를 알아듣지 못한다.

"호텔을 통해서 갈 수 있을 것 같은데, 아닌가요?"

나는, 그의 기억을 되살려주려는 의미에서, 게다가 인터넷에는 벌거벗은 여인들의 사진까지 올라와 있었다고 똑 부러지게 말해준다.

특별히 나의 주의를 끈 것은 배경으로 등장하는 아주 묘한 청색–녹색이었는데, 설명에 따르면, 이 지역의 오래된 채석장에서 비롯된 색상이라는 것이었다.

청년은 안타깝게도 그런 모자이크의 존재에 대해서는 전혀 알지 못했고, 그 외의 다른 고대 유적에 대해서도 사정은 다르지 않았다. 무슨 오해가 있는 모양이라고 말한 청년은 괜히 카

운터에 흩어져 있는 서류들을 정리하느라 부산을 떤다. 서류
라야 두 장밖에 없는데, 적어도 내가 보기에는.

"죄송합니다."

그가 말한다.

그렇다면 그는 호텔 내부에 있다는 온천에 대해서도 아는
게 없을까? 머드탕도 있다는데?

아뇨, 전혀 들어보지 못했습니다. 그렇지만 알아보죠.

계단을 올라가던 나는 그가 고개를 들지도 않고서 혼잣말
처럼 우물거리는 소리를 듣는다.

"아, 그리고 엘리베이터는 고장 났습니다."

내 방 입구에 서자 지금부터는 필요 이상으로 말을 많이 할
일은 없겠다, 세상이 끝나는 날까지 입을 열지 않아도 되겠다
는 생각이 머리를 스친다.

인생의 바로 이 시점에서
7호실에 도착하다니

열쇠를 구멍에 넣고 돌린 다음 전등을 켜자, 침대 위에 걸린
그림 한 점이 제일 먼저 내 눈에 들어온다. 안내 데스크에 걸

려 있던 그림과 같은데, 액자 밖을 바라보는 표범 대신 사자가 등장하고, 사자와 사냥꾼이 서로 상대를 뚫어지게 바라보고 있다는 점만 다르다.

나뭇잎 무늬 벽지는 구석 쪽부터 벽에서 떨어지기 시작하는 모양새를 보인다.

방에는 책상 하나와 쿠션을 대고 다리에 조각을 새겨 넣은 의자 하나가 놓여 있다. 세면대에는 럭스라는 상표의 새 비누가 얇은 포장지에 쌓여 놓여 있다. 포장지에 붙은 스티커에는 한 송이 꽃이 그려져 있다. 침대 덮개에는 회색 먼지가 뿌옇게 내려앉았으나, 시트는 깨끗하다.

나는 옷을 입은 채로 침대 덮개 위에 드러누워 협탁에 놓인 전등을 켠다. 전구는 잠시 동안 깜빡이더니 이내 꺼져버린다. 얼핏 손목시계에 눈을 주니, 통행금지 시간까지 한 시간이 남았다. 나는 내 공구함에서 드라이버와 손전등을 꺼내 협탁 스탠드 옆에 가지런히 정리해둔다.

문득 온몸에 소름이 쪽 끼친다. 여행이 낳은 결과.

짐 가방을 연 김에 나는 그 안에 들어 있는 내 소지품들을 테이블 위에 꺼내놓는다. 그 일은 금세 끝난다. 빨간색 셔츠는 벽장에 걸고 스웨터는 그 옆에 달린 선반에, 일기장은 공구함 옆에 각각 놓는다. 이 나라에 도착한 이후 아직 쓰레기통을 하나도 보지 못했다. 나에게는 소지품이라고 할 것이 거의 없다. 고작 아홉 가지 물건뿐이다.

이제 바로 잠자리에 들어야 하나? 그럼 이를 닦아야 할 테지?

나는 세면대 수도꼭지를 튼다. 처음에는 모래가 나오더니 차츰 갈색 진흙이 나온다. 마침내 맑은 물이 흐르기 시작하는가 싶더니 꽤 오랫동안 벌건 쇳물만 나온다. 물이 찬 데다, 샤워를 하기에는 수압이 충분하지 않다. 수도관 소리로 미루어 반드시 점검이 필요해 보인다.

어디선가 침대가 삐걱거리는 소리가 들린다. 모르긴 해도 옆방에 잠 못 이루는 불면증 투숙객 하나가 몸을 뒤척이는 모양이다. 아니, 하나가 아니라 둘일 수도 있다. 여자 승객과 이 호텔의 세 번째 손님이 서로에게 몸을 밀착하고 비벼대며 땀을 흘리고 있을지도 모르는 노릇이니까. 그런데 어린아이 소리도 들리는 것 같은데, 이게 가능한 일인가? 누군가가 자장가를 부르고 있는 건 아닌가?

커튼 틈 사이로 어둠에 잠긴 세상이 보인다. 스쿠터가 시동 거는 소리가 들리는가 싶더니 귀뚜라미 소리 같은 웅성거림도 들린다. 갑자기 방문 뒤쪽에서 사각사각 소리가 들리고 이어서 아래쪽으로 긁어내리는 듯한 기척이 약하게 느껴진다. 그러고는 아무 소리도 들리지 않는다.

연꽃 밑에서 쿵쿵거리는 내 심장 박동 소리만이 잠을 방해한다.

쿵, 쿵, 쿵.

나의 가슴에 죽음의 침묵이 찾아오기까지는 그리 오래 기다릴 필요가 없으리라.

침대 덮개 위에 누워 있으니 서늘했는데, 시트 속으로 들어가도 서늘하기는 마찬가지다. 한밤중 어느 틈엔가 손으로 더듬더듬 벽을 짚어가며 옷장 쪽으로 간 나는 선반 위에 얹어둔 스웨터를 집어든다. 여분의 이불이 없었으므로. 내 손은 여전히 벽장문을 잡고 있다. 나는 손전등을 움켜쥔다. 벽장문은 기껏해야 흔들리는 두 개의 경첩으로 지탱되고 있는 듯하다. 내일 공구함에서 적절한 연장을 찾아 경첩을 제대로 고정해놓으리라. 나는 구드룬이 나를 위해 뜨개질해준 스웨터를 입고 이불 속에서 몸을 웅크린다. 마흔아홉 살 먹은 태아라니, 이 순간 내가 엄마를 생각하는 건 지극히 논리적인 일이 아닐까?

손전등을 다시 켠 나는 일기장을 한 권 집어서 아무 데나 펼친다.

내가 저자인 일기장의 어느 페이지인가, 위쪽 가운데에 파
란색 잉크로 물결치는 듯한 서체로 적어놓은 글귀가 있다.

*인간의 심장은 1분에 70번씩 뛴다. 동물은 덩치가 크면 클
수록 심장 박동이 더디다. 예를 들어 코끼리의 심박수는 분당
23회다. 심장은 일정한 횟수 이상을 뛰게 되면 멈춘다.*

**너는 그의 날개 밑에서
안식처를 찾게 되리니**

잠에서 깨자 나는 미친 듯이 양 날개를 퍼덕거리며 방 안을
맴도는 거대한 새와 정통으로 마주친다. 마치 그 새는 허공으
로 비상해 눈 깜짝할 사이에 문으로 빠져나간 뒤 아무 일도 없
었다는 듯 슬며시 문을 닫으려는 것 같다.

새는 사실 어린아이다.

내가 방문을 열쇠로 잠그지 않았던가? 하긴 낡았으니 자물
쇠 빗장이 고장 났을지도 모르지.

내가 지구상의 어느 지점에 착륙했는지 기억해내기까지는
시간이 좀 걸린다. 나는 커튼 사이를 파고드는 햇살을 보고 시

간을 짐작해보려다가 결국 손목시계를 들여다본다. 열 시간을 내리 자고 일어났는데, 꿈속에서 들었던 단어들이 귓가에 맴돈다. 엄마가 내게 한 말이었다.

"너의 실존에 종말을 고하는 대신 차라리 너 자신이기를 멈추고 다른 사람이 되어보는 건 어떠냐."

얼마 후, 누군가가 방문을 두드린다. 문을 열자 젊은 여자가 문지방에 모습을 드러낸다. 흰 터틀넥 스웨터에 치마를 입은 여자는 님페아와 나이가 비슷해 보인다. 안내 데스크 청년의 누이일 거라고 짐작하는 내 머릿속으로 아마도 그녀가 나를 발견하게 될 사람일 거라는 생각이 번갯불처럼 스쳐간다. 이 여자가 로비에 있는 동생에게 알리면, 그 청년이 경찰을 부를 테지.

젊은 여자는 방해해서 미안하다면서 언제 침대를 정리해주면 좋겠는지, 필요한 건 없는지 묻는다. 깨끗한 수건? 확실히 오늘치 온수는 이미 바닥났다. 내가 옷을 입은 채로 잠을 잤다고 확신하는지, 여자는 나를 요리조리 관찰하면서 주변을 이리저리 둘러본다. 공구함이 열린 채로 테이블 위에 놓여 있으나 여자의 시선은 옷걸이가 달려 있는 벽장문에서 멈춘다.

나는 문을 고쳐야겠다고 말하면서 몸을 일으킨다.

"그건 제가 손보죠."

그렇다, 나는 그렇게 말했다.

내가 드릴과 나사 상자를 집어 드는 동안 여자는 나에게 시선을 고정한 채 내가 휴가 중이라는 사실을 동생한테 들었다고 말한다. 나는 여자가 내게 휴가에 대해 질문하고 있는 중이라고 이해한다. 여자는 내가 자기가 한 말을 부인해주기를 기다리면서 내 눈치를 살핀다.

"네, 그렇습니다. 난 휴가 중이죠."

"짐이 별로 없으시네요."

나는 나의 체류 기간이 그다지 길지 않을 거라고 설명한다.

"여기 오래 있진 않을 거라서요."

내가 변명하듯 말한다.

사실 내 예약 서류에만 해도 체류 기간은 일주일이라고 분명하게 적혀 있다.

나는 여자가 호기심 어린 표정을 짓기를, 휴가 중에 드릴로 뭘 할 작정이냐고 묻기를 기다린다. 여자는 나한테 아무 질문도 하지 않는다. 그 대신 동생이 전날 나에게 한 말, 그러니까 여러 달 동안 손님이라고는 단 한 명도 없더니 갑자기 이번 주에만 세 명이 들이닥쳤다는 말만 반복한다.

"우리는 휴전 협정이 잘 유지되어서 관광객이 돌아와주기를 바라죠."

여자가 말한다.

"외화를 듬뿍 들고서 말이에요…"

여자가 한곳에 서서 나를 관찰하는 동안 나는 문을 제대로 손질한다. 금방 끝나는 간단한 일이다. 여자가 한 손으로 문을 테스트해보더니 나한테 진심으로 고맙다고 인사한다.

내가 가져온 셔츠는 벽장 속 나무 옷걸이에 걸려 있다.

그때 자그마한 존재가 방문턱에 모습을 드러낸다. 어린 사내아이다. 아이는 쏜살같이 여자 앞을 지나친다. 망토랍시고 어깨에 수건을 한 장 두른 아이는 내내 달음박질치면서 방을 한 바퀴 돌더니 어느새 복도로 자취를 감춘다.

여자는 아이가 자취를 감추려는 순간 아이에게 몇 마디 한다. 여자에게서는 어쩐지 자신감 없는 태도가 묻어나온다.

"저 애는 지금 비행기 놀이 중이죠."

여자가 사과하듯 황급하게 말한다.

"저 애는 다른 아이들과는 놀지 않아요."

이 여자는 자기 자식을 데리고 근무하는 중인가? 시간이 되면─내가 날짜를 정하면─나는 여자에게 그날만큼은 아이를 데리고 오지 말라고 말할 것이다. 그게 그러니까 돌아오는 화요일 정도가 되겠지. 말이 나온 김에 아예 다음 주 화요일로 못 박아버려도 좋을 듯하다.

궁금하던 차에 나는 빙빙 돌려 말할 것도 없이 단도직입적으로 묻는다.

"당신 아들인가요?"

여자가 고개를 끄덕이면서 유치원이 아직은 문을 열지 않았는데, 가을쯤 문을 열면 아이가 다니게 될 거라고 말한다. 물론 그때까지 유치원 수리가 다 끝나야겠지만.

여자는 아이를 혼자 놔둘 수도 없고, 혹시 지뢰밭에라도 들어갈까봐 밖에 나가 놀게 할 수도 없다고 털어놓는다. 축구장 근처에도 지뢰밭이 있고, 놀이터 부근에도 있다는 것이었다.

이 두 남매는 호텔 사일런스를 경영하기에는 아직 너무 어린데 어린아이까지 돌봐야 한다.

"우리는 전쟁이 끝나갈 무렵 이곳에 도착했어요. 마지막 기착지였죠. 이 도시 너머에는 바다밖에 없으니까요."

여자가 벽장문을 몇 번 열었다 닫았다 하면서 말을 잇는다.

"굳이 어디에선가 끝난다고 말하는 게 가능하다면 그렇다는 거죠."

여자가 마치 가구 제작에 대해서 말하는 사람처럼 결론을 내린다.

"그럼, 당신들이 이 호텔 소유주인가요?"

여자가 주저한다.

"아뇨, 주인은 우리 이모님이세요. 그런데 이모는 이 나라를 등지셨거든요. 우리가 이모 대신 이곳을 관리하는 거죠."

여자는 뭐라고 덧붙이려다 마음을 바꾼다.

나는 왠지 모르지만 상황을 정확하게 파악해야 할 필요성을 느낀다.

"그러니까 당신은 여기서 아이와 남동생과 같이 사는 거로군요. 이 호텔에서?"

여자가 고개를 끄덕인다. 세 사람은 도심에 거처가 마련되기를 기다리는 중이다. 여자가 들어가서 살기로 되어 있는 집―다른 여자 몇몇과 아들, 그리고 남동생과 함께―은 전쟁으로 피해를 입어 현재로서는 물도 전기도 나오지 않는다.

"그래서 우리는 기다리는 동안 임시로 여기서 사는 거예요."

말을 마친 여자는 욕실에 수건을 가져다 놓는다.

여자가 수도꼭지를 트는 소리가 들린다.

"물이 맑네요."

여자가 놀란다.

여자는 문턱에 서 있다.

"모래도 없고요."

"내가 수도관 내부를 비웠거든요."

여자가 이번에는 샤워기를 튼다.

"샤워기에서 물이 잘 나오네요. 물도 따뜻하고요."

여자는 도저히 못 믿겠다는 표정이다.

"네, 샤워기의 물뿌리개 꼭지를 열어서 그 안에 들어 있는 모래와 진흙을 헹구면 되는 간단한 일이었습니다."

여자가 별안간 창문 앞으로 가더니 커튼을 열어젖힌다.

"동생과 나는 어렸을 때 여기서 방학을 보내곤 했어요."

여자는 나에게 등을 돌리고 창문 앞에 서서 잠시 말이 없다.

"사람들이 저기서, 바로 저 벽을 바라보고 서 있다가 총을 맞았어요."

여자가 손가락으로 벽을 가리키며 말한다.

"저 옆엔 빵집이 있었는데, 도저히 저 앞으로는 지나다닐 수가 없었죠."

나도 창가로 다가간다.

"저기?"

"네, 지금도 벽엔 총알 자국이 남아 있어요. 몇 명이라도 떼를 지어 모여 있거나 줄을 서 있으면 총 맞을 위험이 컸죠."

여자는 동네를 갈라놓는 전투가 여러 차례 벌어졌으며, 계엄령이 너무 오랫동안 지속되는 통에 일부 구역은 여러 달 동안 고립되어 있었다는 설명도 덧붙인다.

"마을 주민들은 터널을 통해 식량을 주고받으면서 버텼어요."

나는 상상해보려고 애쓴다. 아무리 바라봐도 창밖을 내다보는 것만으로는 저격수가 숨어 있었을 만한 장소를 찾아내기가 쉽지 않다.

"매복 중인 저격수의 정체에 대해서는 여러 가지 설이 있었어요."

여자가 설명을 계속한다.

잠시 머뭇거리던 여자는 문에 아무도 없음을 확인하려는 듯 자꾸 뒤쪽을 쳐다본다.

아들 때문에 걱정이 되어서 그러는 것일 수도 있지만.

"성가대 단원이라고들 하더군요."

여자가 고무줄로 머리를 바짝 동여매면서 말한다.

도시 곳곳에
내가 묻혀 있네

벽장문 손보기를 제외하면 나는 오늘 딱히 해야 할 일이 없다. 아무도 나의 존재에 대해서 알지 못하고 아무도 나를 기다리지 않는다. 나는 엄마가 얼어붙은 바다 저 건너편에서 크림을 곁들인 대황 졸임을 먹으며 오후 라디오 연속극을 듣고 있다는 사실을 알고 있다. 하지만 어쨌거나 나에게 무언가를 기대하는 사람이라고는 아무도 없다. 나는 지난 26년간 잠시도 쉬지 않고 일했다. 그런데 이제 나에게 남은 마지막 엿새 동안 나는 무얼 할 것인가? 잠자는 시간 일곱 시간을 빼면 하루에 열일곱 시간이 남는 셈이다.

"열일곱 시간 곱하기 엿새면 백두 시간이네."

엄마라면 즉시 암산을 하셨을 텐데.

이 말은 즉 불타오르는 천체가 앞으로 여섯 번이나 더 대지의 배 위로 떠오를 것임을 뜻한다.

혹시 내가 하고 싶었던 일이 있었나?

시내 구경을 할 수도 있을 것이다. 게다가 기회가 있을 때마다 나는 휴가 중이라고 강조했으니까. 그렇다면 오늘은 어떤 교회, 어떤 유적, 어떤 박물관을 구경해야 할까?

어제 안내 데스크에서 여자의 남동생은 모자이크 벽과 고대 유적에 대해서는 전혀 알지 못한다고 거듭 말했다. 어쩌면 그 후 잊고 있던 그의 기억이 되돌아오지 않았을까?

나는 초인종을 두 번 누른다. 10분이 채 안 되었을 때 청년이 나타난다. 내 앞에 모습을 드러낸 청년은 급히 흰 셔츠 단추를 채운다. 농구화에 트레이닝 바지 차림인 그의 머리카락은 온통 뿌연 먼지와 잿빛 땟물로 뒤덮여 있다. 마치 도료나 시멘트 반죽을 덮어쓴 것처럼. 마치 방금 미장일을 하고 온 사람처럼. 청년은 목에 걸고 있던 이어폰을 빼더니 로드Lorde의 노래를 끄지도 않은 채 카운터에 내려놓는다.

나는 모자이크 벽에 관한 질문을 반복한다.

"혹시 모자이크에 관해서 뭔가 찾아내셨나요? 고대 유적에 대해서는요?"

"아뇨, 유감스럽게도."

그가 대답한다.

"시간이 좀 걸릴 것 같습니다. 하지만 그래도 꼭 찾아보겠습니다."

나는 그에게 보충 단서를 제공한다. 그러니까 내가 인터넷에서 찾아낸 정보—좀더 정확하게 말하면 호텔 사일런스가 있는 장소와 그 주변 지역에 대한 정보—에 따르면, 벽은 두 개로 나뉘어 있는데, 그중 한 부분은 제작 연대가 고대 시대까지 거슬러 올라가는 반면, 나머지는 호텔이 자랑하는 온천과 관련해 그보다 훨씬 나중에 지어졌다고 한다.

"인터넷에 올라와 있는 정보를 너무 신뢰해선 안 됩니다."

청년이 말한다.

"더구나 그 내용은 전쟁 전에 올려놓은 거니까요. 그 후 많은 것이 변했습니다."

청년은 그 말과 함께 호텔 홈페이지를 업데이트 해야겠다는 생각을 하게 해줘서 고맙다는 인사를 잊지 않는다.

"제가 계속 조사를 해본 다음에 손님께 알려드리겠습니다."

그가 카운터에 놓여 있는 시내 지도들을 가지런히 쌓아올리며 덧붙인다.

그는 내가 어디로 가는지 알고 싶어 한다.

"산책이나 하려고요."

눈 깜짝할 사이에 청년은 시내 지도를 펼치더니 전날 말해준 주의 사항을 반복한다. 내가 팔다리 없는 사람이 되기를 원하지 않는다면 절대 가서는 안 되는 곳을 표시하기 시작한다. 여긴 가지 마세요, 이곳은 특히 안 됩니다. 그러면서 그는 방치된 구역에 대해서 다시 한번 주의를 환기시킨다.

"해는 무덤 위에서도 빛나죠."

주의 사항을 다 읊은 그가 지도를 접으면서 말한다.

청년은 아침식사 시간을 놓친 나에게 길을 따라 내려가면 나오는 식당으로 가라고 추천한다. 내가 원한다면 식당 주인에게 내가 갈 거라는 전화를 해주겠다고 한다. 그러면 그가 나를 위해 틀림없이 뭔가를 준비해줄 테니까.

나는 문득 이 청년이 내 아들뻘 된다는 생각을 한다. 만일 내가 한 생명체를 만드는 데 성공했다면 말이다.

나와 마주치는 너

나는 여기 대지 위에 있다.

글자 그대로.

나는 밖으로 나와서 지도를 펼친다. 날씨는 덥고 바람 한 점 없으며 대기는 먼지로 누르께하다.

광장에는 잿빛 비둘기 한 무리. 나는 어제 택시기사가 했던 말을 떠올린다.

"새들마저도 전쟁이 계속되는 동안은 자취를 감추더라고요."

멀리서 거대한 모터들이 윙윙거리는 소리가 들린다. 시내에서는 공사가 한창이다. 좁은 골목길 사이를 어슬렁거리는 나는 늘 같은 곳을 맴돌고 있는 기분이다. 몇몇 집은 전혀 피해를 입지 않아 말짱하지만, 황급하게 버려진 집이 많아 보이는 것도 사실이다. 길에는 사람이 별로 없다. 희한하게도 나는 어쩐지 낯익은 얼굴들을 마주친다. 저기 저 여자는 내 전 처제, 그러니까 구드룬의 여동생과 닮았네. 잠시 후에는 또 스바누르가 갑자기 나타나서 나에게 널찍한 등을 보여주는 것 같아 깜짝 놀란다. 나는 사람들을 유심히 쳐다보지만, 그들은 나 같은 건 쳐다보지도 않는다. 많은 사람이 한쪽 팔, 한쪽 다리 또는 신체의 다른 부분, 다시 말해서 일반적으로 두 개가 한 쌍을 이루는 신체 부위 가운데 한 부분을 잃었다.

구드룬이 언젠가 나한테 밑도 끝도 없이 불쑥 자기에게 필요하다면 신장을 하나 떼어줄 수 있느냐고 물었던 기억이 난다. 내가 그럴 수 있다고 대답하면서 그녀의 건강을 걱정하자, 그녀는 자기가 병이 나서 그런 걸 묻는 게 아니라고 대답했다.

그때 나는 만일 그녀가 나한테 심장을 달라고 요구하면 어쩌지, 하는 생각을 했다. 그때도 나는 기꺼이 내가 한 개 이상 지니고 있는 모든 것을 주겠다고 대답했을까?

스바누르라면 여자들은 언제나 그런 종류의 질문을 하지, 라고 말했을 것이다. 그건 말이지, 여자들이 우리 남자들을 시험해보고 있다는 신호야.

나는 결국 총알이 빼곡하게 박힌 벽 앞에 이른다. 바로 여기로군. 이게 바로 내 방 창문 맞은편에 서 있는 벽이야. 나는 비로소 가까이에서 그 벽을 살펴볼 수 있다. 아무 낌새도 눈치채지 못한 채, 정지 명령 따위도 들어보지 못한 채, 정오 무렵 또는 별이 쏟아지는 늦은 저녁 무렵 총에 맞아 쓰러진 자들의 흔적을 따라가면서 말이다. 나는 손끝으로 햇볕에 데워진 돌을 쓰다듬고, 총알 때문에 생긴 구멍 속에 손가락을 넣어 본다.

"사람들의 꿈은 알고 보면 아주 단순해."

스바누르는 말하곤 했다.

"유탄 맞아 죽는 일 없이 자식들의 기억 속에 온전히 사는 게 많은 사람의 꿈이니까."

총알 자국 개수로 보아 이곳에서 사형이 집행되었을 가능성도 다분하다. 하지만 택시기사는 축구장 얘기를 했었다.

내가 있는 곳에서는 호텔이 아주 잘 보인다. 고개를 들어 내 방이 있는 3층 쪽을 바라보는 순간 나는 얼핏 누군가가 창가에 서서 나를 감시하고 있는 것 같다고, 누군가가 전기 스위치를 가지고 장난이라도 치듯, 아니면 시내 쪽으로 아주 중요한 모스 부호라도 보내듯, 불을 켰다가 끄는 것 같다고 느낀다. *시합 금지. 산보 금지. 해수욕 금지.*

죽은 고양이들의 시대

나는 오늘은 죽지 않을 것이므로 뭔가를 먹어야 한다.

호텔 청년이 알려준 림보 식당은 찾기 어렵지 않다. 간선 도로변, 미용실과 아동복 상점 사이에 끼어 있었다. 미용실은 비록 문은 닫혔지만 진열장에 이발용 의자 두 개와 젊은 시절의 소피아 로렌 포스터를 걸어 눈길을 끌었고, 아동복 상점도 길거리의 모든 상점과 마찬가지로 문이 닫힌 상태였다. 이 동네에서는 누가 무슨 일을 하는지 알아볼 겸 나는 진열장을 열심히 기웃거린다. 그 안에 진열된 상표 가운데에서—더러는 세계적으로 알려진 상표다—아주 유명한 상표 하나가 금세 눈에 띈다. '라이프 이즈 쇼트, 렛츠 바이 진스.' Life is short, let's buy jeans. 식당 맞은편에는 또 다른 아동복 매장이 있고, 그 매장 양쪽으로 베로나 피자와 암스테르담 카페가 각각 자리 잡고 있는데, 둘 다 개미 새끼 한 마리 눈에 띄지 않고 닫혀 있다. 도로 정면에는 극장이 보이는데, 자물쇠가 굳게 잠긴 극장 입구 옆 깨진 진열장 속에는 브루스 윌리스의 신작 포스터가 걸려 있다. 울뚝불뚝 치솟은 이두박근과 그을음으로 이마가 꼬질꼬질하게 얼룩진 브루스 윌리스.

림보 식당 창문에 쳐진 빨간 커튼은 식당 내부를 가리기 위해서인지 완전히 내려져 있었으나, 내가 다가가자 문이 활짝 열렸다.

나에게 창가에 앉으라고 권하는 남자는 호텔에서 내가 갈 거라고 전화했다면서 벌써 오늘의 요리를 오븐에서 굽고 있는 중이라고 알려준다.

남자는 내 앞에 손 글씨로 오늘의 요리라고 쓰고 그 밑에 말도 안 되게 싼 가격까지 적어놓은 종이를 한 장 내미는데, 그 이상의 자세한 정보는 어디에도 적혀 있지 않다. 나는 공항에서 환전한 지폐만 가지고도 이 나라에서 몇 주 동안 거뜬히 생존할 수 있을 정도다.

"아주 맛있습니다."

남자는 혼잣말처럼 중얼거린다.

그는 내 앞에 포크 하나, 잔 하나, 그리고 천으로 된 냅킨 한 장을 늘어놓더니 맥주 한 병을 가져온다. 병에는 '넵튠'이라고 적혀 있다.

나는 식당의 유일한 손님이다.

"실망하지 않으실 겁니다."

남자가 덧붙인다.

"우리 식당 전문 요리니까요."

내가 음식이 나올 때까지 30분 정도 기다리는 동안 남자는 목에 앞치마를 걸고 어깨에 행주를 걸친 채로 나와 이야기를 시도한다.

내가 이 도시에서 무얼 하는지 알고 싶어 하는 남자는 택시 기사와 똑같은 질문을 한다. 혹시 일 때문에 출장 오셨나요?

나는 휴가 중이라는 똑같은 답변을 반복한 뒤, 내 말의 신빙성을 높이기 위해 테이블 위에 펼쳐진 지도의 한 지점을 손가락으로 가리킨다.

그는 내가 어디에서 왔는지, 내 나라에서도 최근에 전쟁이 있었는지 알고 싶어 한다.

"1238년 이후로 전쟁은 없었습니다."

내가 대답한다.

"그러니까 당신은 공중전에 참가한 적이 없으시다는 말인가요?"

"없죠, 우리나라엔 군대도 없는 걸요."

남자는 내가 바로 오늘 아침에 호텔의 벽장문을 고쳤다는 사실도 이미 알고 있다.

"그런 종류의 소식은 아주 빨리 퍼져나가죠."

그가 설명한다.

나는 그가, 길에서 마주친 남자들과 마찬가지로, 완벽하게 광을 낸 매우 우아한 검정 구두를 신고 있다는 사실에 주목한다.

남자는 맥락 없이 다짜고짜 원래 호텔 주인은 남매의 이모인데, 지금은 남매가 운영하고 있다고 말한다. 이미 나도 알고 있는 사실이었다. 그 여자는, 그러니까 남매의 이모는 남편의 사촌에게서 그 호텔을 상속받은 과부인데, 이 나라를 떠났다는 것이었다.

"많은 사람이 전쟁 통에 죽었기 때문에 지금으로선 누가 무얼 소유했는지 알기 어렵죠."

고양이 한 마리가 홀 한 구석에서 몸을 잔뜩 웅크리고 배를 깔고 엎드려 있다. 그러고 보니 이 고양이는 내가 이곳에서 처음으로 만난 네 발 달린 동물이다. 남자가 음식을 가지러 주방으로 사라지자, 고양이는 슬금슬금 일어나더니 내 다리께로 와서 몸을 비빈다. 고양이를 쓰다듬어주려고 몸을 숙인 나는 호랑이 무늬에 주둥이가 검은 이 잿빛 털북숭이를 전에도 본 적이 있다는 느낌을 받는다. 이 고양이는 내가 가끔 길거리에서 쓰다듬어주던 고양이와 비슷하다. 그래 맞아, 덩치도 비슷하고, 털 빛깔이며 북슬북슬한 꼬리도 닮았어.

"전쟁이 끝났을 때 시내에 살아남은 짐승들이 별로 없었습니다."

식당 주인이 돌아오면서 고양이 쪽으로 고갯짓하며 말한다.

그러더니 이내 한마디 덧붙인다.

"고양이는 토끼 고기와 맛이 비슷하거든요."

그는 내 앞에 접시를 놓는다. 색은 좀 짙어도, 구워진 고기의 형태와 골격은 작은 짐승 구이라는 것을 알 수 있다. 식당 주인은 다시 한번 왔다 갔다를 반복하더니 잘 벼린 날이 달린 나이프 손잡이를 내 쪽으로 향하도록 내민다.

인간은 빵을 자르는 것뿐만 아니라 다른 인간의 목을 따기 위해서도 칼을 사용할 수 있다고 나는 속으로 생각한다.

나는 음식을 가지고 이러니저러니 까다롭게 구는 부류와는 거리가 멀고, 그저 배가 고프면 주는 대로 군소리 없이 먹는 편이다. 가끔 퇴근길에 길거리에서 핫도그를 사먹기도 한다. 나는 절대로 복잡한 요리 따위는 해볼 생각조차 하지 않는다. 그러기보다는 빵가루 입힌 돼지갈비를 사서 시즌 올Season-All 소스를 뿌려 튀긴 다음 접시에 담을 생각도 않고 가스레인지 앞에 서서 프라이팬째로 그냥 먹는다.

아마도 새를 구운 것 같다고 추측한 나는 이 구역에서 잠시 쉬었다가 시퍼렇게 넘실거리는 대양을 가로질러 황야로, 대기가 밝아지는 봄철에 풀들이 무성한 섬의 둔덕으로 둥지를 지으러 가는 철새들로는 무슨 종류가 있는지 기억을 더듬는다. 식당 주인은 테이블 가장자리에 비스듬하게 기대서서 내가 뼈를 발라가며 고기 먹는 모습을 지켜보더니, 나의 짐작이 옳았음을 확인해준다.

"비둘기."

그가 말한다.

그래, 맞아, 이 자는 길에서 식재료를 구한 거라고.

"흰 비둘기는 물론 아닙니다만."

그가 덧붙인다.

"원하는 재료를 모두 구할 수 없는 상황이거든요."

나는 요리의 감칠맛에 놀란다.

내가 요리에 무슨 양념을 썼느냐고 묻자 식당 주인은 금세 활기를 띤다.

"쿠민. 맛있어요?"

그가 고개를 끄덕이며 묻자 나는 그의 질문은 곧 강한 긍정임을 깨닫는다.

"원래는 이 요리에 버섯을 곁들여야 하는데, 버섯은 메뉴에서 뺐습니다. 버섯을 따는 데 따르는 위험 부담이 너무 커서 어쩔 수 없었죠."

내 쪽으로 몸을 굽히고 있던 그는 내가 포크와 나이프를 내려놓기를 기다렸다가 접시를 가져간다. 잠시 사라졌다 다시 돌아온 그는 커피 두 잔과 과실주 두 잔을 들고 있다. 어느새 내 옆 테이블에서 의자 하나를 꺼내 와 내 정면에 앉은 그는 대화를 이어간다. 커피는 아주 진하고 맛있으며, 과실주도 마찬가지다. 홀 안에는 우리 두 사람뿐이지만 그는 뒤쪽을 힐끔 보더니 나지막하게 목소리를 깔고서 듣자 하니 내가 드릴을 가져온 것 같더라고 말한다.

"사람들이 손님이 사일런스 호텔 수도관도 수리해주었다

고 하더군요."

나는 그가 말하는 사람들이 누군지는 물어보지 않는다.

"사실,"

그가 남아 있던 커피를 마저 마신 다음 앙증스럽게 작은 잔에 담긴 과실주까지 단숨에 입에 털어 넣으면서 운을 뗀다.

"나는 혹시 손님께서 저희 집 출입문 제작을 도와줄 수 있는지 알고 싶습니다."

나는 그에게 휴가 중이라고 다시 한번 말한다. 벌써 세 번째 하는 말이다.

남자는 그래도 전혀 풀이 죽은 기색이라고는 없이 식당 입구에 문을 대신해서 쳐놓은 천, 양방향으로 제멋대로 흔들리는 그 천을 제대로 된 문으로 바꾸고 싶다고 누누이 설명한다.

"누가 식당으로 들어오는지 그 문 너머로 살필 수 있으면 좋겠습니다."

내가 이의를 제기하기도 전에 그는 벌써 셔츠 주머니에서 꼬깃꼬깃 접은 종이 한 장을 꺼내더니 그걸 손바닥에 놓고서 빤빤하게 편다.

"문짝 두 개짜리 여닫이문."

그가 연필로 대충 그린 초보적인 그림을 손가락으로 가리키면서 말한다.

그가 그린 스케치에 따르면, 정말로 경첩이 달린 문짝 두 개로 구성된 아치 형태의 문이다. 지우개로 지운 흔적들로 미루어 보건대 그는 곡선을 제대로 표현하려고 무진 애를 쓴 것 같았다.

"그렇군요, 서부 영화에 나오는 것처럼."

나와 마주보고 앉은 남자는 이제야 말이 통하는 상대를 만났다는 듯한 표정을 짓는다. 그래서인지 그는 얼른 동의를 표한다.

"그렇죠. 존 웨인. 무적의 총잡이."

하지만 나는 목수가 아닐뿐더러 적절한 연장도 없다. 나는 그에게 그렇게 말한 다음 자리에서 일어난다.

"그건 문제없습니다."

남자가 말한다.

"손님은 작업만 해주시면 됩니다. 연장은 제가 구해드릴 테니까요."

그는 내가 밥값을 내기 위해 지갑을 꺼내자 고개를 절레절레 흔든다. 그는 밥값 대신 주방 배관을 한번 봐줄 수 있는지 알고 싶어 한다.

"나중에 보지요."

내가 대답한다.

"네, 그럼 다음에."

남자와 고양이—고양이는 내가 자리에서 일어나자 나와 동시에 두 발로 일어선다—는 함께 문간에서 나를 배웅한다. 이제 보니 고양이는 애꾸눈이다. 나는 고양이의 감겨진 한쪽 눈에 시선을 고정하고 그의 털을 쓰다듬어 주려고 몸을 굽힌다.

"고양이들은 항상 인간보다 오래 살아남았죠."

식당 주인이 한마디한다.

"당신이 기르던 고양이건 다른 사람이 기르던 고양이건."

식당 문지방에서 그는 나에게 맞은편 집의 어두운 창문으로 보이는 광고판을—나는 벌써 시내 곳곳에 그와 같은 광고판이 붙어 있는 것을 보았다—가리킨다.

'빈방 있음.'

"주민 상당수가 관광객들에게 방을 빌려주곤 했죠. 우리는 곧 다시 그렇게 될 거라는 희망을 가지고 있습니다. 어제는 호텔의 또 다른 외국인 손님이 식사하러 왔죠. 그리고 오늘은 당신이 왔고요. 그러니 이 정도면 충분히 낙관적이죠."

나는 너와 함께 있을 때면

내가 일곱 살 무렵에 되고 싶었던 영웅,

그러니까 죽이는 일도 불사하는 성숙한 남자가 되고

싶어져

내가 호텔로 돌아오자, 영화배우는 안내 데스크에서 청년과 이야기 중이다. 두 사람은 내가 가까이 다가가자 갑자기 입을 다문다.

여배우가 몸을 돌려 나에게 인사를 건넨다.

어떻게 설명해야 할지 잘 모르겠지만, 아무튼 나는 문득 그 여자를 만지고 싶은 욕망, 여자의 등 아래쪽을 쓰다듬고 싶은 욕망에 사로잡힌다. 고양이를 어루만지고 싶은 충동과 이제 막 목재 널을 덧댄 벽을 손으로 쓸어보고 싶은 충동 중간쯤 되는 욕망이랄까.

기대했던 순간이나 방식은 아니지만 아직 오지 않은 따뜻한 날씨나 봄을 기다리듯 나는 이제까지와는 전혀 다른 감정을 느낀다.

"저는 여전히 그 모자이크 문제를 해결하려고 노력 중입니다."

청년이 서둘러 말하더니 곧 여배우 쪽으로 몸을 돌린다.

그가 여자에게 낮은 목소리로 뭐라 말하는데, 나는 그게 나와 관련 있는 얘기라는 느낌을 받는다. 왜냐하면 여자가 다시금 내 쪽으로 고개를 돌리더니 청년과 공범 같은 신호를 주고받으니 말이다.

2층 복도에서 누군가 나를 부르는 소리가 들린다. 나와 나이가 비슷해 보이는 남자는 흰 목욕 가운을 걸치고 호피 무늬 양말을 신은 차림새로 방문 틈에 서 있다. 목욕 가운과 양말 사이로 털 많고 튼실한 종아리가 드러난다. 목욕 가운 중간에는 허리띠가 느슨하게 묶여 있다. 나는 그가 호텔에 묵는 또 다른 외국인 손님이라고 짐작한다.

그가 한 손으로는 밝은 노란 빛깔 액체가 든 병을, 다른 한 손으로는 양치용 컵을 흔들면서 나에게 한잔하자고 권한다.

"고맙지만 사양하겠습니다."

내가 대답한다.

방으로 가야겠다고 내 입으로 말하면서 나는 방에 가는 일이 그다지 급한 일이라는 인상을 주지 않는다는 걸 알아차린다. 더구나 남자가 대놓고 묻는다.

"그게 뭐 그리 급합니까? 우리가 같이 술도 마시고 체스도

한 판 둘 수 있는 거 아닙니까. 혹시 탈의 공격attaque de Tal*이라고 들어보셨습니까?"

계속 술병을 흔들어대는 남자는 좁디좁은 복도에서 나머지 손으로 반대편 벽을 짚고서 한걸음 앞으로 내딛는다. 그 때문에 나는 오도 가도 못하는 처지가 되고 만다.

자기 옆방에서 들리던 드릴 소리 때문이었는지 남자는 내가 호텔에서 공사를 하는 사람이라고 지레짐작한다.

나는 휴가 중이라고 그에게 대답한다.

내가 요행히 정답을 대기라도 했다는 듯, 남자의 얼굴이 환해진다.

그는 질문을 바꾸어 나에게 누구를 위해 일하는지 묻는다.

나는 잠시 뜸을 들인다.

"아무도."

내가 마침내 대답한다.

"그냥 나를 위해서."

"누가 당신을 보냈습니까? 윌리엄입니까?"

"아뇨."

---

* 월드 체스 챔피언 미하일 탈(Mihail Tal)의 대담하고 공격적인 경기 스타일을 이르는 말.

"당신에겐 분명 행동 계획이 있을 겁니다. 누구에게나 계획이라는 게 있으니까요. 사업이란 결국 목표가 문제죠."

남자는 목소리를 낮추더니 주위를 두리번거린다. 복도가 직각으로 꺾인 탓에 나는 한순간 복도 끝에서 작은 물체, 핏기 없고 옷도 입지 않은 작은 몸뚱어리가, 마치 빛을 피해 숨는 도마뱀처럼, 순식간에 나타났다가 눈 깜짝할 사이에 자취를 감춘 것 같다고 느낀다.

"이곳에 아무 이유도 없이 그냥 오는 사람은 없습니다. 기회를 잡으려면 바로 지금이죠. 사회가 붕괴되어 허약해질 대로 허약해진 지금이 기회란 말입니다. 사업거리가 많으니까요. 내 친구 하나는 땅을 사들여 집을 짓고 있습니다."

나는 엄마가 하는 말을 듣고 있는 기분이다.

"얘야, 전쟁은 말하자면 황금을 캐내는 금맥이란다."

남자는 내 앞에 서 있다. 그는 양치 컵에 물을 채우더니 그걸 따라 버린다.

나는 그 틈을 타서 그의 뒤로 간다. 등 뒤에서 그의 목소리가 들린다.

"아주 어렸을 때부터 나는 늘 누군가를 죽이고 싶었죠. 합법적으로 그렇게 할 수 있는 유일한 방법은 군대에 가는 거였어요. 내 꿈은 열아홉 살이 되었을 때 이루어졌다고요."

나는 그가 나에게 사람을 죽여본 적이 있느냐고 묻기를 기다린다. 그 경우, 나는 낚시로 송어를 잡아보았다고 말할 것이다.

그런데 그는 질문을 하는 대신 자기 얘기만 계속한다.

"적이 알지 못하는 시스템을 개발해야 해요. 그게 바로 전략이죠. 그게 바로 아름다움이고요. 탈도 그렇게 생각했어요. 그래서 그는 자기가 가진 말을 하나씩 하나씩 희생시킨 끝에 팀을 승리로 이끌 수 있었거든요."

메이

열쇠구멍에서 열쇠를 돌리자 바닥에 흥건하게 고인 물과 의자에 앉아 있는 어린 사내아이가 제일 먼저 눈에 들어온다. 아이의 몸을 감싼 수건 밖으로 발가락이 삐져나와 있다. 아이 엄마는 침구를 가느라 바쁘다. 벗겨낸 시트는 제멋대로 말려 있고, 베개는 바닥에 떨어져 있다. 가만 보니 아이 엄마의 머리도 젖어 있다. 누군가가 나의 아홉 가지 소지품을 테이블 위에 나란히, 마치 기차처럼 줄지어 늘어놓았다. 사내아이는 나를 보자마자 입과 귀를 가린다.

"죄송합니다."

아이 엄마 입에서 제일 먼저 튀어 나온 단어다.

"제대로 작동하는 유일한 샤워기거든요. 손님이 수도관을 고친 덕분에 말이에요. 우리 방은 수압이 너무 낮아요. 몇 방울씩만 똑똑 떨어지는 수준이라서요. 손님이 방을 비운 사이에 샤워기를 좀 썼어요."

여자는 '우리'라는 말로 자신과 아이를 동시에 지칭하는 게 확실하다.

여자의 말대로라면, 아담이 샤워부스 밖으로 뛰쳐나가서 바닥이 물바다가 되었단다. 그리고 아이가 침대 위에도 올라갔다는 것이었다.

그러니까 사내아이의 이름은 아담이로군.

"아이가 얼마나 좋아했는지 몰라요."

아이 엄마가 젖은 수건들을 주섬주섬 챙기며 덧붙인다.

사내아이는 여전히 두 손으로 귀를 막은 채 우리를 관찰하고 있다.

여자가 다시 한번 사과한다. 미리 내 양해를 구했어야 했는데 그러지 못했다고 말이다. 나는 여자에게 걱정 말라고, 내가 두 사람 방의 수도관도 손봐주겠다고 말한다.

여자는 방을 바꿔주겠다고, 복도 반대쪽에 있는 방을 쓰라고 제안한다. 마침 그 방을 준비 중이었다고 말한다.

"그 방을 쓰시면, 총구멍 뚫린 벽을 마주할 필요도 없죠. 아담과 제가 쓰는 방과 마찬가지로 바닷가 전망을 누릴 수 있으니까요."

샤워기가 유일한 문제인데, 혹시 그 방 수도관도 봐줄 수 있는지, 여자가 내 의향을 묻는다.

"그냥, 뭐가 문제인지라도 봐주세요."

여자가 좀더 명확한 설명을 덧붙인다.

여자는 수건으로 감싼 아이를 번쩍 안아 한 층 위 자기 방에 데려다놓은 다음 다시 나타난다. 여자는 가끔 님페아도 그렇게 하는데, 젖은 머리를 고무줄로 묶어 쪽 지듯 틀어 올렸다.

내가 소지품들—아홉 가지 물건—을 챙기는 데에는 시간이 걸리지 않는다. 나는 여자의 뒤를 따라 새 방으로 간다.

여자는 시트를 바꾸고, 커튼을 열어젖힌다. 그러면서 피피가 이 방까지 책상 옮기는 일을 도와주었다고 말한다.

"손님이 글을 쓰신다는 걸 알았어요."

여자가 존경 어린 표정으로 나를 바라보며 아는 척한다.

나는 피피가 여자의 남동생이며, 방금 글을 쓴다는 말은 내 일기장에 대한 언급일 거라고 짐작한다.

침대 위에는 다른 객실이며 안내 데스크와 마찬가지로, 숲을 그린 풍경화가 걸려 있다. 녹색 나뭇가지들, 녹색 음영, 푸른 기를 머금은 하늘 등. 그런데 이번 그림은 한가운데 달무리가 있고, 그 달무리 가운데 자리를 표범이 차지하고 있다.

나는 좀더 가까이에서 그림을 뜯어보기 위해서 앞으로 다가간다.

"맞아요, 방마다 그림이 한 장씩 걸려 있어요."

여자가 그림 앞에 서서 설명한다.

그 그림들은 전부 한 사람이 그린 것 같다. 아니나 다를까, 그림마다 오른쪽 하단에 AD라는 이니셜이 적혀 있다. 여자는 그림을 그린 작가가 누구인지는 모르지만 분명 호텔 부근의 숲을 그린 것 같다고 말한다.

"전쟁이 나기 전에 인근 화가들은 모두 나무를 그렸고, 시인들은 숲의 향기와 바람에 흔들려서 부스럭거리는 반투명 나뭇잎에 대해 시를 썼죠."

여자가 무심한 투로 말한다.

이윽고 여자는 깊이 숨을 들이마신다.

"이제 그 숲은 자칫 목숨을 앗아갈 수도 있는 치명적인 함정이 되고 말았죠. 대인지뢰로 뒤덮였으니까요. 숲에 들어가는 사람은 나무가 다시 녹색으로 변하는 모습을 절대 볼 수 없을 테지요. 난방용 땔감이 필요하면 사람들은 자기 집 마룻장을 뜯어낼지언정 숲에 나무를 베러가지는 않을 거라고요."

여자는 또다시 숨을 들이마신다.

"무엇하러 숲에 가겠느냐고요? 기껏 솔방울이나 줍자고 목숨 걸고 거길 가진 않을 거잖아요."

여자가 나지막하게 중얼거린다.

나의 새 방에는 작은 발코니도 있는데, 그 발코니에는 유사시 호텔의 뒤뜰로 나갈 수 있는 일종의 긴급 사다리가 놓여 있다. 여자는 손가락으로 정원 쪽을 가리키며 지뢰 제거가 끝났다고 알려준다. 그렇지만 만에 하나 해변에 가려거든 절대 오솔길을 벗어나지 말라는 당부도 잊지 않는다.

"전에는 저기 골프장이 있었는데, 전쟁 동안 그걸 갈아엎어서 텃밭을 만들었죠."

우리는 나란히 창가에 서서 시들시들한 채소밭을 바라본다.

"저는 아직도 전쟁 전에 맡았던 풀 향기를 기억해요."

여자가 머뭇거리는 목소리로 말을 이어간다.

"아, 오디, 산딸기, 딸기 같은 열매들도…"

여자는 망설인다.

"그리고 그 뒤를 이은 고무 타는 냄새, 쇠 녹이는 냄새, 먼지 냄새, 피 냄새도요. 그중에서도 특히 피비린내."

여자가 입을 다물더니 곧 다시 다문 입을 연다.

"전쟁이 시작되고 처음 맞이한 여름이 제일 힘들었죠. 태양이 이글거리고 새들은 노래하고 언 땅에서 솟아오른 꽃들은 활짝 피었는데, 그걸 보기가 그렇게 힘들었어요. 그러리라고 예상하지 못했거든요."

나는 말 없이 잠자코 듣는다.

"우리는 비를 기다리죠."

여자가 결론처럼 마무리 짓는다.

"두 달 동안 비가 한 방울도 내리지 않아서 땅이 바짝 말라 버렸어요."

여전히 창가에 기댄 채, 이젠 여자도 입을 다문다.

나는 양철 양동이에 후드득후드득 떨어지는 빗소리를 듣고 싶어 하는 이 젊은 여자에게 머지않아 먼지 구덩이에서 초록 잎이 고개를 내밀 거라고 말해줘야 하려나? 나는 심지어 모

르는 장소에서 총을 맞고 매장된 시인의 몽유병 환자적인 로
망스라도 암송하면서 여자에게 이곳에 녹색의 뭔가가 자라날
거라고 말해줄 수도 있을 것이다. *초록이여, 내가 사랑하는 건
바로 너, 초록이란다.* 그렇게 하면 여자의 마음이 아프려나?
시인은 더 나은 나라가 우리를 기다리고 있다고, 바다의 수평
선 저 너머에서 빛을 발하며 기다리고 있음을 믿었노라고 말
해주어야 하려나. 나는 여자에게 나의 삼촌, 그러니까 양을 치
는 삼촌과 그의 일꾼들은 봄마다 마른 풀을 불로 태운다고, 흙
이 그을리고, 까맣게 탄 짚 속에서 몇 주간이고 불길이 머물
면서 이끼와 헤더heather*에 닿으면, 거기에서도 풀이 자라난다
고, 짙은 녹색 빛깔로 아주 튼실하게 커간다고 말해줄 수도 있
을 것이다.

"사람들은 왜 봄에, 올봄에 비가 내리지 않았는지 궁금해한
답니다."

여자가 묻지도 않은 말을 덧붙인다.

택시기사도 하나밖에 없는 손으로 기어를 바꾸면서, 자동
차가 반대편 차로로 차선 이탈을 했을 때 그와 똑같은 소리를

* 낮은 산과 황야 지대에 자생하는 야생화.

했다. 모두들 비를 기다린다고. 마침내 비가 오기 시작하면, 강물은 수심이 6미터쯤 높아질 것이고, 그러면 일종의 납골당으로 변해버린 들판으로 범람할 것이고, 그러면 군복 차림의 유해들이 물 표면으로 떠오를 것이다. 산 사람들은 그제야 비로소 죽은 사람들을 묻어줄 수 있게 될 것이다.

여자가 별안간 내 쪽으로 몸을 돌리더니 손을 내민다. 서로 소개할 시간이 된 것이다.

"메이."

나도 여자 쪽으로 손을 내민다.

"요나스."

우리는 이제 개인적인 관계로 맺어진 사이가 된다.

이 말은 곧 여자가 근무하는 동안에는 내가 차마 스스로 목숨을 끊는 일은 할 수 없다는 뜻이다.

아담

메이와 그녀의 아들 아담이 기거하는 방, 곧 3층 14호실은 호텔의 다른 방들과 다를 바 없다. 개인적인 물건이라고는, 장난감 몇 개를 제외하면, 거의 없다. 아담은 물기 있는 머리를 빗질하고 잠옷을 입은 채 네 조각으로 자른 사과를 앞에 두고 테이블 앞에 앉아 있다. 아이는 나를 못 본 체한다. 바닥에는 플라스틱으로 만든 작은 인물들이 규칙적인 간격으로 줄지어 서 있다. 내가 테이블 위에 공구를 정리해둔 모양과 많이 비슷하다.

보아하니 엄마와 아들은 한 침대에서 자는 모양이다. 낡은 토끼 봉제인형이 강아지 무늬 베개 위에 놓여 있다.

"우리는 아무것도 챙기지 못하고 피란길에 올라 이곳저곳을 옮겨 다녔어요."

내가 방안을 둘러보는 동안 메이가 말한다.

"아담은 전쟁 초기에 태어났기 때문에 진정한 의미의 집이라고는 가져 보지 못했죠."

몽키 스패너를 들고 나를 따라 욕실로 들어온 메이가 내 가까이에 얌전히 서 있는 동안 나는 수도관을 비운다. 다행히도 나에게는 이음새 부분이 새기 시작할 때 사용하면 좋은 검은색 절연 테이프가 있다.

"어디까지나 임시방편입니다."

내가 설명한다.

내가 수도관을 살피는 동안 메이는 사서 자격증을 막 따고 나니 전쟁이 터졌다고 말한다. 그녀는 전쟁이 발발했을 때 한 도서관의 아동서 사서로 일하고 있었다는 이야기를 들려준다.

"사람들이 연이어 전선으로 떠나는 와중에도 우리는 정상적으로 살고자 애썼죠. 나는 제안 들어오는 일은 무엇이든 다 했고, 내가 일하는 동안엔 피피가 아담을 돌봤어요. 어떤 땐 일해준 대가로 돈을 받았고, 어떤 땐 못 받았죠."

샤워꼭지에서 나오는 물이 정상적인 색깔과 수압을 되찾자 메이는 얼른 협탁 스탠드를 가져오더니 전선을 봐달라고 청한다. 자기가 전구를 갈았는데도 불이 들어오지 않는 걸 보니 분명 전구가 아닌 다른 부분이 고장이라는 것이었다.

나는 대번에 플러그에 문제가 있어서 그걸 갈아야 한다는 사실을 간파한다.

"부품을 구하는 것은 굉장히 복잡한 일일 텐데요."

여자가 흘러내린 머리카락을 매만지며 걱정한다.

"상점에 아무것도 없거든요. 연줄이 있어야 한다고요."

나는 호피 무늬 양말을 신은 남자가 호텔 복도에서 했던 말을 떠올린다. 그럴듯한 연줄을 가진 사람들에게는 도처에 팔아넘길 것 천지라고 했던가.

여자는 이제 양손을 허리에 얹고 내 앞에 버티고 선다. 내가 왜 이곳에 왔는지 확실하게 알아야겠다는 것이다.

"휴가를 보내기 위해서 왔다는 대답은 전혀 설득력이 없어요."

여자가 말한다.

"드릴까지 들고서 휴가를 오다니요."

여자는 머리를 묶었던 고무줄을 풀더니 금세 다시 머리를 묶는다.

나는 아무 말도 하지 않는다. 그런 거라면 나는 재능을 타고났다.

엄마가 그러는데 아빠는 말이 없대, 라고 님페아는 나에게 말하곤 했다.

그건 전적으로 사실이 아니다. 우리 두 사람이 사귀기 시작했을 때 나도 말을 했다. *나는 말하고 G는 말이 없었다*, 라고 등산 가던 날의 일기에 기록되어 있다.

메이는 내 눈을 뚫어져라 쳐다본다. 언제까지고 그렇게 할 기세다.

"당신은 왜 이곳에 왔죠?"

나는 망설인다. 내 입에서 다시 한번 휴가 중이라는 대답은 차마 튀어나오지 않는다.

"나도 잘 모르겠습니다."

여자는 내 얼굴을 똑바로 쳐다본다.

"혹시 뭔가를 찾아서 여기 오신 건가요? 뭔가를 산다거나?"

"그것도 아닙니다. 나한테는 아무 계획이 없어요."

어린 아들과 동생을 데리고 어떻게든 비 오듯 쏟아지는 폭탄 아래에서—강바닥이 피범벅이 되고, 불과 몇 주 전까지만 해도 사형 집행부대가 강물을 시뻘겋게 물들이던 나라에서—살아남기 위해 안간힘을 써온 이 젊은 여자에게 나 자신을 제거하기 위해 여기까지 왔다고 어떻게 말한단 말인가? 이곳 사람들에게 내가 공구함을 들고 여기 온 이유는 갈고리를 단단하게 고정하기 위해서며, 내가 드릴을 들고 여행길에 오르는 건 다른 사람들이 칫솔을 들고 오는 것만큼이나 자연스러운 일이라고 설명하는 건 거의 불가능에 가깝다. 이 여자가 지금까지 겪은 모든 일을 고려할 때, 나는 도저히 이 여자와 그의 동생에게 천장에 매달린 나를 끌어내리는 일까지 맡길 수는 없다. 창문으로 보이는 것이라고는 먼지와 폐허뿐인 상황에서, 나의 불행은 아무리 후하게 봐주어도 하찮기만 하다.

너, 그거 알아? 검은 모래 위에 떨어지는 건
눈물이야. 봄이 흘리는 눈물

혼자가 되자 나는 발코니로 통하는 문을 겸한 창을 연다. 창은 시간이 꽤 걸린 다음에야 열린다. 호텔에서 장기간 난방을 하지 않은 탓에 나무가 부풀었기 때문이다. 대패가 있으면 좋겠지만, 사포 몇 장으로도 해결할 수 있는 일이다. 나는 내친 김에 문 손잡이에 박힌 나사 두 개를 꽉 조인다. 발코니에는 말라비틀어진 화초가 여남은 개 있기에 나는 양치 컵에 물을 가득 채워 그 화분들에 붓는다. 모두 네 번 왔다 갔다 한다.

바다는 내가 생각했던 것보다 가까이 있다. 잘 익어서 달콤한 과일 냄새와 더불어. 나는 오래도록 바라보지 않아도 그 바다가 나에게 익숙한 거친 바다와는 완전히 다르다는 걸 알 수 있다. 이 바다에는 둔한 소리를 내는 육중한 철문만큼이나 무겁게 밀고 들어오는 거대한 파도가 없고, 해안에 닿아서 바위를 때리고 배를 집어삼키고는 되밀려오면서 높이 솟구치는 파도의 하얀 포말도 없다. 내 방 창에서 보이는 것은 이를테면 짠물을 가득 채운 거대한 수영장 또는 수면에서 떠돌며 빛을 반사하는 거울이라고나 할 만하다.

해안으로 내려가는 오솔길을 벗어나서는 안 된다는 경고를 무시하고 나는 인적 없는 길을 걸으면서 땔감용 장작 창고가 거의 비었음에 주목한다.

나무를 하러 가려는 사람은 없다고 여자가 말했다.

나는 바닷속에 몸을 던지는 방식을 택해야 하는 걸까?

얼마만큼이나 되는 거리를 헤엄쳐야 기운이 다 빠져서 탈진하게 될까?

새 한 마리가 내 머리 위를 빙빙 맴돈다.

한 바퀴.

저 새는 나를 덮치고 공격할 것인가?

두 바퀴.

새가 내려앉는다. 새는 다리를 절룩인다. 다시 날아오르려 하지만 도움닫기 하는 데 애를 먹는다. 전쟁과 먼지의 나라에서는 짐승들조차 죄다 불구다. 다리가 세 개만 남은 개들은 절뚝거리고, 고양이들은 눈이 한 짝밖에 없는 애꾸며, 새들마저 깨금발로 뒤뚱거린다.

바닷가에 서 있는 동안 나의 기억 속에 문득 한 무리의 고래가 떠오른다. 구드룬과 나는 자동차를 타고 고래 떼 앞을 지나 갔다. 대여섯 마리가 해안을 향해 헤엄치는가 싶더니 해안까지 다 와서 기진했다. 우리는 자동차 트렁크에서 삽을 꺼내 모래밭을 열심히 팠다. 거기에 물이 고이면 고래들이 다시 바다로 돌아갈 수 있지 않을까 하는 마음이었다.

"추억을 공유한다는 건 참 중요한 거야."

구드룬이 차로 돌아오면서 말했다.

우리는 그 무렵부터 더는 잠자리를 같이하지 않았지, 아마?

구두와 양말을 벗고 차가운 물속에 서 있는 내 주변으로 짠물의 웅덩이가 서서히 형성되면서 나는 그 안으로 빨려 들어갈 것만 같다. 물이 발목까지 올라오자 나는 뭍으로 돌아간다.

사람들이
이 세상과 나를 비교할 수 있다면

나는 일단 방으로 돌아와 샤워기를 틀고, 입고 있던 옷—이곳에 도착할 때 걸치고 있던 옷가지들—을 모두 벗고서, 벌거벗은 채 차가운 바닥 위에 멀뚱히 서 있다. 내가 수리한 덕분에 이제는 샤워기에서 뻘건 녹물이 나오지 않는다.

나와 마주보는 곳에 놓인 거울 속에 가슴 한복판, 정확하게 심장이 위치한 곳에 눈처럼 새하얀 연꽃을 새겨 넣은 낯선 중년 남자의 몸이 비친다. 연꽃은 마치 하얀 돛 위에 그려진 로고 같다. 나는 벌써 여러 해째 거울을 들여다보지 않았다. 적어도 거울로 나의 전신을 본 적이 없다. 아니, 언제는 그런 적이 있긴 했던가? 아파트에 놓여 있던 거울들은 신장이 185센티미터나 되는 남자를 고려해서 그 자리에 놓인 건 아니었다. 면도를 할 때면 세면대 위쪽에 매달린 거울을 보면서 면도를 하기는 했으나, 그건 어디까지나 면도용이었을 뿐 나의 전신을 바라보기 위한 용도는 아니었다.

"살이 빠졌구나."

엄마가 보았다면 그렇게 말했을 것이다.

나는 완전 무방비 상태다. 우습기까지 하다.

나는 팔뚝과 복부의 근육을 더듬어보지만, 그래도 *내가 거울 속의 나인지 아니면 다른 사람인지* 똑 부러지게 단언하기 어렵다.

내 머리숱은 여전하다, 엄마도 정확하게 지적했듯이. 빗자루처럼 털들이 곤두섰다. 게다가 이제야 조금씩 희끗희끗해지기 시작했을 뿐이다.

한쪽에는 내가 있고, 다른 한쪽에는 내 몸이 있다. 둘 다 낯설기는 마찬가지다.

우리는 같이 학교에 다녔던가? 혹시 나는 저자를 여름에 아스팔트 까는 아르바이트를 하던 중에 만났던가? 우리는 예전부터 아는 사이였던가? 저자가 혹시 천체 현상에 대해 사색하던 그 젊은이인가?

어쨌거나 태양이 내 몸을 비추지 않은 지 상당히 오래된 건 사실이다. 적어도 몸 전체를 말이다. 나의 마지막 일광욕은 열일곱 살 때로 거슬러 올라간다. 그늘의 기온이 17도일 정도로 유난히 더웠던 6월의 어느 날이었다. 나는 수영복을 입고 구드룬에게 줄 딸기 묘목 판에 못질을 했다. 묘목 열 개 정도를 심을 만한 크기의 상자였다. 나는 그때 누워서 일광욕을 하지 않았다. 왜냐하면 나는 호모 에렉투스, 즉 직립 인간, 항상 무언가 할 일이 있는 인간이니까 말이다.

구드룬은 딸기를 심은 화단 곁에 누워 있다. 빨간 머리와 바닷바람을 받아 적당히 달아오른 분홍빛 혈색 덕분에 주근깨마저도 하나둘씩 혈색 속에 녹아 들어가는 듯하다. 이따금씩 구드룬은 양쪽 팔꿈치를 짚어 몸을 일으키고는 몸 이곳저곳에 선크림을 바른다. 그녀는 책 한 권을 손에 들고서 몇 줄 읽고는 이내 눈을 감는다. 가까이에 서 있는 키 작은 나무가 만들어주는 그늘의 면적이 점차 넓어지자 구드룬은 비치타월을 들고 조금 더 먼 쪽, 해가 여전히 쨍쨍 내리쬐는 잔디밭으로 자리를 옮긴다.

나는 새로 얻은 내 방의 불을 켠다. 등이란 등은 예외 없이 잘 켜진다. 어느새 담요를 덮은 듯 도시 위로 어둠이 내려오면서 대기도 선선해진다. 개 한 마리가 괴성을 지르더니—혹시 다리가 세 개밖에 없는 개일까?—언제 그랬나 싶게 잠잠해진다.

잠들 때까지 뭘 한담?

나는 정리해둔 일기장 가운데 한 권을 꺼내들고서 침대에 앉는다. 가운데 권이다. 우리는 지금 둘이 함께 있다. 예전의 나와 지금의 나, 젊은이와 중늙은이.

도대체 무엇이 스무 살 청년으로 하여금 *생명을 주셔서 고맙습니다, 엄마*라는 글을 쓰게 만들었을까? 어째서 아버지에게는 고맙다고 하지 않은 걸까? 나라는 사람은 엄마에게 나를 이 세상에 낳아주셔서 고맙다고 인사하고, 여자친구들에게는 나와 잠자리를 같이해줘서 고맙다고 인사한다. 나는 감사할 줄 아는 남자다.

나는 계속해서 일기장을 뒤적인다.

엄마는 딸을 가지고 싶었다고 말씀하신다.

나도 그랬다. 누이가 있으면 좋겠다고 생각했으니까. 나는 누이 대신 여자친구들을 얻었으며, 그 친구들과 잠자리를 같이했다. 일기장 기록대로라면 한 주 동안 무려 네 명씩이나.

이 점을 제외하면, 구름의 형태와 여체를 열심히 묘사하는 이 젊은이에 대해 나는 극도로 모호한 이미지만을 지니고 있다. 하지만 그와 나에게는 공통점이 있다. 나도 나지만, 그 역시 자기가 누군지 잘 모른다는 점이다.

*나는 아직 존재하지 않는다*고 그는 10월 24일자 일기에 명명백백하게 기록하고 있다.

그로부터 몇 쪽 뒤에는 펜으로 한 줄을 쫙 그어 지워버린 문장이 눈에 띈다. 한 줄로 지웠기 때문에 얼마든지 읽을 수 있다. ~~*나는 어떻게 해서 내가 되었을까?*~~

N이라는 이니셜이 K, A, L, S, 그리고 G와 더불어 규칙적으로 등장하는데, 나는 일기장을 오래 뒤적일 필요도 없이 그 N이 나와 잠자리를 같이한 여자친구가 아님을 깨닫는다. 일기장 어느 쪽엔가 N의 이름이 완전한 형태로 등장하기 때문이다. 프리드리히 니체. 군데군데 흩어져 있는 N이 등장하는 페이지와 날짜들로 미루어 보건대, 나는 1년 내내 니체의 『선악의 저편』을 읽느라 고군분투했다. 대학에 다니던 그 1년 동

안 말이다. 그 무렵의 내 일기장은 독서 메모장 노릇을 한 것 같다.

'인격체'로서 그 자신에게 남은 것, 그는 그것을 불확실한 것, 흔히 임의적이면서 더 흔하게는 상당히 마음을 불편하게 만드는 것으로 파악한다. 그는 아주 힘들게 '자신'에 대해 생각하며, 어쩌다 용케도 자신에 대해 생각할 때면 실수하는 경우도 드물지 않다. 그는 자신을 다른 사람들과 혼동하는 경향을 보이며 그의 가장 기초적인 필요에 대해서는 완전히 무지하다.

충격적인 것은 세 쪽에 한 쪽 정도는 죽음과 고통이라는 경이로운 경험이 등장한다는 사실이다.

아버지가 돌아가시고 이틀이 지났을 때, 나는 일기장에 이렇게 적었다.

사람들은 죽는다. 다른 사람들 말이다. 누구나 죽는다. '누구나'라고 말하면서 나는 사실 나 자신에 대해서 이야기한다. 나는 죽는다. 생명이란 가장 부서지기 쉬운 것이기 때문에. 언젠가 내가 자녀를 갖게 된다면, 그 아이들도 죽을 것이다. 그때가 되면, 나는 이미 그 자리에서 내 아이들의 손을 잡아주고, 그 아이들을 위로해줄 수 없을 것이다.

이듬해 4월 14일 자 일기에는 다음과 같이 적혀 있다.

우리가 사는 위도상에서라면, 사람들은 특히 봄철에 스스로 목숨을 끊는다. 사람들은 이 세상 만물이 다시 태어나며 그들을 제외한 모든 것이 무에서 새로 출발할 수 있다는 생각을 도저히 받아들이지 못하는 것이다.

그 글을 쓴 저자는 그다지 못된 놈은 아니다. 그자는 순진하고 좋은 의도로 충만하다. 나는 일기를 읽으면서 시간의 흐름, 구름의 변화에 관한 묘사가 점차 오존층의 엷어짐, 이산화탄소 오염, 기후 온난화 등 생태학적인 우려에 자리를 내어주고 있음에 주목한다.

빙하가 점점 물러나는데 그러다간 곧 자취를 감추게 될 것이다. 수십 년 후엔 이 거대한 물 저장고가 사라지고 말 것이다.

오늘 나는 이 젊은이에게 무어라고 말할 수 있을까? 가령 그 젊은이가 내 아들이라면?

나는 일기장을 넘긴다.

다음 페이지 위쪽에 *나는 이제 신을 믿지 않으며, 신도 더는 나를 믿지 않을까봐 걱정이다*라고 적혀 있다.

나는 일기장을 마지막 장까지 재빨리 훑어본다.

마지막에서 두 번째 페이지에 따르면 예전의 나는 헌혈을 했던 것 같다.

나는 혈액은행에 갔다. 그리고 그 아래에 ─줄 바꿔서─ 쓰여 있는 네 마디.

나는 머리가 핑 돌았다.

이 혈액은행 방문은 마지막 페이지에 적혀 있는 제법 흥미진진한 간추린 목록 두 개를 낳는 계기가 된 것으로 보인다.

내가 섹스를 한 장소 목록:

침대(A, K, L, D, G, S), 묘지(E), 자동차(K), 계단(H), 욕실(L), 여름 별장(K), 공공 수영장(S), 분화구(G).

그리고 바로 뒤에는 내가 섹스를 하지 않은 장소 목록이 이어진다. *혈액은행, 박물관, 경찰서 등.*

나는 일기장을 덮고, 불을 끈다. 어둠 속에서 나 자신을 진정시키기 위해 어떤 생각을 해야 할까? 나는 님페아를 품에 안고 회전목마에 ─아이는 유니콘을 택했다─ 앉아 있고, 아이 엄마, 그러니까 내 아내가 우리에게 손을 흔들며 알은체를 하는 동안 모든 것은 빙빙 돌고, 이 세상은 회전 속도에 비례해서 점점 팽창한다. 아이와 나는 그녀의 손짓에 화답한다. 이제 세상은 점점 속도를 늦추고 아주 작은 눈동자만 한 크기로

줄어들다가, 내 기억이 사그라들기 직전에 사라져버린다.

경이로운 체험인 고통은
희망을 일깨운다

갈아입을 옷이라고는 벽장 속 나무 옷걸이에 걸어둔 셔츠
한 벌뿐이다. 어떻게 해야 한담? 왜 다른 옷가지를 가져오지
않았을까? 나는 빨간 셔츠를 걸친다.

두 뺨에 손을 대본다. 면도를 해야 하나? 면도기를 사용하
지 않은 지 벌써 나흘째다.

어쩌면 호텔 매점에 있을 거예요, 라고 메이가 말했다.

나는 초인종을 누른 다음 피피가 문을 열어주기를 기다
린다.

"메이가 면도기가 있을 거라고 했다고요?"

청년이 내 물음에 물음으로 답한다.

그는 청바지에 후드 달린 맨투맨 셔츠 차림으로 호텔 안내
데스크를 지킨다. 흰 셔츠는 이미 오래전에 벗어던졌다. 그의
머리는 마치 밀가루 포대를 뒤집어쓰기라도 한 듯 온통 흰 가
루투성이다. 그는 귀에서 이어폰을 빼낸다.

"네, 그래요. 메이가 호텔에 매점이 있었다더군요."

"전쟁 통에 모든 물건은 안전한 곳으로 옮겨졌죠. 다시 말해 내가 여기서 일하기 전에 벌어진 일이란 거죠."

청년이 잠시 생각하다가 말한다.

그는 서랍을 뒤져 열쇠 꾸러미를 찾아낸다.

"이 열쇠 가운데 분명 맞는 열쇠가 있어야 하는데…"

나는 피피의 말에 그를 따라 카운터 뒤편 복도를 걷다가 계단을 내려간다. 계단이 끝나는 곳에 문이 나타난다. 문은 당연히 닫혀 있다.

청년은 이 열쇠 저 열쇠를 구멍에 들이민다.

"제 짐작으로 물건 재고는 이 방에 보관되어 있을 것 같아요."

그가 열쇠를 차례차례 들이밀면서 설명한다.

마침내 문이 열리자, 벽을 더듬어 전등 스위치를 찾아낸 그가 나만큼이나 놀란 표정을 짓는다.

창문 하나 없는 널찍한 방 안은 온갖 종류의 물건으로 꽉 차 있다. 관광객들을 위한 기념품을 비롯해 비슷한 부류의 각종 물건이 줄지어 매달려 있는 선반들에는 물론 바닥에 쌓여 있는 상자들에도 그득했다. 방 한가운데에는 그림엽서 진열대,

선글라스 진열대가 놓여 있다. 선반에는 가격표까지 붙어 있는 수영복과 물안경, 해수욕을 위한 장난감, 비치타월 등이 차곡차곡 쌓여 있다. 나는 오랜 기간 납작하게 눌려 있느라 형태가 일그러진 알록달록한 원색의 동물 모양 고무 튜브들 앞에서 두 눈이 휘둥그레진다. 턱에 힘이 빠져버린 녹색 악어, 완전히 바람이 빠진 표범, 노란 기린, 보라 돌고래… '호텔 사일런스'라는 글자가 찍힌 볼펜이 가득 들어 있는 상자가 내 눈에 들어온다.

이 방이 재고 창고라는 데에는 의심할 여지가 없다. 지나가버린 시대의 잔재. 화사한 색채로 가득 찼던 세계의 잔재.

피피는 몇몇 물건을 손에 쥐고 장난감 가게에 온 어린아이마냥 넋이 빠져 그 물건들을 빙글빙글 돌리고 돌린다.

"사실 전 아직 호텔을 속속들이 들여다보지 못했어요. 메이 누나와 제가 여기 온 지 이제 겨우 다섯 달 남짓이니까요."

그가 솔직하게 털어놓는다.

그의 표정에는 무엇을 어디서부터 시작해야 할지 몰라 난감해하는 기색이 역력하다.

"면도기도 분명 여기 어딘가에 있겠네요."

청년은 쌓여 있는 상자 사이를 헤집고 다니며 조심스럽게 이 상자 저 상자를 열어본다. 선크림, 립밤, 비누, 색칠하기 책, 각종 카드, 묶음 판매하는 칫솔 등.

방 한구석에 놓인 반쯤 열린 상자는 삐져나온 책들 때문에 책 상자임을 짐작하게 한다.

"십중팔구 고객들이 두고 간 걸 테죠."

상자 속 내용물을 힐끗 살펴본 피피가 말한다.

그는 본격적으로 상자를 뒤진다.

"여러 나라 언어가 섞였군요."

그가 검토 소견을 말한다.

나는 몸을 굽혀 손가락으로 그 책들의 등에 적힌 제목을 짚어나간다. 얼핏 보아도 토마스 만의 『마의 산』 『파우스트 박사』, 셀마 라겔뢰프의 『예루살렘』, 에밀리 디킨슨의 시집, 월트 휘트먼의 『풀잎』, 버지니아 울프의 『자기만의 방』, 엘리자베스 비숍의 시집 등이 눈에 들어온다. 나는 엘리자베스 비숍의 책을 대충 훑어본 다음 아무 페이지나 펼쳐 읽어 본다.

상실의 기술을 제어하기란 그다지 어렵지 않다. 왜냐하면 너무나 많은 것이 상실되기를 원하는 것처럼 보이기 때문이다.

어머니와 집, 여러 도시, 두 개의 강, 하나의 대륙을 잃어버린 시인은 그렇듯 담담하게 적어나간다.

매일 무언가를 잃어버려라.

열쇠를 잃어버리는 당혹감,

그걸 받아들여라…

나는 그 책을 도로 상자 안에 넣은 다음 예이츠 시집을 꺼낸다. 몇 장 뒤적거리다가 뒤적거리던 손길을 멈춘다.

모든 것은 해체되고, 중심은 지탱되지 않는다.

피피는 책을 훑는 나를 바라본다.

"사람들은 이 책들을 버렸죠. 간직할 만큼 이 책들을 사랑하지 않기 때문이었겠죠. 원하시면 몇 권 가져가셔도 괜찮아요. 메이한테 들었는데 손님도 글을 쓰신다면서요."

상자 쪽으로 몸을 굽힌 그는 상자 안에 들어 있는 것들 때문에 기가 막힌다는 표정이다.

"전 역사 공부를 하고 싶었어요."

그가 고개를 들며 말한다.

"그러니까 대학에 가게 된다면 그러고 싶었다는 말이죠. 그런데 역사는 결국 승자들의 기록에 불과하다는 사실을 깨달은 이후론 그런 마음이 싹 사라졌어요."

그는 일회용 면도기가 들어 있는 봉투를 한 손에 쥐고 굽혔던 몸을 일으킨다.

"분홍색만 있네요."

그가 나에게 봉투를 내밀며 말한다.

"봉투 하나에 여섯 개씩 들었어요."

어디 한 번 써보겠습니다. 나는 그에게 상자에서 볼펜도 한 자루 가져가겠다고 말하고는 그걸 셔츠 주머니에 넣는다.

그는 나에게 또 필요한 건 없느냐고 묻는다.

"아니, 아무것도 없습니다."

"콘돔은 어떠세요, 요나스 씨?"

"고맙지만 사양하겠습니다."

피피는 물건 값으로 얼마를 받아야 할지 잘 모르겠으나 아무튼 면도기 값은 내 숙박비에 달아놓겠다고 말한다.

이제 그는 무언가를 찾아내려는 사람처럼 선반 위에 놓인 물건들을 이리저리 옮겨가며 방 구석구석을 제대로 살피기 시작한다.

나는 좁은 공간에 함께 있는 틈을 타 자연스럽게 그에게 모자이크 벽화에 대해 묻는다. 내가 마지막으로 물었을 때, 그는 문제의 모자이크와 관련해서 제일 희한한 건 아무런 흔적도 남아 있지 않으며 근처에 있다는 온천의 존재에 대해서 아무도 아는 바가 없다는 점이라고 말했다.

"그 모든 건 참으로 이상하기 짝이 없어요."

그가 말했다.

이번에는 주저하는 태도를 보이는 그를 상대로 내가 조금 더 몰아붙인다.

"네, 맞아요."

그가 이번에는 잊고 있던 게 갑자기 생각이 난 사람 같은 반응을 보인다. 근처에는 분명 온천이 있어요. 그뿐만 아니라 그는 호텔 지하에도 온천이 있음을 순순히 인정한다. 그렇지만 지금은 닫혀 있다는 것이었다.

반면, 모자이크 벽화와 관련한 그의 답변은 여전히 오리무중이다.

"맞는 말씀이에요. 근처에 유명한 벽화가 있었는데―그는 분명 반과거 시제를 사용한다―현재는 관광객들에게 개방되지 않은 상태죠."

그는 말을 하면서도 계속 상자들을 열고 내용물을 살피고 다시 닫기를 반복한다.

"그렇다면 곧 관광객들에게 개방될까요?"

피피는 다시금 우물쭈물한다.

"그게 말이죠, 사실은 안전한 곳으로 옮겨졌어요."

그는 빙빙 돌아가는 그림엽서 전시대 옆에 서서 무심코 그 전시대를 돌려댄다.

"이제 관광객들이 다시 모여들기 시작하니까 로비에도 몇 장 비치해두어야겠어요."

욕망은 고통보다 힘이 세다

나와 여배우 그리고 옆방 남자는 아침식사를 하기 위해 테이블에 각자 자리를 잡고 앉아 있다. 여배우는 창가 쪽에서 토스트와 커피를 먹는다. 테이블에는 종이 뭉치 한 묶음이 놓여 있다. 내가 그 여자에게 인사를 건넨 건 딱 세 번이다. 같은 복도 옆방에 머물고 있는 내 이웃은 세 번째 테이블을 차지하고 있다. 요컨대 이 호텔의 투숙객 전원인 우리 셋은 한 명도 빠짐없이 이 자리에 참석했다. 천장에는 색종이 갓을 씌운 전등이 매달려 있다. 홀은 특별한 행사를 위해 꾸며졌던 것처럼 보인다.

"전쟁 초기로 거슬러 올라갈 겁니다."

피피가 커피를 가져다주면서 설명한다.

"결혼식 피로연은 결국 취소되었죠. 이 홀에선 1년에 한 번씩 무도회가 열리곤 했죠. 새해맞이 무도회요."

토스트에 잼 대신 제공된 꿀을 보니 인터넷으로 호텔을 예약하면서 읽었던 인근 지역 양봉 사업에 관한 글이 떠오른다. 피피는 꿀벌들이 전쟁과 더불어 모조리 사라져서 꿀 생산에 제동이 걸렸다고 말했다.

여배우는 나를 보고 빙그레 미소를 짓더니, 한 손에 커피 잔을 들고 자리에서 일어나 종이 뭉치를 그러모으고는 내가 앉은 테이블 쪽으로 온다. 옆방 남자의 눈길이 우리를, 그러니까 여배우와 나를 따라 움직인다. 남자는 우리 둘을 더 잘 관찰하려는 심산인지 의자까지 움직여가며 앉은 방향을 튼다.

알프레드는—그는 자신을 알프레드라고 소개했다—노란색 코듀로이 재킷에 반바지와 줄무늬 양말 차림이다.

여배우는 내 테이블에 앉아도 되겠냐고 묻더니 종이 뭉치를 테이블에 내려놓은 다음 목에 두른 스카프를 매만진다.

천천히.

그 여자는 해변에서 나를 보았다면서 말문을 연다.

"바다가 정말 짠지 확인하러 갔었죠."

여배우가 싱긋 미소 짓는다.

"그래서요?"

"아, 네, 정말 짜더군요."

여배우는 창밖을 내다본다.

"당신 사는 곳의 바다와는 다른 바다죠."

"그렇죠, 제 고향 바다와는 다른 바다죠."

여자가 말을 걸자마자 나는 즉시 여자의 말을 반복한다. 여배우는 자기가 이 나라에서 태어났으며, 여기에서 성장했지만, 전쟁이 나기 훨씬 전에 이 나라를 떠났다고 말한다.

"우리는 여기서 영화를 한 편 찍었어요. 그런 일이 자주 있죠. 완전히 다른 곳을 배경으로 하는 영화인데 이곳에서 찍는 일이 드물지 않다고요."

여자는 말하고, 나는 아무 말도 하지 않는다.

나는 낯선 여자와 마주 앉아서 아무 말도 하지 않고 잠자코 있는 게 마음에 든다.

"나는 바로 여기 있었어요. 촬영 마지막 날에 말이죠."

여배우가 호텔 앞 광장을 가리키며 말을 이어간다.

"내 상대 배우는 저기, 저쪽에 있었죠."

여배우가 검지로 가리키며 말한다.

"그는 뭔가 몸짓을 하는 순간 총을 맞아요. 우리는 가짜 피를 수십 리터씩 써가면서 그 장면을 여섯 번이나 다시 찍었어요. 저녁이 되었을 땐 모두들 떠들썩하게 놀았죠. 그땐 그게 다 허세였던 거죠. 그런데 모든 게 현실이 되었고, 그 영화는 이제 아무 의미도 없게 되고 말았어요."

여배우는 갑자기 말을 멈추고 주변을 둘러본다. 9호실 남자는 어느새 사라졌다.

"전쟁이 시작되기 몇 달 전, 사람들이 사라지기 시작했죠. 기자들이며 대학교수들, 예술가들이 자취를 감추더란 말입니다. 그러더니 일반 시민들, 그러니까 내 이웃들 차례가 되었죠. 사람들은 공식적으로 정치적 입장을 채택해야 하는 상황에 전혀 준비되지 않은 상태였어요. 온 가족이 모두 사라진 집도 있었죠. 마치 그런 집안은 아예 존재하지도 않았다는 듯이 말예요. 그러더니 별안간 나라 전체가 온갖 무기의 침략을 받는 처지가 되고 말더라고요."

우리 둘 다 잠시 침묵하다가 여배우가 다시 입을 연다.

"사람들은 상황을 파악했으나 아무런 해결책을 제시할 수 없다는 것을 알고 절망에 휩싸였죠."

여배우는 테이블 너머로 몸을 굽혀 내 눈을 똑바로 쳐다본다.

"이 도시엔 동물원이 하나 있었어요."

여배우가 방금 전보다 낮은 목소리로 말한다.

"그런데 거기 있던 동물들은 전쟁 초기에 모두 도살당했어요. 들리는 소문으로는 야수 한 마리가 우리에서 도망쳐 나왔다는 거였어요. 덩치가 아주 큰 수컷이라고들 했죠. 과연 어떤 종류의 짐승이었을까요? 더러는 호랑이라고 하고, 더러는 표범이나 치타라고들 했죠. 아무튼 그 야수가 어떻게 되었는지에 관해서 온갖 소문이 떠돌았어요. 심지어 재건을 이끄는 게 그 야수라고 하는 사람들도 있다니까요."

여배우는 또다시 목에 두른 스카프를 매만지더니 잔에 남아 있던 커피를 다 마시고 찻숟갈로 찻잔 바닥에 녹아 있는 설탕을 긁어댄다.

그러더니 자기는 이제 지방으로 떠날 참이며, 열흘 후에 돌아올 거라고 말한다. 가족들도 만나고 다큐멘터리 영화 촬영 장소도 물색해야 하고 인터뷰할 사람도 발굴해야 한다는 것이었다.

"영화는 전쟁이 끝난 후 여자들이 어떤 방식으로 공동체 삶을 꾸려가는지를 주로 다룰 예정이에요."

여배우가 시나리오 뭉치를 흔들면서 말한다.

"가족 간의 유대감을 다지는 엄청난 짐도 여자들이 짊어져야 할 몫이죠."

여배우는 계속 뭐라고 다른 말을 덧붙이지만 풀어지기 시작한 내 정신은 그녀가 돌아오겠다고 강조한 것에만 머물러 있을 뿐이다.

"열흘 후면 당신은 벌써 여길 떠났을 수도 있겠군요?"

여배우가 짐짓 무심함을 가장해 나를 떠본다.

나는 생각한다. 여러 가지를 고려할 때, 죽음의 나라에서 죽는 일이 무에 그리 급하겠는가.

"아뇨, 그때쯤 벌써 이곳을 떠날 거라고는 생각하지 않습니다."

나는 속으로 여기는 조금 더 오래 지체해도 좋은 곳이라고 생각한다.

이 세상에는 많고 많은 목소리가 있다
그 목소리 가운데
의미 없는 목소리는 없다

내가 방으로 올라가자 메이가 복도에서 나를 기다리고 있다. 나한테 부탁할 것이 있는 눈치다.

메이는 나에게 이런 식으로 부탁한다.

"나는 당신에게 공식적으로 부탁할 것이 있어요."

검은색 블라우스를 입은 메이는 내 방 문지방에서 망설이면서 숨을 깊이 들이마신다.

"동생과 내가 진지하게 논의해봤는데 말이죠. 손님한테 호텔 곳곳의 크고 작은 부분들을 수리해주면서 우리를 좀 도와주면 안 되겠느냐고 청해보기로 결정했어요. 좀더 정확히 말하면, 소규모 공사가 되겠죠."

메이는 머뭇거린다.

"그러니까 그게… 손님이 관광하러 가지 않는 시간에 해주십사 하는 거죠."

메이에게는 관광이라는 단어가 영 입에 붙지 않는 말같이 들린다.

메이는 손님이 부족해—지금 투숙 중인 여배우, 옆방 남자, 그리고 나, 이렇게 셋을 제외하면 그렇다는 정도로 알아들으면 된다—수입이 없어서 나한테 수리비를 비싸게 지불할수는 없다고 설명한다. 그 대신 나에게 잠자리와 식사를 제공해주면 어떻겠냐는 것이다. 어쩌면 내가 체류 기간을 연장하기를 원할 수도 있고, 그러면 원래 얻은 휴가에 휴가를 더 보태―여자는 약간 거북해하면서, 마치 '어떻게 되는지 보려고' 휴가라는 말로 장난치는 것처럼 말한다―예정보다 1주일 내지 2주일쯤 더 머물 수도 있는 거 아니겠냐는 것이다. 아니, 심지어 3주일이 될 수 있는 노릇이 아닌가 말이다.

"피피와 내가 어제저녁 내내 의논해서 합의한 거예요."

메이가 부탁을 마무리 짓는다.

메이는 정확하게 무엇에 관한 합의인지 말하지 않는다.

메이는 방으로 슬며시 들어오더니 내 앞에 선다. 머리채를 말꼬리처럼 높이 치켜 묶었다. 님페아도 자주 그렇게 하는데.

"여긴 남자가 부족해요."

메이가 다시 입을 연다.

"공구도 부족하고요. 전쟁에서 죽지 않았거나 이 나라를 빠져나간 사람들은 다른 일로 바쁘죠. 한 세대 남자 전체가 자취를 감춘 거나 마찬가지라니까요. 그리고 외국에서 온 사업가들은 벽장문이나 손잡이 수리하는 일 따위는 거들떠보지도 않죠."

나는 다시 한번 메이에게 나는 목수도 배관공도 아니라고 되풀이한다. 전기공도 아니고.

"그렇지만 당신에겐 드릴이 있잖아요."

가만 생각해보니, 여배우에게 앞으로 일주일 남짓 후 그 여자가 돌아왔을 때에도 여기 있을 거라고 말한 터이므로 솔직히 뭔가 소일거리가 필요하기는 할 것 같다. 그래서 나는 메이의 제안을 반쯤 승낙한다.

"나도 당신들을 도와드리고 싶습니다. 그렇지만 난 모든 일을 다 할 줄 아는 게 아니라서 고작 몇 가지 정도만 해드릴 수 있어요."

메이는 입이 귀에 걸리도록 함박미소를 짓는다.

그러더니 곧 정색을 한다.

"혹시 내일부터 당장 시작해주실 수 있나요?"

"원하신다면 지금 당장 시작할 수도 있는 걸요."

호모 하빌리스 I

호텔에는 다 합해서 객실이 열여섯 개 있어 각 방의 열쇠구멍에 맞는 열쇠를 찾아내는 데만 해도 상당한 시간이 걸린다. 나와 메이는 층별로 차례차례 옮겨 다니면서 문을 열고 닫는다. 열쇠로 문을 딴 다음 먼지로 뒤덮인 방으로 들어가면 메이는 커튼을 열어젖힌 후 나에게 해야 할 일을 지시한다.

대개는 내가 얼마든지 해결할 수 있는 자잘한 일들이다. 물론 그런 자잘한 일이라도 공구가 잘 갖춰져 있으면 더 완벽히 수리할 수 있겠다는 미련이 없는 건 아니지만. 나는 바다 건너편, 우리 집 지하 창고에 보관해둔 큼지막한 공구함이 생각난다. 대다수 벽장문은 경첩 하나로 간신히 지탱하고 있고, 창문의 손잡이도 수리가 필요하다. 나는 배관과 전기 스위치, 콘센트, 전등의 전선 등도 점검한다.

각 방은 저마다 개성 있게 꾸며져 있으나, 벽난로 위에 달린 금박 입힌 액자 틀 속의 거울과 침대 위에 걸어 놓은 사냥 장면 묘사 그림은 예외 없이 모든 방에 공통적으로 등장한다. 객실들은 오래도록 난방 장치를 가동한 적이 없다는 점도 비슷하다. 그 때문에 방에서는 곰팡이 냄새가 심하게 난다. 벽은 금이 간 데다 습기 때문에 손상된 곳이 제법 여러 군데 눈에 띌 뿐만 아니라, 천장은 페인트칠을 한 지 오래된 탓에 곳곳에서 페인트가 비늘처럼 일어난다. 방마다 한두 군데 벽에 발라 놓은 낡은 나뭇잎 무늬 벽지는 풀 기운이 약해졌는지 가장자리부터 들떠 있다.

나는 페인트칠에 대해서는, 페인트를 구하기 어려울 거라고 지레짐작하는 터라, 메이에게 입도 뻥끗하지 않는다. 반면 가구는 좋은 품질을 유지하고 있으며, 대체적으로 호텔은 썩 괜찮은 상태다.

"이 나라의 일반적인 사정에 비추어볼 때 그렇다는 거겠죠."

메이가 굳이 콕 집어 강조한다.

나는 벽이 머금고 있는 습기를 제거하기 위해 대대적인 환기 처방을 내린다. 바닥은 손으로 짠 양탄자로 덮여 있지만 낡은 양탄자의 가장자리는 다 닳아서 너덜거린다. 나는 일단 양탄자들을 걷어서 먼지를 밖으로 내보낼 것을 제안한다.

첫 번째 양탄자를 치우자 미로를 연상하게 하는 독특한 기하학적 문양으로 배치된 아름다운 터키석 색상의 타일 바닥이 눈앞에 드러난다.

나는 양탄자를 돌돌 말아 놓고 메이와 함께 방 한가운데 서서 타일을 감상한다.

"맞아요, 여긴 구도심 지역이죠."

메이가 그제야 생각났다는 듯이 설명한다.

"각 도시는 고유한 문양과 고유한 타일을 지니고 있어요. 아니, 있었다고 해야 맞겠죠. 이 도시가 지닌 특별한 색상, 그

러니까 터키석 빛깔은 말이죠, 인근 지역의 오래된 채석장에
서 유래했어요."

나는 모자이크 벽화에 관한 정보를 수집했지만 정작 이곳
에서는 아무도 듣도 보도 못한 탓에 그 자취를 정확히 알 수
없었다. 그런데 드디어 내가 수집한 정보와 일치하는 이야기
가 나오는 것이다.

메이는 시선을 타일에 고정하고 방 안을 빙빙 돈다. 그러면
서 고문서 학자였던 자기 아버지 친구들 가운데 고고학자가
더러 있다고 말한다. 나는 호텔에 오던 날 택시 안에서 폐허가
되어버린 국립 기록 보관소를 보았다는 말을 차마 입 밖에 꺼
내지 못한다. 메이는 타일에 대해서는 더는 아무 말도 하지 않
고 침대에 털썩 주저앉더니 자기 양 손바닥만 들여다본다.

"아빠는 국립 기록 보관소의 수기 원고 분과 책임자였는데,
그곳에서 처형당하셨어요. 우리는 길모퉁이에 내팽개쳐진 아
빠의 시신을 수습해도 좋다는 허가를 받았죠."

메이는 다시 침묵 속으로 빠져든다.

"어린아이에게는 머리에 총을 한 방 맞고 죽은 할아버지의
시신은 보여주지 않는 법이죠."

나는 돌돌 만 양탄자를 번쩍 들어 방 한구석에 기대놓고 의

자를 끌어와 메이와 마주보고 앉는다.

"엄마는 도망가기엔 너무 오래 기다리셨어요."

메이가 나지막한 소리로 탄식한다.

파란 치마와 목 단추를 조금 푼 파란 블라우스 차림의 이 젊은 여인에게 나는 과연 언젠가 남자들이 *그들의 검을 녹여 쟁기의 날을 벼르게 될 것*이라고 말해도 좋을까? 그런데 그게 과연 생각조차 하기 어려운 일일까? 야만적인 상태로 전락한 남자들도 곧 다시 인간으로 되돌아올 거라고 이 젊은 여인에게 말해도 좋을까?

메이는 주머니에서 손수건을 꺼내 코를 푼다.

"별안간 이 나라에 무기가 넘쳐나는가 싶더니, 어느 서글픈 날 전쟁이 시작되더라고요."

메이는 담담하게 회상한다.

"거리에는 밑도 끝도 없는 괴담들이 넘쳐났죠. 아무도, 그 무엇에 대해서도, 거리를 둘 수 없는 상태였어요."

잠시 침묵하던 메이가 다시 말을 잇는다.

"우리는 누구를 믿어야 할지 도무지 알 수 없었어요. 그도 그럴 것이 저마다 똑같은 말을 했어요. 갑자기 적군의 공격을 받았다고 말이죠. 적군이 아무런 잘못도 없는 여자와 아이들을 죽였다면서 희생자들의 사진도 보여주었고요. 모두들 스스로 방어하는 방법 말고는 다른 선택지가 없다고 떠들어 댔죠."

메이가 세차게 고개를 젓는다.

"그토록 무지막지한 증오가 해일처럼 우리를 덮치리라고 상상이나 했겠어요? 갑자기 모두가 모두를 증오하게 되다 니요."

메이의 말에 나는 엄마를 생각한다.

"악의 중심에서 복수심이 태어난다."

엄마는 자주 이렇게 말했다. 엄마라면 아마 이런 말도 덧붙였을 법하다.

"증오는 증오를 낳고 피는 피를 부른다."

"죽는 건 문제가 아니었어요."

메이가 나를 똑바로 쳐다보면서 떨리는 목소리로 말을 계속한다.

"난 총 맞아 죽거나 폭탄이 터져 온몸이 산산조각 나는 건 두렵지 않았어요. 그자들 손에 잡히면, 그건 백 번 죽는 거나 다름없었으니까요."

호모 하빌리스 II

메이가 앞장서고 나는 공구함을 들고 그녀 뒤를 따른다.

"수리해주세요."

그녀가 말한다.

그러면 나는 수리한다.

나는 샤워꼭지를 분해한다. 수도관 속에 들어 있는 모래와 작은 알갱이들만 비워도 대개는 물이 점점 맑아지면서 수압도 세진다. 세면대의 경우도 다르지 않다. 나는 가장자리가 해진 양탄자들을 걷어내 근사한 타일 바닥을 돋보이게 하자고 제안한다.

"당신은 키가 엄청 크니까 전구를 갈기 위해 의자에 올라갈 필요가 없겠네요."

내가 마침 천장 등 전구를 빼기 위해 의자에 올라가 있는데 메이가 별안간 툭 한마디 던진다.

나는 벽난로 위에 걸린 거울을 힐끔 들여다본다. 일주일 전에 내가 갈고리 걸 곳을 찾기 위해 다른 의자 위에 올라간 적이 있다는 말은 물론 하지 않는다. 이 의자는 기우뚱거려서 나는 외줄타기 선수마냥 비틀거린다. 나는 빨간 셔츠 차림인데 셔츠 바로 안쪽에는 흰 연꽃이 숨어 있고, 그 흰 연꽃 아래에서는 내 심장이 여전히 뛰고 있다. 나는 두 팔을 벌려 이제 막 공중을 향해 날아오르려는 새처럼 빨간 상체를 한껏 부풀린다. 그런 다음 의자에서 뛰어내려 전구가 들어 있는 주머니를 움켜쥔다.

내가 일하는 동안에는 메이가 말을 한다.

그녀가 말을 하는 동안 나는 일을 한다.

메이는 가끔 하던 말을 멈추고 앞뒤 맥락 없는 말을 한두 마디 툭 던지기도 한다.

"우리 집엔 피아노가 있었어요."

또는

"한 번은 길에서 손가락을 주웠어요. 결혼반지가 끼워진 손가락이었다니까요. 난 어쩌려고 그 손가락을 주웠던 걸까요?"

아니면

"나는 잠에서 깨어날 때면 1~2분은 지나야 우리가 전쟁 중이라는 사실을 떠올릴 수 있어요. 그 1~2분이 하루 중에 가장 좋은 시간이었죠."

나는 얼른 하루가 몇 분인지 암산해본다. 엄마 같으면 즉석에서 1,440분이라는 답을 내놓았으련만.

"다시 정적이 찾아올 때면 모두들 다음 날이면 모든 게 다시 시작될 거라는 걸 알았죠."

이따금 메이가 뭔가를 이야기하면 나는 속으로 생각한다. 이 여자도 꼭 나 같군. 나도 그렇게 생각했거든. 그렇지 않을 때도 있다. 메이가 뭔가를 말하고 있지만 속으로는 다른 생각을 하고 있다는 걸 안다. 그게 아니면, 메이가 뭔가를 말하려다가 마음을 고쳐먹고는 갑자기 입을 꾹 다물어버릴 때도 있다.

아담은 버릇처럼 제 엄마 주변을 빙빙 맴돌다가 가끔 사라지기도 한다. 아이는 고집스럽게도 나와 늘 일정한 거리를 유지한다. 그러나 나는 아이의 마음속에서 호기심이 무럭무럭 자라나고 있으며, 그 호기심이 두려움을 가라앉히고 있는 중임을 간파한다. 내 공구함을 향한 억누르기 힘든 관심 때문에 아이는 결국 슬금슬금 내 앞으로 와서 나사 하나를 건넨다.

아이와 눈을 맞추기는 무척 어렵다. 내가 아이에게 주의를 기울이거나 말을 거는 즉시 아이는 어디론가 내빼기 때문이다. 모처럼 아이가 다가올 때 나는 아이의 눈썹 위에 난 커다란 흉터를 놓치지 않는다.

"쥐한테 물린 자국이랍니다."

메이가 말한다.

"우리는 피란살이하던 몇 달 동안 지하 창고 흙바닥에서 잤거든요."

내가 드릴을 집어 들자마자 아담은 두 귀를 틀어막고 테이블 아래로 몸을 숨긴다. 아이는 두 무릎을 집어 턱 밑에 괴고 두 손으로 귀를 꽉 막고 거기 그렇게 앉아 있다.

"저 아이는 드릴이 총이라고 생각해요."

메이가 설명한다.

조금 후 아담은 다시금 분주하게 왔다 갔다 하면서 의자 하나를 방 한가운데로 끌어오더니 거기 걸터앉아 우리가 일하는 모습을 적당히 떨어진 거리에서 지켜본다. 아담이 혼자 중얼거리는 소리가 내 귀에 들려온다.

"저 아이는 이제야 다시 말하기 시작했어요. 지난 1년 동안 절대 입을 열지 않았거든요."

메이가 또 설명한다.

아담은 우리의 대화를 알아들을 수 없어 언짢은 표정이다. 메이가 아이 쪽으로 몸을 굽히더니 대화를 요약해주는 것처럼 보인다. 아이가 턱을 끄덕이며 우리 두 사람을 번갈아가며 쳐다보는 걸 보니 그런 것 같다는 말이다.

나는 메이가 말을 할 때면 아담이 고개를 숙이고 엄마에게 왼쪽 귀를 내민다는 걸 알아차린다.

메이는 내 짐작이 맞았음을 확인해준다. 아이의 청각에 문제가 있다는 것이었다.

"공중 폭격에서 살아남은 사람들은 거의 모두 청각을 잃었죠. 전부 또는 부분적으로라도 말이죠. 처음엔 동네에 끊임없이 총격이 이어지더니 그다음엔 폭탄이 쉴 새 없이 터지더라고요."

메이는 잠시 먼 곳을 바라보면서 생각에 잠긴다.

"먼저 휘파람 소리 같은 게 들리고, 그런 다음 하늘에서 노란 게 번쩍이면, 충격파가 확산되면서 벽이 와르르 무너지는 거예요. 밤에도 순간적으로 대낮처럼 환해지곤 했어요. 쉴 새 없이 망치질을 해대는 소리가 귀를 떠나지 않았어요. 온몸의 근육이란 근육은 매일, 매주, 매달 긴장을 더해갔죠."

스바누르가 한 말이 퍼뜩 머리에 떠오른다.

"확실한 건 누구나 혼자 죽는다는 거네."

그는 우리가 함께 붉게 물든 석양 속에서 부교 근처를 어슬렁거릴 때 그렇게 말했다.

"물론 공습을 당하는 나라에서는 예외겠지만 말이야. 그런 곳에서는 가족 모두가 동시에 목숨을 잃을 수도 있으니까."

시선에 포착되는 것

나는 아담이 망토 대신 수건을 걸치고 숨을 곳을 찾아 달려가는 것 말고 다른 소일거리는 없는지 생각해본다. 메이에게도 그 점에 대해서 한마디 귀띔해준다.

"아이가 한자리에 가만히 앉아 있질 못해요."

메이도 인정한다.

그림 그리기는 어떨까? 나는 호텔 매점에서 종이 뭉치와 상자에 든 크레용 세트를 보았던 걸 기억해낸다.

나는 피피가 안내 데스크에 도착하기를 기다리다가 그림엽서 진열대를 발견한다. 나는 진열대를 빙빙 돌려가면서 그림엽서를 살펴본다. 꽃이 만발한 광장의 한 벤치에 앉아 여유롭게 아이스크림을 먹는 커플, 해변에서 탄탄한 근육이 드러나는 허벅지를 물에 담그고 일광욕을 즐기는 젊은 여성들. 나를 놀라게 한 건 강렬한 파란색 하늘과 황금빛 모래 같은 눈부신 색상이다. 세상은 아직 황홀한 색채를 뿜내고 있고, 사진 속의 사람들은 그들을 기다리고 있는 미래에 대해 아직 알지 못한 채 살아 있다. 그들은 두 다리의 길이가 같고, 장래 계획을 품고 있으며, 아마도 자동차를 바꾸거나 새 주방 가구를 들여놓거나 해외여행 갈 꿈을 꾸고 있다.

　내 주의력은 때로는 한 부분만, 때로는 전체를 모두 보여주는 식으로 다양한 각도에서 거대한 모자이크 벽화를 포착한 사진들 쪽으로 옮겨간다. 그 사진들 속에는 얇고 비치는 베일을 몸에 두른 여인들의 모습이 보인다. 샘에 물을 길러 가는 여인, 물놀이하는 여인, 꽃봉오리 쪽으로 몸을 굽힌 여인 등. 엽서 뒷면에는 세 가지 언어로 호텔 사일런스에서 그 작품을 볼 수 있다고 쓰여 있다. 내가 인터넷에서 찾아낸 정보와 내용이 일치한다.

　나는 피피가 모습을 드러내자 그 엽서를 흔들어 보인다.

　"내가 이야기한 모자이크 벽화가 여기 있군요."

　피피는 고개를 갸우뚱하더니, 엄지와 검지로 엽서의 한 귀퉁이를 잡고 찬찬히 들여다본다. 나는 그가 시간을 벌기 위해 생각하는 척하는 거라고 짐작한다.

　"네, 실은 메이 누나와 제가 손님께 말씀드리려던 참이었습니다."

　피피가 마지못해 운을 뗀다.

　그는 조심스럽게 단어를 골라 가며 아주 천천히 말한다.

　"사실 처음에 우리는 손님께서 모자이크 벽화 때문에 여기 오신 거라고 생각했습니다."

그는 어쩐지 당혹스러워하는 표정이다.

"네, 그 공구함 때문에 그렇게 생각했다니까요. 이 나라에서 고대 미술 작품들이 점점 사라지고 있거든요."

피피는 외국인들에게 고대 유적에 대해 언급하지 말라는 지시를 받았다고 설명한다.

"우리는 손님이 또 다른 손님과 같은 목적을 가지고 여기 온 게 아니라는 점을 확인할 필요가 있었다고요."

또 다른 손님은 옆방 남자를 가리키는 것이 분명하다. 전쟁이 끝난 후 온 사방에 팔아먹을 게 널렸다고 말한 바로 그 남자 말이다.

"메이 누나에게 손님은 면도기만 샀다고 말했죠. 아, 그리고 볼펜 한 자루도. 손님은 세 번씩이나 빌려간 책을 반납하고 다른 책을 빌려갔다고도 말했어요."

피피는 엽서 진열대를 빙빙 돌리더니 문제의 엽서를 제자리에 꽂는다.

"그런데 손님이 이제 일종의 이 호텔 종업원이 되셨으니 상황은 완전히 달라진 거죠. 그래서."

그가 갑자기 목소리를 낮춘다.

"누나와 저는 손님께서 원하신다면 이제 모자이크 벽화를 봐도 좋다고 허락하기로 결정했습니다. 원하실 땐 언제라도요."

세 개의 가슴

나는 피피와 같이 지하로 내려간다. 재고 창고를 지나니 문이 하나 나오고, 그 문을 통과하자 피피는 열쇠로 문을 잠근다.

우리 눈앞에 펼쳐진 모자이크 벽화는 엄청나게 크다. 내가 예상했던 것보다 훨씬 큰 그 벽화는 두 부분으로 나뉘어 있다. 한쪽은 원래부터 있던 면으로 이 도시가 자랑하는 역사적인 유적이다. 그것은 호텔을 짓기 위해 땅을 파던 중에 발견되었다. 다른 한쪽의 벽화는 원래 있던 벽화를 연장하기 위해 그보다 훨씬 나중에 그려진 면으로, 십중팔구 호텔이 건축될 무렵에 덧붙여진 것으로 짐작된다. 원래 면은 유리벽을 경계로 온천과 분리되어 있는데, 온천은 오래전에 말라버렸다.

"이 온천은 6세기 전쯤에 지어졌습니다."

피피가 설명한다.

우리 둘은 어깨를 나란히 하고 남자라고는 단 한 명도 등장하지 않는 세상을 감상한다. 살집 좋고 풍만한 여인들의 몸, 레몬 반쪽을 엎어놓은 듯한 가슴에 소녀처럼 가는 허리, 튼실한 둔부. 나는 구드룬을 알기 전에 벌써 얼마나 많은 여체를 경험했던가? K는 일기장에 두 번 등장하고, B와 M도 있고, E도 두 번 언급된다. 그런데 그 E가 과연 동일 인물일까? 뿐만 아니라 J와 T도 있다. S는 세 번이나 등장한다.

눈앞에 펼쳐진 그림 속 여체들과 내 기억 속에서 가물가물 솟아오르는 내밀한 경험 속의 여체들을 비교하면서 나는 내가 경험한 몸조차도 완전히 떠올릴 수 없음을 인정할 수밖에 없다. 가슴이며 손목, 흰 목, 피부의 결─불이 켜져 있었을 때라야 가능하지만─그리고 열려 있는 옷장 문틈으로 보이던 옷걸이에 걸린 원피스… 이렇듯 기억나는 것이라고는 몸뚱어리와 주변 광경의 파편들일 뿐, 나는 온전한 여인의 몸은 전혀 기억하지 못한다.

객실 바닥 타일 색과 똑같은 터키석 빛깔이 벽화의 배경을 이룬다. 검은 모래로 둘러싸인 함수호 속의 빙산들처럼.

"돌은 빛을 붙잡아두죠."

피피가 말한다.

"벽 내부에서 빛이 나오는 것처럼 느껴지는 건 다 그런 이유 때문이죠."

내가 가장 놀란 건 모자이크 조각들이 벽에서 떨어져 나와 바닥에 흩어진 것처럼 보인다는 점이다.

피피는 나를 안내하며 적잖은 유적들과 그 밖의 문화적 보물이라고 할 만한 것들이 전쟁 통에 체계적으로 파괴되었다고 설명한다. 아직 온전한 상태로 남아 있는 유적이라도 감추거나 다른 곳으로 옮겨서 보관하자는 결정이 내려진 것도 그런 연유에서라는 것이다. 이런 맥락에서 모자이크 벽화를 안전한 곳으로 옮기기로 결정하고, 이를 위해 파편화 작업이 시작되었다는 것이다.

벽화 속의 여체들은 젖가슴 한 쪽, 팔 하나, 음부 일부, 한 쪽 발뒤꿈치, 손목 하나, 귀 한 짝, 엉덩이 한 쪽이 모자랐다.

"저는 조각들을 한데 모아서 그 조각들의 원래 자리를 되찾아주고, 그런 부분을 따로 표시하려고 애썼어요. 덕분에 모든 조각을 다 찾았죠. 가슴 세 쪽만 빼고요. 그 조각들도 분명 여기 어딘가에 있을 겁니다."

피피가 주위를 둘러보며 말한다.

조각들 가운데 더러는 손 글씨를 적어 넣은 표가 달려 있다.

"사람들이 늘 어떻게 해야 하는지 아는 건 아니거든요."

피피가 몹시 미안해하는 표정으로 말한다.

"손상 정도를 평가하기 위해 조만간 고고학자들이 방문할 겁니다. 몇 주 정도 기다리면 될 테죠. 그러기를 바라는 수밖에요."

최근에 덧붙였다는 벽화는 기존의 벽화와 완전히 분위기가 달라서, 내 판단으로는, 지극히 평범한 타일로 제작된 것 같다. 주제는 동일하나—벌거벗은 여체—해부학적인 관점에서나 제작 솜씨 면에서 원래 벽화와는 비교조차 되지 않는다. 묵직한 젖가슴과 소녀처럼 날씬한 둔부, 메뚜기처럼 가늘고 긴 다리.

"바비 인형 같죠."

피피가 쑥스럽게 미소 지으며 말하자 나는 망설이지 않고 동의한다.

그는 타일 부분 복원 작업을 진행하고 있는지, 바닥에는 모르타르통과 흙손을 비롯해 간단한 공구와 세라믹 타일 등이 흩어져 있다.

"제 힘으로 한번 해보려고요."

그가 타일이 떨어져나간 부분을 가리키며 말한다.

"우리는 내년에 온천을 재개장해볼 생각이거든요. 물론 그러려면 휴전이 되어야겠죠."

해보지 않은 일이라 피피는 복원하겠다는 마음만 앞설 뿐이지 기술이 따라주지 않는다. 피피가 흙손을 쓸 줄 모른다는 건 누가 봐도 확실하다. 욕실의 타일 작업이라면 할 만큼 해본 내가 보기에 그가 사용하는 모르타르는 수상하기 짝이 없다.

나는 벽을 두드려본다. 틈이 깊은 것 같지는 않다. 타일을 훨씬 더 많이 떼어내서, 일단 접착면을 충분히 긁어낸 다음 다시 붙여야 할 듯하다.

"박물관 큐레이터에게 문의해봤는데, 그 사람 말이 복원한 곳은 표가 나야 한대요."

피피가 멈칫거리며 우물쭈물 말한다.

"아빠 친구셨죠."

피피가 갑자기 입을 다물더니 몸을 돌린다.

그의 손이 떨린다.

이윽고 그가 하던 말을 이어간다.

"그래도 따지고 보면, 이곳의 모든 건 썩 괜찮은 상태라고 봐야죠. 이 나라의 일반적인 사정과 비교한다면 말이죠."

그의 누이 메이도 정확히 똑같은 말을 했다.

221

피피

지하에서 올라오는 길에 나는 재고 창고에 들러 스케치북을
찾는다. 피피가 상자를 분류하기 시작했다면서, 얼핏 보기에도
상자들을 이리저리 옮겨 정리했으니, 행운이 따라준다면 원하
는 걸 찾을 수도 있을 거라고 말한다. 그는 벌써 엽서 진열대를
안내 데스크에 올려두었다. 하지만 정확히 무엇을 분류했는지
알아낼 수는 없다. 우리는 서로 물건 옮기는 것을 도와 짧은 시
간에 스케치북 한 권, 크레용, 사인펜 등을 꺼낸다.

그는 나에게 잃어버린 물건들을 모아둔 상자를 발견한 이
야기를 들려준다.

"사람들이 이런 물건들을 휴가지에 가져가서 아무 미련 없
이 거기에 버리고 간다니, 정말 믿을 수 없을 정도예요."

그가 상자 하나를 뒤적인다.

"혼인증명서, 은제 설탕 스푼, 여권, 부동산 매매 가계약
서, LL이라고 새겨진 결혼반지 — 하긴 하나밖에 없더군요 —
등등."

그가 한 번 보라면서 나에게 결혼반지를 내밀며 말한다. 나
머지 한 개도 있는지 찾아봤지만 헛수고였다고.

"그건 무슨 말이냐 하면, 두 사람이 함께 있지 않을 때 결혼 반지를 뺐다는 거죠."

피피는 갑자기 나한테 할 말이 있었다는 걸 기억해낸다.

"지하 창고에 분명 공구가 있을 거예요. 어떤 도구가 필요하다고 하셨죠?"

나는 공구들이 어디에 쓰이는지 각각의 용도를 정확하게 설명했고 필요한 공구를 대패로 마무리한다.

그는 수수께끼를 푸는 사람처럼 이마를 잔뜩 찌푸린다.

"그런 묘사에 들어맞는 공구는 하나도 없는 것 같아 걱정이네요. 손님이 직접 확인하시는 편이 낫겠어요."

나는 주위를 둘러본다.

혹시 저기, 제일 꼭대기 선반 위에서 번쩍거리는 게 전구 주머니는 아닐까? 맞다, 바로 전구 주머니다. 그렇다면 손님이 들지 않은 빈방의 전구를 빼서 예약된 방 전구와 바꿔 끼우는 일은 할 필요가 없겠다. 전구 주머니 뒤에 뽁뽁이로 둘둘 싼 기다란 물건이 하나 보인다. 나는 그걸 집어서 피피에게 내민다. 제법 무거운 그것은 깨지는 물건 같다. 피피가 그 물건을 조심스럽게 바닥에 내려놓자 우리 둘은 잠시 그걸 물끄러미 바라본다. 마침내 피피는 테이프를 제거하고 뽁뽁이 포장을 푼다.

우리는 둘 다 숨을 죽인다. 화병이다. 얼음같이 푸른빛이 도는 화병에는 객실 바닥 타일 문양을 떠오르게 하는 작은 문양이 금색으로 그려져 있다. 나는 그것이 대번에 골동품임을 알아본다.

"아, 여기 있었네요!"

피피가 기뻐서 소리를 지른다.

"우리는 내내 이걸 찾았어요. 시내 박물관에 있었는데 감쪽같이 사라졌거든요. 외국에 밀반출되었다고 생각했죠."

화병을 다시 정성스럽게 뽁뽁이로 포장한 피피는 그걸 갓난아기처럼 품에 안는다.

그는 이번에는 내가 추려놓은 물건들에 눈길을 준다.

"값을 매기기가 어렵겠네요."

그가 말한다.

그가 잠시 머뭇거리더니 덧붙인다.

"암튼 손님 숙박비에 달아 놓을게요."

그러더니 금세 자기 말을 번복한다.

"손님 급여에서 제할게요."

그리고 저 깊숙한 곳은
암흑 천지였다

나는 스케치북과 크레용을 우리가 작업 중인 객실 책상 위
에 내려놓는다. 하지만 아담은 그것들을 못 본 체한다. 아이는
그림 그리기를 원치 않는다. 아이는 그보다 공구 만지는 것을
더 좋아한다. 아이는 쏜살같이 내 앞으로 튀어나오더니 공구
함 앞에 진을 친다. 아이는 드라이버를 손에 쥐고 싶어 한다.
남자들끼리 소매를 걷어붙이고 오늘의 일을 시작해야 할 시
간이니까.

"요나스 씨."

아이는 내 이름을 외웠다.

아담을 테이블로 데려온 메이는 의자에 쿠션을 하나 놓고
도화지 한 장을 아이 앞에 놓아준 다음 묻는다. 나는 그녀가
아이에게 무슨 색을 원하는지 물을 거라고 예상한다. 마침 크
레용 상자를 열어 파란색을 꺼내주려는 중이니까. 아이는 대
번에 크레용을 바닥으로 던져버린다. 엄마가 다른 색깔 크레
용을 내밀어도 아이는 또 던져버리고는 아예 크레용 상자를
저만치 멀리 밀어버린다.

아이는 단단히 화가 났다.

아무튼 오늘은 아담이 구름 한 점 없는 하늘에 환한 해님을 그리는 날이 아니다. 무지개도 물론 아니고.

삐친 아이를 그냥 내버려두던 메이는 잠시 자리를 비워야 할 상황이 되자 아이를 부른다.

아이는 거세게 고개를 젓는다.

메이가 뭔가 설명을 해보지만—나는 그녀가 아이를 설득하려 한다고 짐작한다—아이는 꼼짝도 하지 않는다.

"당신과 같이 있고 싶대요."

메이가 말한다.

"좋아요. 내가 아담의 할아버지가 될 수 있는 걸요."

나는 내 말에 설명이 필요하다는 걸 즉각적으로 깨닫는다.

"내 딸아이가 당신과 동갑이니까요."

내가 변명하듯 말한다.

"이 아이는 당신과 이야기를 나눌 수 없잖아요."

메이가 걱정을 털어놓는다.

"그럼 우리 둘 다 아무 말도 하지 않으면 되죠."

구드룬이라면 나한테 이렇게 말했을 것이다.

"당신은 너무 폐쇄적이야."

"오래 걸리진 않을 거예요. 기껏해야 한 시간 정도."

"걱정 말아요."

메이가 문을 닫자마자 아이는 의자에서 깡충 뛰어내리더니 드라이버를 낚아챈다.

"그건 조금 있다가."

내가 말한다.

나는 책상 앞에 앉는다. 내가 그림을 그리려 한다는 걸 아담에게 알려줄 작정이다.

아담은 저만치 떨어져서 나를 관찰하는데, 못마땅해 하는 표정이 또렷하다.

뭘 그린담?

나는 보라색 크레용을 쥐고 네모를 그린다. 그런 다음 다른 색깔 크레용을 쥐고서 네모 위에 빨간 삼각형을 그린다. 지붕이 있는 집이다.

아이가 별안간 테이블까지 다가와 종이를 휙 집어서 두 조각으로 찢더니 발로 꾹꾹 짓이긴다. 아이는 나에게 검은색 크레용을 내민다. 나에게는 밝은색을 사용할 권리가 없는 모양이다.

"알았어. 오늘은 검은색만 쓰기로 하자."

내가 말한다.

나는 새 종이를 한 장 꺼내 다른 집을 그린다. 그런 다음 집 안에 의자를 하나 그려 넣는다. 아이는 미심쩍은 표정으로 나를 바라본다. 나는 의자 하나를 더 그리고 다른 가구도 몇 개 그린다.

슬금슬금 다가온 아이는 아무 말 하지 않고 내 등 뒤에 서서 내 어깨 너머로 도화지만 바라본다.

집이 완성되자 나는 이번에는 집 안에 사람들을 그린다. 남자와 여자, 아이 둘. 남자아이와 여자아이. 별안간 아담이 미끄러지듯 침대 밑으로 숨어들었다. 아이가 신은 농구화만 보이지만 나는 가만히 내버려둔다. 저 나이 때 나는 사람들이 나를 가만 내버려두는 걸 좋아했다.

아담이 침대 밑에서 기어 나오자 나는 그에게 물을 한 잔 가져다준다. 물을 들이켠 아담은 곧장 테이블 쪽으로 가더니 의자 위로 올라가 검은색 크레용을 쥐고 종이 위에 휙 줄을 긋는다. 두 번째 줄, 세 번째 줄… 줄무늬로 뒤덮인 종이 한가운데에 커다란 검은색 얼룩이 만들어질 때까지 아이는 계속한다. 나는 아이가 줄을 긋는 모습을 지켜본다. 종이 한 장이 암흑으로 가득 채워지자 아이는 그 종이를 수백 수천 조각으로 찢더니 바닥에 던져버린다.

나는 잠자코 아이 앞에 새 종이를 놓아준다. 아이는 크레용 상자를 들여다보면서 잠시 머뭇거리더니 빨간색을 집어 종이를 공략한다. 아이는 작업을 마칠 때까지 고개를 들지 않는다. 그림은 앞서 그린 것과 비슷한데 빨간색이라는 점만 다르다. 온 세상이 불길이 이글거리는 화로다.

나는 고개를 끄덕인다.

아담은 크레용 상자를 멀찌감치 밀어놓는다. 아이에게 오늘 하루치 작업은 그것으로 끝인 모양인지, 이제 아이는 공구함 앞으로 바싹 다가간다. 아이는 뭔가 구체적인 것으로 넘어가기를 원한다. 가령 나에게 자기가 뭘 할 수 있는지 보여주고 싶은 걸까.

림보

저녁에 나는 림보 식당으로 간다. 보통 똑같은 단일 메뉴를 이틀씩 먹게 마련이지만, 이번에는 식당 주인이 두 가지 중에 고르라면서 음식 한 가지를 더 제안한다.

"우리는 메뉴를 좀 보강했습니다."

식당 주인이 말한다.

"라비올리*를 넣은 수프를 드시겠습니까 아니면 어제처럼 고기찜을 드시겠습니까?"

나는 수프를 택한다.

나는 이 도시에 사는 다른 주민들과 마찬가지로 식당 주인도 말할 때 일인칭 복수형을 즐겨 사용한다는 사실에 주목한다.

주문한 수프는 제법 빨리 나온다. 여러 종류의 라비올리가 국물 위에 둥둥 떠다닌다.

식당 주인은 지난번과 똑같은 방식으로 음식을 내온다. 한쪽 어깨에 행주를 걸치고 내가 먹는 내내 테이블 앞에 서 있는 것이다. 그러면서 그의 독백이 시작된다. 그의 독백은 내가 한 모든 일을 열거하는 것으로 시작한다. 내가 여배우와 대화를 나눴다고 들었다는 둥, 사람들이 축구장에서 나를 봤다는 둥, 내가 오솔길을 따라서 해변으로 내려가지 않더라는 둥.

서론이 끝나자 그는 이제 내가 면도를 했음에 주목한다. 그리고 내가 지난번과 똑같은 빨간 셔츠를 입고 있음을 지적하

---

* 파스타 반죽에 치즈, 생선, 고기 등의 다양한 재료로 속을 채워 만드는 이탈리아 만두의 일종.

지 않을 수 없다면서, 이건 곧 나에게 갈아입을 옷이 필요하다는 것을 의미한다고 주절거린다. 그는 길가에 있는 의류상점 주인과 아주 친한 사이니까 한 번 이야기해보겠다는 말도 빼놓지 않는다.

"문제는 그 상점이 진짜 폐업한 게 아닌데도 닫혀 있다는 점이죠."

그가 덧붙인다.

의류상점 주인에게 분명 재고가 있을 테니까 그에게 전화를 걸어서 주문하면 될 겁니다. 셔츠가 몇 장쯤 필요하신가요? 또 필요한 건 없으시고요? 가령 벨트 같은 건요?

그는 혹시 내게 양복이 필요하다면 제일 좋은 천으로 맞춤 양복을 지어줄 만한 사람을 알고 있는 사람을 소개해줄 수 있다는 말도 건넨다. 그 자신도 맞춤 재킷이 한 벌 있다면서 말이다. 지금은 셔츠 바람인데, 재킷은 옷걸이에 걸어서 식당 입구 옷장에 넣어두었다는 것이다. 그는 당장 그 재킷을 가져와 내 앞에서 입는다. 식당 주인이 재킷의 안감을 보여주는 순간 안주머니에 들어 있던 권총이 내 눈에 들어온다. 그는 즉시 재킷을 벗어 옷걸이에 걸어놓는다.

"아침에 난 아무도 죽이지 않았어, 라고 말하면서 잠에서 깬다면 좋은 일 아니겠습니까?"

그가 재킷을 정리하면서 천연덕스럽게 말한다.

잠시 동요하는가 싶더니 그가 나를 증인처럼 몰아세운다.

"이 정전 상태가 지속될 것인지 어떻게 알 수 있죠?"

나의 눈길은 벽에 걸려 있는 젊은 신혼부부 사진에 머문다. 결혼 피로연이 이 식당에서 열렸던 모양이다. 나는 구드룬과 내가 결혼식 때 사진을 찍었는지 기억이 나지 않는다. 우리는 차가운 봄비가 흩뿌리는 날 결혼했다. 구드룬은 등이 시원하게 파인 하늘처럼 파란 드레스 차림이었다. 내가 보기에는 아주 아름다운 옷이었다.

나는 식당 주인에게 그 사진에 대해 묻는다.

"내 딸입니다."

그가 어깨에 걸치고 있던 행주로 눈가를 닦으면서 대답한다.

그는 다시 내가 한 일과 내가 한 행동을 나열하기 시작한다. 혼자 해변을 거닌 것 외에도 그는 내가 호텔 사일런스 남매를 위해 해준 소소한 수리에 대해서도 훤히 다 알고 있다.

나는 아무 설명도 하지 않는다.

"손님은 검은색 테이프도 가지고 있고, 게다가 뭐든 다 수리할 줄 아는 것 같더군요."

척 보아도 그는 내가 그게 사실인지 확인해주기를 기다리고 있는 것 같다. 그는 내가 전등을 고쳤다는 소식도 알고 있었다.

"그 말은 즉 손님이 전기도 잘 안다는 얘기가 되겠군요, 배관뿐만 아니라…"

"임시변통일 뿐이죠."

내가 얼버무린다.

내가 수프를 다 먹자 그는 나에게 커피를 강요하다시피 하면서 의자를 가져와 나와 마주보고 앉는다. 그는 진심으로 나를 고용하고 싶어 하며, 그렇게만 되면 일전에 운을 뗀 서부영화 스타일의 여닫이문 문제를 본격적으로 추진할 수 있으리라고 생각한다.

"두 쪽짜리 문 말입니다."

그가 강조한다.

보아하니 그는 문 그림을 다시 그린 듯했다. 새로운 버전의 문이랄까.

"돌출 장식이 달린 문이죠."

그는 손등으로 테이블에 떨어진 빵가루를 쓱 닦은 다음 가슴팍에 있는 주머니에서 종이 한 장을 꺼내더니 조심스럽게 내 앞에 펼쳐놓는다. 이번에는 입체적으로 그린 그림에 숫자까지 빽빽하게 적혀 있다.

과연 방금 전에 말한 대로 그는 그림의 수준을 높였다.

"우리가 메뉴를 보강하는 것과 정확히 같은 이치죠."

나는 그에게 필요한 공구를 마련했냐고 묻는다.

그는 노력 중이라고 진지하게 대답한다.

"그런데 그게 그러니까 어떤 공구라고 하셨죠?"

그가 슬쩍 지나가는 말처럼 묻는다.

그의 태도로 미루어 볼 때, 나는 그가 자신이 세운 계획을 구체적으로 실현하는 데 아무런 대책이 없음을 짐작할 수 있다. 때문에 나는 종이를 뒤집은 다음 나도 그림을 그리고 싶다는 사실을 그에게 알린다. 그는 자신의 독창적인 그림을 망가뜨리지 않기 위해 새 종이를 가져온다. 호텔 사일런스라고 새겨진 그 종이 위에 나는 몇몇 공구를 그린다.

그가 고개를 끄덕인다.

이번에는 그가 그림을 그리고 싶어 한다.

시간이 좀 걸리기 때문에 나는 그동안 주변을 둘러본다. 고양이가 보이지 않는다.

식당 주인이 종이를 내 쪽으로 민다. 소켓 렌치와 굵은 테이프를 그린 것 같다.

"싱크대에 물이 새요."

그가 설명을 덧붙인다.

그는 다음 번에 내가 올 땐 말린 자두를 곁들인 고기찜을 메뉴에 추가하겠다고 말한다.

"오래된 요리법이죠. 우리 할머니가 해주시던 요리거든요."

그는 다시 행주로 눈가를 훔친다.

나는 식당을 나서기 전 테이블 위에 지폐를 몇 장 놓는다. 셔츠가 두 장쯤 더 있어야겠다는 건 옳은 말이다.

다음 날 저녁, 셔츠들이 테이블 위에서 나를 얌전하게 기다리고 있다. 하나는 은행 직원들이 즐겨 입는 체크 무늬고, 다른 하나는 분홍색이다.

대지는 형태가 없는 데다 비어 있었다

아담은 하루 일과를 시작할 준비를 마쳤다. 그는 테이블에 앉아 스케치북을 편다.

그 뒤로 이어지는 날들 동안 아담은 비슷한 그림으로 종이를 한 장 한 장 채워나간다. 때로는 검은 선으로 때로는 빨간 선으로. 스케치북은 이 방 저 방 아이가 가는 곳이라면 어디든 함께한다. 덕분에 아이는 기다리지 않고 언제든 그림을 그리기 위해 부지런히 테이블을 찾아 의자 위에 엉덩이를 붙이고 스케치북 공략에 나선다. 아이의 그림은 또래 아이들의 단골 낙서 주제를 떠오르게 한다. 치솟는 불길과 분수처럼 흘러내리는 섬광, 거기에 더해진 암흑. 저녁이면 아이는 스케치북을 자기 방으로 가져간다. 검은색 크레용과 빨간색 크레용과 함께. 아이는 다른 색깔 크레용에는 손도 대지 않는다.

나흘째 되는 날, 아담은 종이 전체를 가로지르는 선을 긋는다. 수평선은 화면 정중앙에서 약간 올라간 곳에 그어진다. 수평선이 틀림없다. 아담은 그 선 윗부분에 원을 그려 넣는다. 컴퍼스를 사용한 건 아닐까 싶을 정도로 기가 막히게 완벽한 원. 세상은 두 부분으로 나뉘었으며, 이 사실을 바탕으로 종이 위에는 두 가지 색깔이 사용된다. 빨강과 검정. 태양은 잉크처럼 검고, 그 아래 있는 땅은 여전히 불덩어리처럼 이글거린다.

결국 아이의 검은색 크레용과 빨간색 크레용은 아주 조그만 조각이 되었다가 가는 끈이 되었다가 마침내 사라져버리고 만다. 그러니 이제 화가의 팔레트를 다채롭게 만들 필요가 있다. 아이는 새 종이를 가져온 다음 크레용 상자를 쏟아서 내용물을 살펴가며 알맞은 색상을 고른다. 아이는 먼저 파란색을 집어 작은 원을 그린다. 우리—아이 엄마와 드릴 가진 남자—는 나란히 앉아 새로운 세상의 탄생을 지켜본다. 아이가 이제 그림 쪽으로 몸을 깊이 숙인 탓에 한쪽 어깨에 가려 그림이 보이지 않는다. 아이는 우리가 자기를 지켜보는 걸 좋아하지 않는다. 그림에 몰입한 아이는 오래도록 고개를 들지 않는다. 아이가 숙였던 몸을 일으키자 그새 원에서 네 개의 선이 새어 나온다. 틀림없이 두 팔과 두 다리를 가진 작은 인간의 모습이다.

"나야."

아이가 말한다.

"자기래요."

메이가 통역한다.

아이는 크레용 상자를 유심히 살피더니 오렌지색을 집어 망설이지 않고 다른 원을 그린다. 처음 것보다 더 큰 원이다. 역시 거기에 선을 네 개 더 그려넣는다. 가로줄 두 개, 세로줄 두 개. 또 다른 인간, 좀더 큰 인간이 이제 막 태어나 종이를 가득 채운다. 테이블 쪽에서 흘러나오는 소리가 들린다.

"엄마."

아이는 작품을 완성하기 위해 수평선 양 끝에 방사선처럼 쫙 퍼진 작은 획을 몇 개 더 그린다. 선 하나마다 다섯 개씩 세어가며 열심히 그린다. 아이는 두 사람을 연결한다. 두 사람은 손을 맞잡은 것이다.

아이는 두 인간을 창조했다. 초록색 해님 아래 서 있는 작은 남자아이와 큰 여자. 이 세상의 첫날.

아이는 자기가 해낸 모든 것을 바라본다. 모든 *것이 더할 나위 없이 좋다.*

메이가 나를 보며 미소 짓는다. 나는 메이가 여자라는 사실을 잊으려고 애를 쓰면 쓸수록 점점 더 그 생각을 하게 된다.

그리고 빛이 있었다

평소 아담은 절대로 멀리 가는 법이 없다.

"혹시 아담 보셨어요?"

별안간 메이가 묻는다.

그녀는 숫자로 가득 찬 서류 쪽으로 몸을 기울이고 앉아 있다. 나는 그 서류들이 회계장부일 거라고 추측한다.

아담은 메이 주변에서 놀고 있었는데 갑자기 사라져버렸다. 어디론가 증발해버린 것이다.

"방금 전에 분명 여기 있었어요."

메이는 복도로 달려 나가 아이를 부른다. 나는 들고 있던 드라이버를 내려놓고 그녀를 따라간다.

"아이를 부르다니, 멍청하긴."

그녀가 혼잣말처럼 중얼거린다.

"아이가 대답할 리도 없는데."

그녀는 복도에 설치된 벽장 문 하나를 열어젖힌다.

"가끔 여기 숨거든요. 지난번엔 산처럼 쌓여 있는 침대 시트와 수건 뒤에서 아이를 찾아냈죠."

객실마다 돌아다니면서 메이는 나한테 아담을 잃을까봐 항상 두렵다고 고백한다. 여자는 방 하나하나를 차례로 열면서 재빨리 그 안을 살핀다. 우리는 욕실과 옷장, 침대 밑도 들여다본다.

"테이블 아래, 침대 밑으로도 잘 기어 들어가곤 해요. 옷걸이 사이로 숨기도 하고요."

메이가 계속 상황을 설명한다.

"그 아이는 늘 숨을 곳을 찾아다닌다니까요. 저는 그 아이가 어딘가에 꽉 끼어서 빠져나오지 못할까봐 걱정이에요."

메이는 무릎을 꿇고 침대 밑을 들여다본다.

몸을 일으킨 여자는 손으로 구겨진 치마를 편다.

"아이는 피피 삼촌에게도 가시 않았어요. 도무지 어떻게 된 일인지 알 수가 없네요."

우리는 두 개 층을 모두 뒤진다. 메이는 결국 표범 무늬 양말을 신은 남자의 방을 두드린다. 그녀는 나에게 복도에 그냥 있으라는 신호를 보낸다.

"여기서 기다리세요. 제가 알아서 할 테니까요."

나는 비켜선다. 잠시 후 남자가 방문을 빠끔 연다. 나는 메이가 방해해서 죄송하다며 혹시 자기 아들을 보았는지, 아이가 이 방에 찾아왔는지 묻는 소리를 듣는다. 두 사람이 몇 마디 주고받는가 싶더니 메이가 방으로 쑥 들어가면서 내 시야에서 사라진다. 두 사람의 이야기 소리가 들린다. 메이는 낮은 목소리로 빠르게 말하기 때문에 나는 무슨 말이 오가는지 알 도리가 없다.

잠시 후 메이는 아이의 손을 잡고 밖으로 나온다. 아이 입 주변에 고동색 원이 그려져 있다.

"저 사람과 같이 있지 뭐예요. 저 사람이 아이에게 초콜릿을 주었다더군요."

메이가 진지한 말투로 묻지도 않은 설명까지 덧붙인다.

그녀는 곧 목소리를 낮추고 말한다.

"도와줘서 고마워요."

메이는 입술을 깨문다. 아담뿐만 아니라 남동생 때문에도 두렵기 때문이다. 젊은이들은 숲에 가기를 좋아하지만, 거기서 그 사람들의 시체를 수습하기를 좋아하는 사람은 별로 없을 것이다. 여자는 그런 식으로 상황을 정리한다. '젊은이들'이라니 여든세 살 먹은 우리 엄마나 할 법한 소리 아닌가.

메이와 아담이 자기들 방으로 돌아간 다음 나는 옆방 문을 두드린다.

"아이에게 접근하지 마십시오."

내가 말한다.

옆방 남자는 비웃는 듯한 태도로 나를 째려본다.

"혹시 그 여자를 마음에 두고 있나요? 전 당신이 은막의 여왕을 찜했다고 생각했는데."

내가 대답하는 수고조차 하지 않자 남자는 나에게 할 말이 있어 나를 엿보고 있는 중이었다고 밝힌다.

"이런저런 의논을 할까 하는 마음에서요."

그가 설명처럼 덧붙인다.

그는 다짜고짜 모자이크 벽화를 보았느냐고 묻고는, 내 답변을 기다리지도 않고 자기를 위해서 일하면 어떻겠느냐고 제안한다.

"저에게 몇 가지 물건만 제공해주면 됩니다."

"어떤 물건이오?"

남자는 손에 들고 있던 위스키를 한 모금 마신다.

"당신에게 접근이 허락된 것들이오. 사람들은 선의로 똘똘 뭉친 당신 같은 부류를 신뢰하거든요."

나는 다른 사람들과 다를 바 없다

사랑도 하고 울기도 하며 괴로워하니까

이제 호텔 사일런스의 직원 신분을 얻었으므로 나에게도 열쇠꾸러미 한 개가 주어진다.

피피가 나를 부르더니 열쇠꾸러미를 내민다.

"우리 호텔을 위해 일하시니까, 호텔 열쇠를 지니고 계시는 게 당연하다고 생각했습니다."

피피의 말에 따르면 나는 급료 대신 객실 하나를 무기한으

242

로 제공받게 되며, 여기에는 아침과 점심식사, 호텔 매점에서 판매하는 물품―물론 재고가 있어야겠지만―비용까지 포함된다. 나는 또 자유롭게 가족을 호텔로 초대할 수도 있다고 메이가 말해준다. 정오에는 점심식사로 피피가 수프나 오믈렛 정도를 준비해줄 것이고, 저녁식사는 가능한 한 길가 식당에서 해결하면 된다고도 말한다. 요 며칠, 나는 호텔 주인의 일을 도왔으므로 돈이라고는 한 푼도 쓰지 않았다. 희한하게 지난주부터 식당 주인은 웨스턴 스타일 문에 대해서는 일언반구도 하지 않았다. 저녁식사를 마치고 호텔로 돌아오면 나는 책을 읽는다. 어제는 엘리자베스 비숍의 『추운 봄』을 다 읽었고, 이제 투르게네프의 『아버지와 아들』을 읽기 시작했다. 나는 매일 피피를 보러 온천으로 간다. 가서 그 청년에게 조언을 해주기도 한다.

외부인의 시선이 있으니 좋군요, 라고 그가 어제 말했다. 그러면서 제대로 일을 배우려면 아무래도 정식으로 강의를 듣는 게 좋겠다는 말도 덧붙였다.

메이와 나는 하루에 하나씩 객실을 손보는데, 어떤 의미에서는 진정한 팀 작업이라고 할 수 있다. 메이는 일하면서 어린 아들도 돌봐야 한다.

가끔 메이는 일손을 멈추고 내가 일하는 모습을 지켜보기도 한다. 나는 고개를 들다가 그녀가 거울 속에서 나를 관찰하고 있는 모습을 보고 놀란 적도 있다. 메이는 내가 자기를 살핀다는 걸 알아차리는 순간 얼른 시선을 다른 곳으로 돌려버린다. 그녀가 어떤 말을 하다가도 돌연 입을 다물 때도 있다. 메이가 건성으로 눈길을 줄 때면 나는 그녀가 다른 생각을 하고 있다는 걸 알 수 있다. 그럴 경우, 그녀는 완전히 몸이 굳은 채 공허한 눈길로 어떤 한 점만 응시한다. 그녀는 그렇게 잠깐 있다가 정신을 차리곤 한다.

"미안해요. 생각 좀 하느라고 그만."

그런가 하면 메이는 도무지 나라는 작자가 누구인지 모르겠어서 흑백 먼지로 뒤덮인 자신의 세상 속에 나를 자리매김하는 데 애를 먹고 있는 표정으로 나를 바라볼 때도 있다.

그런 표정은 그녀가 나에게 다시금 질문 폭탄을 투척할 때까지 지속된다.

우리가 시트를 이리저리 잡아당기고 네 귀퉁이를 매트리스 아래로 들이밀어 가며 침대를 정리하는 동안 메이는 나를, 내두 눈을 똑바로 바라보면서 이렇게 말한다.

"휴가를 보내려고 이곳을 찾는 사람은 없어요."

나는 몸을 일으킨다. 나는 침대 이쪽에, 그녀는 침대 저쪽에 서 있다.

그녀는 내가 무얼 하러 여기에 왔는지 알고 싶어 한다. 객실 침대 정리를 도와주는 일 말고 말이다.

만일 우리가, 분홍색 농구화를 신은 이 젊은 여인과 내가 한자리에 앉아 각자의 흉터를, 각자의 절단된 몸을 비교하고, 머리부터 발끝까지 꿰맨 자국 수를 세어보자는 제안을 한다면, 승리는 단연 그녀 차지가 될 것이다. 내 흉터는 사실 우스꽝스러울 정도로 보잘것없으니까. 설사 내 옆구리 전체에 상처가 있다 하더라도 여전히 메이가 이길 것이다.

"특별한 이유 없이 이곳에 오는 사람은 없다니까요."

그녀가 같은 말을 반복한다.

표범 무늬 양말을 신은 옆방 남자도 정확하게 이와 똑같은 말을 했다. 그러고 보니 요 며칠 그가 통 보이지 않는다. 아참, 지방에 가서 할 일이 있다고 그가 말했던가?

"이 세상에는 당신처럼 인생에 대해 도통 모르는 사람들 천지죠."

내가 옆방 남자를 마지막으로 만났을 때 그가 말했다.

솔직히 나 자신도 왜 여기 있는지 잘 모르겠다.

그런데 나도 모르게 말이 튀어나왔다.

"사실 죽으려고 여기 왔습니다."

메이가 나를 똑바로 쳐다본다.

"어디 아파요? 그게 아니라면…"

"아뇨."

그녀는 내 설명을 기다린다.

"어떻게 죽으려고요?"

"나를 제거해야 하는데, 그 방법은 아직 결정하지 못했습니다."

"그 마음 나도 이해해요."

나는 그녀가 뭘 이해한다는 건지 모르겠다.

이 세상에는 하찮은 인생이 꾸역꾸역 이어져나가는 걸 참을 수 없기 때문에 그 모든 걸 끝장내려는 사람들도 있는 법이라고 내가 굳이 말해야 할까? 그렇게 말하면, 지난 2주 동안한 말 가운데 아마 제일 긴 말이 될 테지.

"당신은 왜 당신 나라에 그냥 쭉 머무르지 않는 거죠?"

메이는 차가운 산들로 둘러싸인 곳에서 죽는 편이 낫지 않겠느냐고는 묻지 않는다.

"나는 내 딸아이에게 죽은 아비를 발견하는 시련만큼은 주

246

고 싶지 않았습니다."

"그럼 나는, 나는 그래도 괜찮고요? 당신은 나에게도 그런 시련을 피하게 해주고 싶지 않나요?"

"미안합니다. 난 여기서 당신들을, 당신과 아담을 만날 줄은 꿈에도 몰랐습니다. 난 당신들을 만날 거라고는 예상하지 못했단 말입니다. 그때 난 당신들을 몰랐으니까요."

나는 내 말의 공허함을 뼈저리게 느끼면서 주절거린다.

가진 거라곤 목숨밖에 없는 이 젊은 여자에게 차마 난 이미 끝났다고 말할 수는 없는 노릇 아닌가? 그게 아니면, 인생이 내가 예상하던 것과는 전혀 다른 방향으로 흘러갔다고 말해야 할까? 하지만 나는 다른 사람들과 다를 바 없다, 남들처럼 사랑도 하고, 울기도 하며, 괴로워하기도 한다고 말한다면, 어쩌면 그녀가 나를 이해해줄지도 모른다. 그래서 나에게 당신이 무슨 뜻에서 그런 말을 하는지 알 것 같아요, 라고 대답할 수 있을지도 모른다.

"난 불행했습니다."

내가 말을 계속한다.

엄마를 보러가는 것까지 다 꼽아도, 내가 이런 고백을 하는 건 두 번째에 불과하다.

"뭘 어찌해야 할지 모르겠더군요."

내가 얼버무린다.

내 귀에 엄마 목소리가 들리는 것 같다.

"모든 고통은 서로 달라. 그렇기 때문에 각기 다른 고통들을 비교하기는 불가능하지. 반대로 행복은 누구에게나 똑같아…"

메이는 내내 바닥을 향해 시선을 내리깔고 있다.

"아담의 아빠는 경제학자였어요. 그이는 재즈 밴드에서 연주도 했죠. 우리 아이는 모르는 사람의 지하 창고에서 태어났어요. 그 집에는 우리뿐이었죠. 그이와 나. 우리는 둘 다 펑펑 울었어요. 이토록 아름다운 천사가 하늘에서 우리에게 떨어졌네, 라고 그이가 말했죠."

메이는 입을 다물고 창가로 가서 적절한 단어를 고르기 위해 고민한다.

"그이는 축구장에서 총을 맞았어요. 나와 아담은 그이에게 갈 수 없었어요. 심지어 시체를 수습하러 가지도 못했다니까요. 하필이면 그이가 쓰러진 곳에서 전투가 계속되었으니까요. 어쩌겠어요. 우리는 그이의 시신을 수습해서 씻겨주지도, 제대로 묻어주지도 못했다니까요. 그저 망원경으로 그이를 바라보기만 했죠. 바짓가랑이와 재킷 소매 밖으로 피가 실개 천처럼 줄줄 흘러내렸어요. 우린 그가 죽었다고 믿었는데, 다음 날 아침에 보니까 자세가 바뀌었더라고요. 처음에는 누운 자세였는데 다음 날 아침엔 모로 누워 있더니 저녁이 되니까 기어서 골대 방향으로 2미터쯤 이동을 하더라니까요, 글쎄. 난 한 사람의 몸에 그토록 많은 피가 들어 있다는 걸 그때 처음 알았어요. 그이는 사흘 만에 숨을 거두었어요. 나중엔 전혀 움직이지 않았고, 우리는 그이가 옷 속에서 차츰 해체되어가는 광경을 지켜봐야 했죠. 그를 뒤로하고 피란길에 오를 때까지 말예요."

"미안합니다."

내가 다시 한번 사과의 말을 전한다.

메이에게 나도 나 자신을 이해하지 못한다고 고백한다면 상황이 더 고약해질 테지.

메이는 의자에 앉아 있고, 나는 그녀 옆에 자리를 잡는다.

"슬픔은 마치 목 안에서 깨지는 유리잔 같은 거죠."

그녀가 말한다.

"난 죽을 마음이 없어요. 적어도 지금 당장은 아니죠."

차라리 그녀에게 나는 아직 어떻게 죽어야 할지도 모르는 상태니 걱정할 것 없다고 말하는 편이 나았을 뻔했나. 하긴 그건 엄마도 모른다. 아니면, 그토록 많은 총구를 용케 피해서 살아남은 이 여자에게 이렇게 말할 수도 있을 텐데. 나는 이제 열흘 전의 내가 아니라고 말이다.

"아빠, 아빠는 우리 몸의 세포들이 7년마다 완전히 새로 태어난다는 사실을 알고 있었어?"

님페아가 나한테 물어본 적이 있다.

그 말은 곧 우리가 끊임없이 변화를 거듭한다는 말이 아니겠는가?

"영구적으로 혁신 중이 아니겠냐고?"

스바누르는 항구에서, 포효하는 녹색 바다 끄트머리, 고래잡이 어선들과 그 광경을 보고 싶어 하는 관광객들을 실어 나르는 유람선 사이에서 그런 질문을 던졌다.

"우리는 태어나고, 사랑하고, 괴로워하고, 그러곤 죽어요."

메이가 훌쩍거리면서 혼잣말하듯 속삭인다.

"나도 압니다."

내가 대답한다.

"친구들 가운데 더러는 사랑할 기회조차 못 얻은 친구도 있죠."

메이가 독백 비슷한 말을 이어간다.

"괴로워하기만 하다가 죽었으니까요."

나는 고개를 끄덕인다.

"바로 그날 아니면 그다음 날 죽을 수도 있다는 사실을 전혀 모르고 우리는 사랑을 멈추지 않았죠."

메이가 의자에서 일어나더니 등을 돌리고 창가에 가서 선다. 입고 있는 블라우스가 견갑골 부근에서 팽팽하게 당겨진다.

"우리 셋, 그러니까 피피, 아담, 그리고 나, 이렇게 셋은 하나로 똘똘 뭉쳤죠. 우리는 살고 싶었거든요. 그렇게 할 수 없다면 같이 죽기라도 하자고 했죠. 그래야 아무도 혼자 남지 않으니까요."

테이블 앞에 앉아서 내가 매점에서 발견한 분홍색 구슬로 하트 모양을 만드느라 여념이 없던 아담이 의자에서 미끄러져 내려오더니 엄마 옆에 바짝 붙어 선다. 아이는 엄마에게 손을 내밀고, 두 사람은 창가에 나란히 서 있다. 아이는 엄마의 마음이 심하게 동요하고 있음을 느낀다. 그래서인지 이따금 엄마를 바라보다가 내 쪽으로, 내 어깨 너머로 시선을 돌린다. 나는 아이가 질문하는 투로 중얼거리는 소리를 듣는다. 아이는 지금 답을 원하는 것이다. 아이는 이 순간 무슨 일이 일어나고 있는지 알고 싶은 것이다.

"당신은 피가 굳으면 검은색으로 변한다는 사실을 알고 계셨나요?"

메이가 여전히 바다 쪽으로 시선을 두고 나에게 묻는다.

빛이 돌아올 때까지 내 날개 밑에서 쉬면 어떻겠냐고 메이에게 제안해봐야 하는 건가?

나는 메이에게 다가가 말한다.

"당신은 아주 잘한 거예요."

아담의 손을 놓지 않고 몸을 돌리는 메이 뒤로 태양의 후광이 어린다. 그 후광 속에서 자잘한 먼지 알갱이들이 떠다닌다.

"다들 자기가 할 수 있는 최선을 다할 뿐이죠. 인간으로서 말예요."

홍수는 다른 홍수를 부른다

내가 호텔 관리인들을 도와준다는 소문이 퍼져나가자 도시의 다른 주민들까지 나를 찾아왔다. 찾아온 주민은 주로 여자인데 내게 이런저런 일을 도와달라고 청한다. 최근에는 부탁이 부쩍 늘었다. 오늘 아침만 해도 안내 데스크에는 다섯 개나 되는 메시지가 나를 기다리고 있었다. 피피는 나에게 자기 마음대로 메모를 적어놓았다면서 접힌 종이 몇 장을 내민다. 대체로 녹물이 나오는 세면대, 꽉 막힌 개수대, 물이 새는 이음새, 고장 난 가스레인지나 가전제품이 문제다.

차단기가 어디에 있는지는 알고 있지만 피복선, 전선, 콘센트, 단열재 같은 부품은 모두 바닥난 상태다.

사람들은 혹시 내가 세탁기도 고칠 수 있는지 알고 싶어 한다. 컴퓨터도 만질 줄 아는지 궁금해 한다. 시내 반대쪽에는 내가 와서 거울을 걸어주기만 기다리는 주민도 있다.

나는 사람들이 부탁하는 일은 거의 다 하지만, 손전등을 들고 하수도로 내려가는 건 사절이다.

내가 제일 먼저 펼친 편지는 이렇게 시작한다.

안녕하세요, 미스터 다 고쳐.

사람들은 나를 이렇게 부른다.

"사람들 말이 손님은 모든 걸 다 수리할 수 있대요."

피피가 동네에서 오가는 말을 나에게 전해준다.

"손님을 '미스터 기적'이라고 부른다는 말도 들었어요."

"사실과는 너무 다른 얘기로군요. 게다가 그저 임시변통 수리에 불과한데요, 뭐."

내가 아무리 배관이나 전기에 관해 무자격자라고 말해도 소용없다. 그저 쇠귀에 경 읽기일 뿐이다. 이곳에는 전기공이 모자라고 목수도 모자란다. 배관공도 모자라고 석공도 모자란다.

"전기에 관해서 아는 사람이 너무 적거든요."

피피도 동의한다.

"손님이 여자들만 도와주는 건 공평하지 않다고 말하는 사람도 더러 있어요."

그가 나를 쳐다보지도 않고 덧붙인다.

"전 그저 손님도 알고 계시는 게 좋을 것 같아 말씀드리는 겁니다. 아, 그리고 또 한 가지. 식당 주인이 전화했어요. 오늘 저녁 메뉴는 순대 요리라고 손님에게 전해달라더군요."

빨강

구하기 어려울 거라고 생각하지만 그래도 나는 용기를 내서 메이에게 페인트 문제를 거론해본다.

"객실은 칠을 새로 해야 할 것 같습니다만."

메이는 쥐고 있던 진공청소기를 내려놓는다.

"빨간색만 아니면 무슨 색이든 다 괜찮아요."

그녀의 말에 나는 적잖이 놀란다. 잎사귀 무늬 벽지가 도배되어 있지 않은 벽은 하늘색이다.

그래서 나는 같은 색이 좋을 것 같다고 제안한다.

"나라 전체가 피로 뒤덮였죠. 거리 곳곳이 피바다를 이루었고, 옮기는 걸음걸음이 피로 얼룩졌을 뿐 아니라 피가 둑을 따라 철철 흘러내렸다니까요. 하늘에서 피가 비가 되어 쏟아지니 급기야 강물도 핏빛으로 변했죠."

메이가 재미없는 강사처럼 단조로운 목소리로 읊조린다.

그녀는 내게 말을 하면서 하늘색 벽을 요리조리 예리하게 뜯어본다.

"빨간 페인트를 폭탄이 남기고 간 아스팔트 틈 사이로 쏟아부어 핏빛 장미 모양을 만들었다고나 할까요. 그렇기 때문에 이 나라엔 이제 빨간색 페인트가 없어요."

그녀가 결론짓는다.

나는 아무 말도 하지 않는다.

"어쩌면 모르타르는 남아 있을지도 모르겠는데, 페인트는 연줄이 있어야 구할 수 있어요."

그녀가 내 쪽으로 몸을 돌리면서 말한다.

방 한가운데 꼼짝 않고 서서 그녀는 숨을 깊이 들이마시더니 말을 계속한다.

"인간의 육체는 너무나 연약해요. 피부는 쉽게 찢어지고, 신체 기관들은 쇠로 만든 총알에 산산조각 나고, 뼈는 시멘트 덩어리에 짓이겨졌고, 팔다리는 유리 조각들에 의해서 잘려 나갔어요."

그녀는 하얗게 질린 목소리로 전쟁의 참상을 나열한다.

"자, 자."

나는 어둠을 무서워하는 어린아이에게 말하듯이 메이를 달랜다.

"심장도 아주 가까운 곳에 있어요."

"자, 자."

나는 그녀를 품에 끌어안고 토닥인다.

그때 복도 쪽 문이 열린다.

그 순간 문지방에 서 있는 아담이 내 눈에 들어온다. 아이는 우리를 번갈아가며 쳐다본다. 삼촌을 돕겠다고, 삼촌에게 타일을 건네주고 모르타르를 저어주겠다고 지하로 내려갔던 아이가 도로 올라온 것이다.

나는 끌어안고 있던 메이를 놓아주고 돌아선다. 내가 비록 나 자신의 몸에 대해 흐릿한 감각만 기억하고 있다고는 하나, 그럼에도 여전히 나 아닌 다른 생명체의 형체 정도는 선명하게 느낄 수 있다.

아이는 제 엄마에게로 달려가 와락 안긴다.

뭔가를 말하려던 나는 그러는 대신 질문을 던진다.

"당신들, 그러니까 여인들이 함께 모여 살게 될 집은 어디에 있습니까?"

메이는 여러 차례에 걸쳐서 그 집에 대해 이야기했다. 그녀와 다른 친구들이 함께 살기 위해 그 집을 수리하는 중이라고 했다. 내 기억이 맞다면, 여자 일곱과 어린아이 셋, 그리고 피피까지 같이 살 집이라고 했다.

메이의 시선이 나에게 고정된다. 그녀는 모르는 사람 보듯 나를 뚫어지게 쳐다본다. 나 자신에게, 또 다른 사람들에게 비친 나의 모습.

"당신이 원한다면, 가서 한 번 보려고요."

내가 한마디 덧붙인다.

그녀는 한동안 말이 없다.

"당신은 다행스럽게도 아무도 죽이지 않았죠."

마침내 입을 연 메이가 말한다.

여자들의 집

그 집은 시내의 반대편에 있었다. 거기까지 가는 길에 메이는 나에게 그 집에 살게 될 여자들은 이곳저곳을 떠돌았으며 지금은 임시 거처에서 생활하고 있다고 알려준다. 그 여자들은 가진 것이라고는 아무것도 없으며, 기껏해야 짐 가방 하나가 전부라고 했다.

"그중 하나가 그 집이 자기 소유라는 증명서를 가지고 있어요. 그래서 그 여자가 우리에게 같이 살자고 제안한 거고요. 여자 일곱에 아이 셋. 그리고 내 동생이죠. 그러고 보니 남자가 둘이네요. 삼촌과 조카. 하나는 스무 살이고 다른 하나는 다섯 살. 둘 다 전쟁에서 살아남았죠. 관광객들이 다시 이곳을 찾기 시작하면, 그 여자들 가운데 몇몇이 호텔 일을 도와줄 거예요."

외딴곳에 위치한 그 집은 길이 끝나는 곳에 세워진 3층짜리 건물이다. 그 집 주변의 다른 집들은 군데군데 폭격을 맞았다. 잔디밭은 방치된 상태고 정면은 온통 담쟁이덩굴로 뒤덮였다. 여자들 가운데 한 명의 사촌이 집수리를 도와줄 예정이었는데, 그 사람에게서는 오래전에 소식이 끊겼다고 한다.

"그 사촌이라는 사람이 이 나라를 떠났다고 해도 그리 놀랄 일은 아니죠."

메이가 체념한 듯 담담하게 말한다.

높다란 담이 정원 주위를 에워싸고 있는 가운데, 나는 아이들을 위한 놀이 공간으로 적합하겠다 싶은 곳을 힘들이지 않고 찾아낸다. 창이란 창은 모조리 깨졌지만 얼핏 보기에 골조 상태는 괜찮은 것 같다. 벽들은 파괴되지 않고 쭉 연결되어 있고, 바닥은 믿기지 않을 정도로 말짱하다. 하지만 집 안에는 수도도, 전기도, 난방도 되지 않는다. 집은 상수도나 하수도에 연결되어 있지 않은 상태다. 따라서 신도시 계획 구역에 포함되는지조차 불확실하다.

"우리는 이 집이 거기 포함되도록 여러 방면으로 뛰어다니는 중이에요."

메이가 말한다.

집 안에 가구라고는 하나도 없다. 어느 방 맨바닥에 매트리스 하나만 달랑 놓인 것으로 보아 누군가 거기 머물렀음을 짐작할 수 있다. 내가 보기에 집수리는 얼마든지 가능할 것 같지만, 그러기 위해서는 많은 연장과 자재가 필요하다. 상수도관이며 하수도관, 전기 시설을 설치해야 할 테니까. 소소한 불법 공사 몇 가지만 하면 임시로 기존 설비에 접속해서 급한 공사는 시작할 수 있을 터였다. 우선 깨진 유리창부터 갈아 끼워서 동물이 침범하거나 빗물이 들이치지 않게 할 것이다. 나는 문틀과 지주들을 점검한다. 아무 이상 없이 튼튼하다.

"당신들을, 여성분들을 돕고 싶군요."

내가 말한다.

"내가 해결할 수 있는 일들이 있어요. 하지만 전부는 아니죠."

메이와 나는 2층으로 올라간다. 거기서 나는 창문의 규격을 측량한다. 메이는 가슴속에 담아둔 무언가가 있는 눈치다.

"다른 여자들을 만나기 전에 당신에게 미리 알려주는 게 좋겠네요."

메이가 벽에 등을 기대면서 말문을 연다.

"뭐냐면, 간단해요. 누가 무엇을 했는지에 대해 서로 말하지 않는 것과 마찬가지로, 사람들에게 어떤 일을 겪었는지 묻지 않는 게 불문율이에요."

"무슨 말인지 잘 알겠습니다."

나는 메이가 몹시 불안해하고 있음을 느낀다.

"남자에게는 사람을 죽였는지 절대 묻지 않아요. 마찬가지로 여자에게는 강간을 당했는지, 당했다면 몇 명에게 당했는지, 그런 질문을 하지 않아요."

"걱정 말아요. 질문 같은 건 하지 않을 테니까요."

내가 메이를 안심시킨다.

"아이를 보면, 그 아이가 적군 병사에게 강간당해서 태어났는지도 알려고 하지 않고요."

"물론이죠, 그러지 말아야겠죠."

메이는 흘러내린 머리카락을 쓸어 올려 집게 핀 속으로 집어넣는다.

"여자들은 전쟁 통에 각종 폭력에 시달렸어요."

그녀는 차마 나를 바라보지 못하고 말을 이어간다.

아직 젊기만 한 나이에 메이는 참으로 많은 걸 보고, 참으로 많은 일을 겪었다고 나는 생각한다.

"병사들은 노크를 하고 들어와서 총을 쏘지 않아요."

"당연히 그럴 테죠."

그녀는 또다시 머리를 가다듬는다.

"그럼에도 계속 살아가는 유일한 방법은 스스로 정상적인 삶을 살고 있다는 듯이 행동하는 거예요. 모든 게 순조로운 것처럼 사는 거라고요. 재앙 앞에서 두 눈을 꼭 감아버리면 그만이라니까요."

메이는 이따금 작은 진주 귀고리를 만지는데, 그 모습은 마치 귀고리가 여전히 제자리에 있는지 확인하려는 것 같아 보인다.

나는 그 귀고리에 대해 찬사를 건넨다.

"엄마한테 물려받은 거예요."

그녀가 속삭이듯 말한다.

메이는 뭔가 덧붙이려다가 그만둔다. 망설이는 모양이다.

"두려움 속에서도 밤마다 바라보았던 별들이 또렷하게 기억나요. 그리고 달도요."

선한 사람이건 악한 사람이건
모두가 패자인 나라

호텔로 돌아온 나는 일기장의 마지막 장을 찢어서 그 위에 해야 할 일과 그 일을 하기 위해 필요한 물품 목록을 작성한다.

한동안 보이지 않던 옆방 남자가 돌아온 기색이다. 나는 9호실 문을 두드린다.

그가 문을 열자마자 나는 내가 작성한 목록을 내밀지만 들어오라는 그의 제안은 받아들이지 않는다.

그는 근처 작업장에서 공사 중인 업자 가운데 분명 아는 사람들이 있다고 장담한다. 그러니 그 대가로 그에게 무엇을 줄 수 있느냐가 문제다.

"아무것도."

"아무것도? 저기요, 일은 그렇게 하는 게 아니에요. 내가 뭔가를 제공하면 그쪽도 나한테 뭔가를 제공해야죠."

"이번엔 아니에요. 아무 대가 없이 해줘야겠어요. 그저 자기만족을 위해서 말이에요."

"그래도 게임의 규칙은 지켜야죠."

"건축업자 친구들에게 그렇게 하지 않으면 모든 여자가 그의 적이 될 거라고 잘 설명해주세요."

이 말에 그는 아연실색한다.

"그러니까 지금 나더러 내 건축업자 친구들한테 가서 여자들이 모두 그들의 적이 될 거라고 전하란 말입니까?"

그는 내가 한 말을 되풀이한다. 그건 그가 생각 중이라는 신호인 듯하다.

"그 집은 재건 계획 범위에 들어가지 않소. 그렇기 때문에 일부 사람들은 당신이 자기들 사업에 끼어드는 걸 원치 않을 수도 있죠. 당신은 정말로 이 나라 전체를 땜질하듯 수리할 작정이오? 기껏 드릴 하나와 알량한 스카치테이프만 가지고 말이오? 산산조각 난 나라를 정말로 다시 붙일 수 있다고 믿느냔 말이오?"

그의 입에서 나오는 말을 들으면서 나는 문득 가장자리에 금테를 두른 꽃무늬 접시가 기억난다. 어렸을 때 내가 깨뜨리고는 도로 붙여놓았던 그 접시. 모든 조각을 모아서 원래대로 맞춘다는 건 보통 일이 아니었지만, 어쨌거나 나는 성공했다. 그 때문에 얼마 후 엄마가 그 접시를 쓰레기통에 버렸을 때 큰 충격을 받았다.

남자는 계속 떠벌린다.

"세상은 고작 스카치테이프만으로 좋아질 수 없소."

메시지 주고받기

이틀 후, 내 앞으로 온 메시지가 안내 데스크에 도착했다.

피피는 손으로 쓴 메모지를 얌전히 접어 나에게 내민다.

하수도 연결 공사 진행 중.

그에 대한 답장으로, 나는 내게 필요한 창틀과 유리창의 규격을 제시한다.

답장은 다음 날 득달같이 도착한다.

주문한 물품은 월요일에 배달.

그 덕분에 나는 이제 창문 공사를 시작할 수 있다.

우리는 일주일 내내 메시지를 주고받는다.

바닥재 도착.

마지막으로 받은 메시지.

지뢰 제거 완료(정원 오케이).

나를 건드리지 마라

피피는 없어진 가슴 조각 세 개를 찾는 그를 돕겠다는 아담과 함께 온천에서 작업하는 중이다. 그동안 나와 메이는 옷장을 옮기느라 분주하다. 메이가 뜬금없이 묻는다.

"혹시 결혼하셨어요?"

"아뇨, 이혼했습니다."

"아이들은요? 일전에 말한 딸 말고 다른 자녀가 있나요?"

"없습니다."

"딸은 몇 살이죠?"

"스물여섯이오."

나도 모르게 내 입에서는 님페아가 친딸이 아니라는 말이 튀어나온다.

"사실 그 아이는 정확하게 말하면 내 친딸이 아닙니다."

나는 덧붙여 설명한다.

"그러니까 내가 그 아이의 친부, 피를 나눈 생물학적 아버지가 아니란 말이죠."

나는 새삼 피를 나눈 아버지라는 말에 대해 생각해본다.

"오래전부터 혼자 사셨나요?"

"6개월 됐습니다."

언제부터 혼자라고 느꼈느냐고 그녀가 물었다면 나는 8년하고도 5개월이라고 대답했을 텐데.

아닌 게 아니라 그게 바로 다음 질문이다.

"혼자 있으면 외롭지 않으세요?"

"그럴 때도 있죠."

메이가 눈에 띄지 않을 정도로 은근하게 다가온다. 거의 나와 몸이 닿을 정도로.

"혹시 다른 사람의 온기를 느끼고 싶은 마음은 없으세요?"

잠깐 머뭇거리던 내가 말한다.

"이젠 너무 오래되어서요."

"너무 오래라니, 얼마나요?"

"아주 오래."

"2년도 넘었어요?"

이 여자에게 이런 말까지 털어놓아야 할까?

나는 숨을 크게 들이마신다.

"8년하고도 5개월."

나는 거기에 열하루라는 말까지 덧붙일 수도 있다.

메이가 나를 슬쩍 건드린다. 나는 아주 가까이에서 그녀를 느낀다. 보름에 달이 꽉 찼을 때처럼.

이 여자에게 모든 걸 고백해야 하나? 나는 이제 어떻게 하는 건지도 잊었다고 말이야?

두렵기도 하다고?

나는 망설인다.

"당신은 내 딸 또래요."

"난 따님보다 훨씬 늙었어요. 당신보다도 늙었죠. 난 2백 살

이고 모든 걸 다 봤어요. 더구나 그 따님은 친딸이 아니라면
서요."

"아니, 그래도 그 앤 내 딸이오."

나는 이 세상에 구드룬 님페아 요나스도티르는 딱 한 명뿐
이라고 덧붙일 수도 있다.

"난 그 여자가 아니에요."

메이가 말한다.

내 심장이 마구 뛴다.

"맞아요, 당신은 그 애가 아니죠."

나는 잽싸게 생각을 가다듬으려고 애쓴다.

"좀더 젊은 남자들은 어때요? 당신 나이 또래 남자들 말
이오."

"그런 남자들은 남아 있지 않아요. 잠에서 깨어날 때마다
나는 내 옆에 있는 남자를 보면서 혼잣말을 할 테죠. 이 남자
는 사람을 죽인 적이 있어, 라고요."

메이는 조그만 목소리로 한마디 덧붙인다.

"아무튼 문제는 그게 아니죠."

이럴 때 나는 뭐라고 말해야 하나?

나는 그 여자에게 어울리는 남자가 아니다, 그런 남자가 나

타나면 여자 자신이 알아보게 될 것이다, 왜냐하면 그는 검을 쟁기 날로 바꾼 사람일 테니까. 그렇게 말하고 나는 아무 일도 없다는 듯이 일이나 하는 거지.

"나한테 시간이 필요합니다."

내가 말한다.

"얼마나요?"

그 질문에 뭐라고 대답해야 할지는 나도 잘 모르겠는데, 아무튼 그건 그 질문이 별로 중요하지 않기 때문은 아니다.

남자는 반은 인간이고
반은 짐승이다

림보 식당 메뉴에는 정체를 알 수 없는 고기와 국수를 넣어 만든 스튜가 올라 있다. 나는 파프리카와 쿠민 향이 나는 허브 묶음에서 월계수 잎을 꺼내 접시 가장자리에 내려놓는다. 냉큼 의자 하나를 내 쪽으로 당긴 식당 주인은 곧 수다를 시작한다.

"온통 그 얘기뿐이더군요."

그가 운을 뗀다.

"손님이 어떤 주택을 수리하기 시작하셨다고 말입니다."

그는 심각한 표정으로 잠깐 동안 말이 없다.

"그런 일은 다 알려지게 마련이죠."

"네, 그 여자 분들이 저한테 도와달라고 요청하셨거든요."

나는 이런 말을 덧붙일 수도 있다. 여자가 요청만 하면 나는 뭐든 다 해준다고. 나에겐 벌써 오래전부터 몸에 밴 습관이라고.

"그러다가 손님한테 곤란한 일이 생길 수도 있습니다."

"그렇습니까?"

"암요, 정당하지 않으니까요. 여자들만 도와준다는 게 어째 좀 그렇지 않습니까. 사람들이 나쁘게 볼 수도 있다고요. 벌써 좋지 않게 생각하는 사람들이 있다니까요."

그는 이제 금방이라도 울음을 터뜨릴 태세다.

그는 잠시 뜸을 들이더니 다시 입을 연다.

"균형을 유지해야 한다, 이런 말이죠. 이 세상엔 도움이 필요한 남자들도 있으니까요. 사람들이 그 사실을 자꾸 잊어버려서 탈이지만…"

식당 주인은 테이블을 치우기 위해 일어나더니 후식으로 아몬드 케이크를 제안할까 생각했다고 말한다. 그는 이제 그

제안에 효력이 없다는 듯이 '생각했다'는 과거형을 강조한다.

"저는 손님을 위해 매일 요리를 하는데, 손님은 두 쪽짜리 문을 달아주기를 거절하고 있습니다."

아, 나는 그 문을 잊고 있었다.

"제가 벌써 여러 차례 말했는데도 말입니다."

그는 일어서서 양손으로 접시를 들고 있는데도 주방으로 갈 마음이 없는 것 같다.

"손님은 내 덕에 셔츠도 구입했으면서 내 문짝은 해결해줄 수 없다고 고집을 부리고 있다고요."

나는 곰곰 생각한다.

"우리한테는 자재가 부족했던 것 같은데, 아닌가요?"

"제가 다 마련했습니다."

"경첩도요?"

"그럼요, 경첩도요."

"공구들도?"

"제가 다 알아서 한다니까요."

나는 그에게 내게 대가를 지불해야 한다고 말한다.

그가 발끈해서 양팔을 번쩍 들어올린다.

"식사로 지불해드리죠. 하루 한 끼 무료 식사."

나는 이 남자에게 내가 얼마나 절박하게 필요하며, 이 남자에게 무엇을 요구할 수 있는지 속으로 계산해본다. 이곳에서는 물물교환이 유일한 결제 수단이다. 그가 원하는 문짝, 나는 내가 내거는 조건이 충족되어야 그 문짝을 설치해줄 것이다.

"공구를 나한테 넘겨주길 원합니다."

내가 조건을 제시한다.

그러고는 메뉴가 적힌 종이를 뒤집어서 그림을 그린다.

"일반적인 톱 하나와 곡선용 크랭크톱이 필요해요."

나사

두 가지 규격의 목재 가위

사포

모르타르

붓 여러 자루와 목공용 끌

다시 내 앞에 앉은 식당 주인도 덩달아 목록을 작성한다. 림보 식당에서 수리가 필요한 곳을 모두 기록하는 것이다.

내가 한마디 덧붙인다.

"그리고 한 가지 더. 내가 메뉴를 정하고 싶습니다. 새 요리와 스튜뿐만 아니라 이제 비둘기는 끝입니다."

그러자 식당 주인은 술 한 잔으로 계약을 마무리 짓자고 막무가내다.

호텔로 돌아오는 길에 태양이 벌건 것이, 이제 막 지려 한다.

밤에 나는 들쥐 한 마리가 방에 돌아다니는 꿈을 꾼다. 바닥에 목재 조각들이 널브러져 있는데, 그것들 가운데 구드룬과 내가 장만한 가구들이 눈에 띈다. 내가 만든 높이 조절이 가능하고 등받이가 없는 의자도 포함해서.

수컷의 본능은
다 자란 짐승을 죽이는 것으로 집약된다

여자들을 위한 집 3층 창문 작업은 예상보다 시간이 많이 걸리고, 소등 시간은 자꾸만 다가온다. 밤이 되면 달빛이 나의 유일한 조명이 될 것이다. 나는 눈을 들어 달이 떴는지 확인한다.

문득 나는 혼자가 아니며 누군가가 나를 감시하고 있다는 느낌이 든다. 작은 발소리를 들은 것 같다. 발소리라기보다는 소리 없는 거대한 그림자가 나와 마주치자 이내 사라져버린 것 같은 느낌이다. 제법 커다란 고양이 같은 짐승처럼 말이다. 그 여배우가 동물원에서 도망친 짐승이 뭐라고 했더라?

호텔에서 그리 멀지 않은 광장에 이르자 나는 잠시 시간을 들여 주변을 살핀다. 하지만 아직 아무것도, 사람도 짐승도 눈에 띄지 않는다. 살아 있는 거라고는 당최 아무것도 없다.

　　그때 마침 내 앞에 한 사람이 불쑥 모습을 드러내는데, 몹시 바빠 보인다. 사람인지 달인지, 나는 둘 중 어느 것이 더 큰지, 떠오르는 달인지 가까이 다가오는 인간인지 감이 잡히지 않는다. 달이 구름 뒤로 숨어버리는 동안 그 사람은 내 쪽으로 곧장 다가온다. 내가 있는 곳까지 오자 그가 뭐라고 말을 하는데, 나는 무슨 말인지 통 알아듣지 못한다. 의문문이었나, 긍정문이었나? 내가 대답하기 전에 아무런 예고도 없이 주먹이 날아들더니 나는 어느새 길바닥에 쓰러져 있다. 다시 주먹이 날아오고 내 눈앞에 빨간 비가 쏟아진다. 뜨끈한 액체가 내 관자놀이를 타고 흘러내린다. 남자는 월식 때처럼 내 앞을 가로막는다. 마치 탱크 같다. 그가 나에게 발길질을 한다. 애프터셰이빙 로션과 가죽 냄새가 난다.

　　나는 생각한다. 나를 방어해야 할 것인가, 아니면 밤의 어둠 속으로 재빠르게 도망쳐야 할 것인가? 그때 갑자기 남자가 발길질을 멈추더니 이내 그의 발소리가 멀어져 간다. 담뱃불 하나가 월식 중인 달 한가운데에 밝은 빛을 찍어놓는다. 스쿠터 시동 거는 소리가 들린다. 입안에서는 피 맛이 나지만 나는 이상하리만치 평온하다. 아주 보드랍고 친근한 무언가가 내 어깨를 스쳐간다. 그 고양이다, 림보 식당 애꾸눈 고양이. 나는 피투성이가 된 손을 내밀어 고양이를 쓰다듬어준다. 시커먼 눈송이들이 내 눈앞에서 뱅글뱅글 맴돈다.

나는 가까스로 몸을 일으킨다. 또다시 발소리가 들린다. 호텔에서 누군가가 나를 향해 달려온다.

"요나스 씨!"

불안에 떠는 목소리로 소리친다.

피피가 내 쪽으로 몸을 굽히더니 내 팔을 잡는다. 난 약간 한기를 느끼지만 그래도 정신만큼은 아주 맑다. 만일 여배우가 여행에서 돌아와 잠자리를 같이하자고 청한다면 망설이지 않고 좋다고 할 것이다. 벌써 일주일이 지났는데, 그 여자는 아직도 돌아오지 않았다.

넷

네 개의 얼굴이 심각한 표정으로 나를 내려다보고 있다. 메이, 피피, 아담 그리고 처음 보는 여자.

벌써 한 번 토했는데, 또다시 구토가 시작된다.

"당신은 머리를 얻어맞은 데다 충격도 컸어요. 이마에 난 상처는 꿰매야 해요."

낯모르는 여자가 가방에서 주사기를 꺼내며 말한다.

"두세 바늘 정도."

여자가 덧붙인다.

오렌지 냄새가 내 콧속을 가득 채운다. 고개를 돌려보니 아담이 오렌지 조각을 하나 들고 침대 머리맡에 서 있다. '아이 러브 스톡홀름Stockholm I love you'이라고 적힌 티셔츠 차림이다. 아이는 한 발짝 앞으로 다가와 몸을 침대 가장자리에 기대더니 내가 덮고 있는 담요를 들어 올려 나를 검사한다. 나는 기억을 떠올려본다. 피피가 나를 업고서 내 방으로 데려왔다.

"안녕."

나는 아담에게 빙긋 웃어 보이려 한다.

메이가 무어라고 말하자 아이는 얼른 담요를 내려놓는다. 나를 바라보는 메이는 두 눈에 눈물이 그렁그렁한 게 누가 보아도 잔뜩 놀란 표정이다.

"도대체 무슨 일이 있었던 거예요? 누가 당신을 공격했냐고요?"

내가 뭐라고 대답한 것 같은데 솔직히 나 스스로도 확신이 서지 않는다.

"괜찮아요."

내가 말한다.

나는 녹아내리는 바위 같다. *나는 다른 사람들과 다를 바 없다, 나도 괴롭다,* 고 스물한 살의 나는 일기장에 적었다. 그리고 바로 그 위엔 *보름달, 섭씨 3도*라고 기록해두었다.

몸을 일으키자 그 순간 둔탁하게 맥이 뛰는 소리가 머리를 가득 채우고, 방이 빙빙 도는가 싶더니 방 전체가 기우뚱거리면서 산꼭대기에서 평지를 바라보는 듯한 느낌이 든다. 윤곽선들이 투명한 아크릴판 너머로 보는 것처럼 잔잔하게 떨리면서 반짝거린다.

뒤뚱거리며 욕실로 간 나는 연신 속 안에 든 내용물을 토해낸다. 다시 자리에 눕자 모르는 여자가 내 쪽으로 몸을 숙이더니 내 눈을 향해 불빛을 들이대 나를 눈부시게 한다. 그 여자는 나에게 셔츠 단추를 풀어야 진찰할 수 있다고 말한다. 메이가 피피와 아담을 한구석으로 데려간다. 세 사람은 거기 모여서서 방 안에서 일어나는 일을 지켜본다.

낯선 여자는 나에게 맥락없는 질문들을 해댄다. 이름이 뭔지, 나이가 몇 살인지 묻더니, 손가락이 몇 개인지 세어보라고 한다. 나의 한 손에는 손가락 다섯 개, 다른 손에도 역시 다섯 개가 달려 있다. 이 도시의 많은 사람과는 다르게 말이다.

"결혼하셨나요?"

"네, 아니 솔직히 말하면, 아닙니다."

나는 윗옷을 벗은 상태로 침대 가장자리에 앉아 있다.

"결혼을 하신 겁니까, 안 하신 겁니까?"

"이제는 아닙니다. 이혼했으니까요."

"자녀는요?"

"있어요, 아니 없습니다. 딸이 하나 있는데, 그 아인 내 친딸 이 아니거든요."

여자는 절대 당혹감을 내보이지 않는다.

"생일은 언제죠?"

그들과 방은 마치 물 흐르듯 유려한 영화가 시작되기 전까 지 뚝뚝 끊어지는 이미지들처럼 보였다.

"5월 25일입니다."

여자가 메이 쪽을 힐끔 보자 메이는 자기 남동생 쪽으로 몸 을 돌린다. 남매는 서로 쳐다본다.

"그럼 오늘이로군요."

여자가 말한다.

나는 팔을 뻗어 여권을 집어서 그 사람들에게 내민다. 내 여권은 이 사람 저 사람 손으로 넘어간다. 저마다 그걸 뒤적이며 가까이에서 들여다본다.

어쩌란 말인가? 이 사람들을 내 생일 잔치에 초대라도 해야 한단 말인가?

"타박상은 입었지만 골절은 없네요. 그런 관점에서 보면, 당신은 운이 대단히 좋았다고 말할 수 있어요."

검사를 끝낸 여자가 엄숙하게 말한다.

"이제 셔츠 단추를 채워도 됩니다."

여자는 가방을 잠그면서 나한테 살짝 고갯짓을 한다.

"예쁘네요, 그 꽃!"

엄마

"의사가 오기 전까지 당신은 엄마 얘기를 했어요."

메이가 말한다.

"엄마라고 말했다니까요. 난 분명 들었어요. 게다가 여러 번 반복했으니까요."

내가 미심쩍어 하자, 메이는 혼잣말처럼 중얼거린다.

"모든 걸 다 알아들어야 이해하는 건 아니거든요."

나는 오늘이 무슨 요일인지 궁금하다.

"오늘이 월요일인가요?"

"아뇨."

"그럼 화요일?"

"아니, 수요일이에요."

"내가 여기 온 지 얼마나 되었죠?"

"3주."

나는 일어나서 메이에게 혹시 이 도시에 남성 합창단이 있는지 물어본다.

그녀는 황당해한다.

"네. 그런데 인원이 부족한 걸로 알고 있어요."

메이가 머뭇거리며 대답한다.

"특히 테너 파트가 모자란다던데…"

"딸아이에게 전화해야겠어요."

"집에 돌아가시려고요?"

"지금 당장은 아니고요. 끝내야 할 일이 있으니까요."

메이가 빙긋 웃는다.

그러더니 뭔가를 생각한다.

"어찌되었든, 주택은 이제 수도관과 연결되었어요. 개수대에 물이 나오거든요. 일이 잘 된 것 같아요."

내가 메이에게 무슨 꿈을 꾸느냐고 물으면 대답해주려나? 혹시 지평선에서 다시금 찬란한 빛이 솟아오르는 꿈을 꾼다고 말하지 않을까?

사람은 어차피 한 번 죽게 마련이다

호텔 측에서는 안내 데스크에 있는 전화를 사용하도록 편의를 봐준다.

신호음이 가고 몇 초쯤 지나자 님페아가 전화를 받는다.

"아빠야? 잘 지내?"

"응, 잘 지내고말고."

딸아이의 목이 멘다. 내가 종적을 감춘 뒤 내 편지를 읽고 불안해서 죽는 줄 알았다는 것이다.

"아빠한테 연락하는 게 불가능하더라고."

내가 휴대폰을 침대 옆 협탁에 두고 왔을 뿐 아니라 옷장도 텅 비었으므로.

"맞아. 옷을 다 기부했어."

나는 망설이다가 한마디 덧붙인다.

"이제 그런 거 다 필요 없거든."

나는 딸아이가 말하는 내 편지가 무슨 내용이었는지 기억을 짜낸다. 딸아이가 즉시 알려준다.

"아빠는 그 편지에서 여행을 떠난다면서, 어디로 가는지 얼마나 오랫동안 떠나 있을 건지도 적어놓지 않았던데."

딸아이는 내 목소리가 좀 이상하다면서 다시 걱정하기 시작한다. 내가 정확하게 어디에 있는지, 무얼 하는지, 언제 돌아올 건지 등을 꼬치꼬치 캐묻는다. 혹시 무슨 일 있었어? 딸아이는 눈물을 참으려고 극한투쟁 중이다.

"엄마도 얼마나 걱정했는데."

나는 자신 없는 목소리로 아이가 한 말을 따라한다.

"그렇구나. 네 엄마도 걱정했단 말이지?"

"그럼, 엄마도 걱정했지. 엄마는 아빠한테 무슨 일이 생기든지 상관없다는 식으로 말하지 않아."

딸아이가 잠시 머뭇거리다가 털어놓는다.

그 아이는 얼마 전에 모자이크 벽화가 찍힌 그림엽서를 받았다고 한다. 엽서에 호텔 이름이 적혀 있기에 인터넷을 뒤져서 전화번호를 찾아 걸었더니 아무도 받지 않더라는 말도 잊지 않는다. 그래서 엄마랑 같이 하필이면 세계에서 제일 위험하다는 나라로 갈 게 뭐냐며 무지 화를 냈다는 말도 덧붙인다.

"이젠 아니야. 전쟁이 끝났거든."

딸아이는 그러거나 말거나 제 말을 계속한다.

"암튼, 제일 위험한 나라 가운데 하나인 건 맞지 뭐야."

나는 딸아이가 코 푸는 소리를 듣는다.

"혹시 모든 게 다 폐허가 되어버렸어?"

"응."

"곳곳이 지뢰투성이고?"

"응, 그것도 사실이야."

딸아이가 첫 비행기를 타야 할까? 그 아이가 나를 보러올 수는 있을까?

전화 너머에서는 긴 침묵이 이어진다. 혹시 님페아가 울기 시작한 걸까?

나는 깊이 숨을 들이마신다.

"네 엄마 말이 넌 내 딸이 아니래. 나와 네 엄마가 서로를 알아가던 무렵 엄마한테 남자친구가 있었다더구나."

그러니까 그게 말이지, 우리가 등산 가기 직전을 말하는 거야. 너는 그 등산 간 날 생긴 것으로 알고 있었거든. 뇌조들과 양, 그리고 산이 증인으로 지켜본 가운데 말이야, 라고 나는 덧붙일 수도 있었다.

등산 간 이후로는 당신 말고 아무도 없었어, 라고 구드룬은 맹세했다.

"응, 나도 알고 있어. 처음엔 무지 화가 났는데, 지금은 그건 중요하지 않다는 생각이 들어. 어차피 나한테는 아빠 말고 다른 아빠는 없어."

"그러면 그 사람은 어쩌지?"

"26년이 지난 지금에 와서 내가 꼭 아빠를 바꿔야 할까? 아빠는 정말로 나를 친자식이 아니라고 부인하고 싶어? 나를 내 운명에게 던져주고 싶으냐고?"

전화기 너머로 또다시 침묵이 찾아온다.

"혹시 아빠가 떠난 게 그것 때문이야?"

마침내 딸아이가 물을 것을 묻고야 만다.

나는 대답하지 않는다.

"어째서 내 은행계좌에 그렇게 큰돈이 들어온 거야?"

"내가 스틸 레그스를 팔았다니까. 내 인생을 정리하고 싶었거든."

"사실 아빠가 나한테 행복하냐고 물었을 때 뭔가 문제가 있다는 걸 직감했어."

딸아이가 고백한다.

"난 여기에 좀더 머물까 해."

나는 앞뒤 재보지도 않고 덜컥 말한다.

"여기서 일거리를 찾았거든."

"일거리라고?"

"그래, 일종의 일이라고 해야지. 그래서 돌아가는 일정이 좀 연기됐어. 몇 주 정도."

"몇 주라고?"

"응, 아빠가 여기 여자들이 집수리하는 걸 도와주기로 했거든."

"여자들?"

이제는 딸아이가 내 말을 반복한다.

"네 나이 또래 아가씨가 있는데, 그 아가씨한테는 어린 아들도 하나 있어."

"혹시 그 여자가 아빠 사랑한대?"

"내가 방금 말했듯이, 그 여자는 네 또래라니까. 아니면 너보다 약간 더 나이가 많거나."

"아빠 아직 내 질문에 대답 안 했어."

"문제는 그게 아니야. 여긴 말이다, 드릴 가진 집수리 인부가 많이 부족하단다."

"아빠는 그걸 가져갔어? 드릴을?"

"응."

또다시 내려앉은 침묵을 이번에는 내가 깬다.

"그래서 그런지 난 책임감을 느껴."

스바누르라면 이렇게 말했을 테지.

"죄인은 알면서 아무것도 하지 않는 사람이라네."

숨소리가 들리는 것으로 보아, 딸아이는 아직도 전화기 너머에 있는 게 확실하다.

"그거 기억나, 아빠? 우리가 꽁꽁 언 호수에 엎드려서 얼음 아래서 자라는 식물들을 들여다보던 거 생각나?"

"그럼, 기억하지."

"나한테 또 전화하겠다고 약속하는 거지?"

"약속해."

"생일 축하해, 아빠."

딸아이가 꾹 참고 기다렸던 말을 한다.

남을 죽이는 사람은 아주 드물고,
대다수는 그저 죽는 것으로 만족한다

복도에 뻗치는 빛줄기를 보자 나는 옆방 남자가 문을 열었다는 걸 알아차린다. 그는 실내복 차림으로 나를 기다린다.

"이 일에 경찰을 개입시킬 필요는 없네."

피피가 끓여준 완두콩 수프를 먹은 후 내가 절뚝거리면서 내 방으로 갈 때 그가 다짜고짜 말한다.

지구는 돈다.

지금도 여전히.

그는 마치 혼잣말하는 사람처럼 무심한 투로 그렇게 말한다.

"당신이 어째서 죽지 않고 살아났는지 알고 싶지 않나요?"

"아니 별로요."

"그자들이 당신을 다른 사람으로 착각했기 때문이죠."

나는 다른 사람 누구를 말하는 거냐고 묻지 않는다. 나는 또 나 자신은 이미 누군가 다른 사람일 확률이 상당히 높다는 말도 하지 않는다. 나는 내 존재가 어디에서 시작했는지, 어디에서 끝이 날지 도무지 모르겠다는 말도 하지 않는다.

"혹시 죽는 게 겁나던가요?"

"아니요."

"당신은 죽이기보다는 죽임당하는 편을 선호하는 부류에 해당하는군요."

나는 대답하는 수고조차 하지 않는다.

그는 계속 주절거린다.

"만일 사람들이 당신을 죽이고자 했다면, 그러면 당신을 죽였을 거요."

짝도 없는 외로운 남자는 사업가에게 감히 대들지 않는다. 드릴 정도로 무장한 남자는 불도저와는 상대가 되지 않는다.

"하수관 연결 작업은 끝났소?"

"끝났어요. 그 여자들이 당신에게 고마워할 만해요."

남자는 쑥스러운지 곧 화제를 돌린다.

"그건 그렇고, 난 자네가 싫지 않아. 페르 세.$^{Per\ se,\ 본질적으로}$"

남자는 라틴어도 아는 모양이다.

"그렇긴 해도 난 당신에게 문제가 있다는 걸 즉시 알아차렸죠. 당신은 너무 서둘러서 자기 자신에게서 도망치려 한다는 느낌을 주었거든요. 짐이라고는 하나도 없는 남자, 우린 그게 무얼 의미하는지 잘 알고 있죠."

일의 순서

나는 내 마지막 일기장을 빠르게 뒤적여본다. 몇 개의 문장
이 날짜도 명시되지 않은 상태로 일기장 뒷부분에 산발적으
로 적혀 있다. 페이지마다 한 문장씩.

서기 525년이 서기 241년 바로 뒤에 나오는 게 사실일까?

두 페이지 뒤에 나오는 문장.

모든 건 반드시 올바른 순서대로 들이닥치지 않는다.

아무것도 적혀 있지 않은 백지가 여러 쪽 이어지더니 오랜
만에 등장하는 한 문장.

*모든 일이 일어날 수 있다. 심지어 우리가 전혀 기대하지 않
았던 일들까지도.*

저녁에 누군가 내 방문 아래쪽을 두드린다. 아담이 복도에
서 있는데, 그의 엄마까지 달고 왔다.

메이는 환하게 미소 지으며 나에게 케이크를 내민다.

"생일 축하해요, 요나스 씨."

아담이 말한다.

"얘가 많이 연습했어요."

메이가 귀띔해준다.

내가 커튼을 쳤는데도 틈새로 햇빛이 파고들면서 바닥에 길쭉한 사각형, 그러니까 타일 바닥에 떨어지는 하얀 빛의 그림자를 그린다.

아담이 잎이 무성하고 꼭대기는 오렌지색인 나무 세 그루가 녹색 하늘을 배경으로 서 있는 그림을 나에게 건네준다.

"숲이라네요."

메이가 통역해준다.

엄마와 아들은 빛의 한가운데, 미로 바로 위에 서 있다.

짭짤한 눈물을 떨구는 구름

나는 끔찍한 두통과 온몸을 쑤셔대는 통증을 느끼면서 잠에서 깬다. 시트가 피부에 착 달라붙는다. 그럴 정도로 나는 이상하리만치 몸이 축축한 데다, 별안간 피부에 극도로 민감한 센서가 달리기라도 한 듯 온몸에 소름이 쫙 끼친다.

침대에서 일어나면서 나는 거울 속의 나를 바라본다. 얼굴은 퉁퉁 부어오른 데다 눈 가장자리는 퍼렇게 되어가고 있다.

나는 샤워기를 튼다. 온수가 나오지 않을 때까지 따뜻한 물줄기 아래 서 있다. 처음에는 바닥으로 떨어지는 물에 피가 섞여 있다. 나는 내 몸을 더듬어 본다. 관절, 어깨, 손목, 무릎, 쇄골. 옆구리에 몹시 흉한 상처가 있고, 양손은 까진 상처와 긁힌 상처투성이다.

몸을 씻고 나자, 나는 손바닥에 박힌 완두콩만 한 크기의 돌멩이들을 빼낸 다음 이날을 기념할 겸 분홍 셔츠를 입고 발코니 창을 연다. 하늘이 물구덩이에 빠졌는지, 대지 위로 물줄기를 쏟아낸다. 나는 손바닥이 하늘을 향하도록 두 손을 뻗는다. 내 왼손 약지에는 결혼반지가 남겨놓은 하얀 자국이 선명하다. 그런 다음 천천히 두 팔을 하늘로 들어 올리자 내 상처와 분홍 셔츠에 빗물이 스며들면서 셔츠가 내 가슴에 새겨진 연꽃에 착 달라붙는다.

나에게는 몸이 있다.

나는 내 몸이다.

별안간 반투명에 가까운 나비 한 마리가 내 쪽으로 날아오더니 팔 위에 살포시 내려앉아 은빛 날개를 접는다. 가까이에서 보니 나비가 굉장히 크다. 빗방울이 발코니에 통통 튀긴다. 여자들의 집은 이제 방수 공사가 마무리되었지, 라고 나는 생각한다. 마지막까지 남아 있던 창들을 그저께 빠짐없이 다 갈았으니까.

한마디 그리고 또 한마디

피피가 양팔에 책이 가득 든 상자를 들고 문 앞에 서 있다. 운동모자는 앞뒤가 바뀌도록 거꾸로 쓴 채.

"손님이 가까이에 두고 보시는 게 좋을 것 같아서요. 그러면 새 책을 고르려고 매번 지하실까지 내려오실 필요가 없을 테니까요."

그는 책 상자를 내 방 한가운데 내려놓는다.

"회복하시는 동안 편안히 골라보세요."

나는 그에게 벌써 거의 다 회복되었다고 말한다.

그가 자못 못 미더운 듯한 표정으로 나를 바라본다.

"그런 것 같지 않은데요."

피피는 상자 쪽으로 몸을 굽히더니 책을 한 권 꺼낸다.

"우리 언어를 배우기 위한 회화 교재예요. 흥미로워하실 것 같네요. 적극 추천합니다. 당연한 말이지만, 여기서는 손님 모국어를 알아듣는 사람이 한 명도 없고, 그렇다고 누구나 다 영어를 하는 것도 아니니까요."

어학 교재는 관광객들이 다양한 상황에서 살아남을 수 있도록 구성되어 있다. 가령 식당에서 음식 주문하기, 역에서 기차

표 구입하기, 우체국에서 우표 사기, 숲에서 길 찾아가기 등. 각 단어의 발음은 문장 끄트머리 괄호 속에 표시되어 있다. '문제가 발생했을 경우'라는 장의 제목도 눈에 띈다. 거기에는 다음과 같은 문장들이 등장한다.

나는 길을 잃었습니다. 호텔로 돌아가려면 어떻게 해야 하죠?

이런 예도 나온다.

내가 이 책에서 원하는 문장을 찾아낼 때까지만 기다려주십시오.

계속해서 교재를 뒤적이던 나는 그 장의 마지막에서 이런 문장도 만난다.

그건 오해였습니다. 정말 죄송합니다.

책의 거의 마지막을 장식하는 장 가운데에는 '이따금씩 잃어버리는 물건들'이라는 흥미로운 제목이 붙어 있으며, 물건들의 목록이 제법 길게 이어진다.

트렌치코트

우산

안경

결혼반지

여권

펜

드라이버

*자기 자신*은 목록에 포함되어 있지 않다.

나는 하루에 다섯 문장쯤은 큰 어려움 없이 배울 수 있을 것 같다. 일주일 후면 내가 서른다섯 문장을 구사할 수 있다는 계산이 나온다. 생존하기 위해 필수적으로 익혀야 하는 단어는 얼마나 될까?

마치 엄마 목소리를 듣는 것 같다.

"같은 단어라도 잘못 이해하는 방법이 무수히 많단다. 가령 네 아버지를 보렴."

피피는 자초지종을 알아보기 위해 나갔다 왔는데, 나를 공격한 사람이 누군지 정확하게 아는 사람은 한 명도 없다고 한다.

"손님이 윌리엄스라는 남자를 위해 일한다고 말하는 사람들도 더러 있더군요."

그가 수집한 정보들은 모호한 데다 서로 모순된다.

내가 도와준 여자들에 대해서도 말이 오간다. 더구나 무료로 도왔으니. 언젠가 지적했듯이, 모두가 그걸 반기지는 않는다는 것이다.

"사람들은 그 처사가 공평하지 않다고들 해요."

피피도 같은 말을 전한다.

마지막으로, 내가 가해자의 두 눈을 똑바로 쳐다봐서―정확하게 말하면 그의 눈동자―그를 자극했다는 설도 있는 것 같다.

"여기서는 그렇게 하지 않거든요."

"내가 살던 곳에서는 그렇게 하거든요."

내가 반발한다.

"우리는 길에서 마주친 사람들의 눈을 똑바로 쳐다보죠. 그렇지 않으면 그 사람에게 인사를 해야 할지 말아야 할지 어떻게 안단 말이오?"

내 방을 나서기 전 피피는 그가 입고 있던 체크 무늬 셔츠 앞섶 주머니에서 선글라스를 꺼내 나에게 건네준다.

"재고 창고에서 가져왔어요."

그가 말한다.

나는 그걸 받아서 써본다.

아직 가격표가 붙어 있다.

"조종사 안경이에요. 멍든 눈 가리기엔 딱이죠."

그는 잠시 망설이다가 다시 입을 연다.

"저는 도통 책을 못 읽겠어요. 어렸을 땐 많이 읽었는데 전쟁이 시작되고부터는 안 읽었어요."

그는 적절한 단어를 찾느라 고심한다.

"마을 하나를 날려버리는 데에는 한 문장이면 족하죠. 단두 문장이면 이 세상 전체를 쑥대밭으로 만들 수 있고요."

그는 이렇게 말할 수도 있었을 것이다. 나는 머리에 총알이 박힌 아버지며 지하실 먼지 구덩이에서 태어난 조카 등 모든 걸 다 봐버렸다고요.

그가 모자를 매만진다.

아, 한 가지 더 있어요. 온천터에서 쓰지 않은 타일이 든 상자 네 개를 찾았는데 혹시 여자들을 위한 집에 사용할 수 있지 않을까 싶어서 알려드려요.

"그 집은 당신 집이기도 하잖습니까."

내가 말한다.

"아담을 위한 집이기도 하고."

"네, 그렇군요… 손님이 여자들과 아담과 저를 위해 수리하는 집이죠."

나는 아직도 존재한다
나는 여전히 이 세상에 있다

나는 일기장을 펴서 아무것도 쓰지 않고 백지 상태 그대로 남아 있는 마지막 페이지가 나올 때까지 빽빽하게 채운 페이지들을 빨리빨리 넘긴다. 나는 27년 전에 쓴 마지막 문장 *그 아이는 내가 죽은 후에도 살 것이다*의 다음 페이지는 건너뛴다. 나는 호텔 사일런스라고 쓰여 있는 볼펜을 집어 들어 페이지 위쪽에 5월 29일이라고 적는다. 그리고 그 아래에는 *님페아에게*라고 쓴다.

나는 서른세 개의 글자를 사용할 수 있다는 걸 잘 안다. 서른세 개면 대부분의 언어에서 평균을 웃돈다. 나는 두 문장으로 시작한다.

나는 아직도 존재한다.

나는 여전히 이 세상에 있다.

그리고 한 문장을 더한다.

나는 왜 그런지 이해하려고 노력한다.

이 이상 무슨 말을 할 수 있지? 하늘을 묘사한다, 밤에 자다가 자주 깬다, 검은 나무들이 검은 하늘과 경쟁을 벌인다, 달은 우리 고향에서 볼 때보다 더 크다, 나는 거울 속의 나를 본다, 나는 시를 읽는다, 나는 전에는 여기서 먹는 것의 절반도 맛보지 않았다, 뭐 이런 말들을 적어야 하려나?

나는 생각한다, 그런 다음 다시 계속한다.

물은 *피 묻은 셔츠를 욕조에서 헹굴 때처럼 붉다.* 이렇게 하면 다 합해서 여덟 단어다.

나는 네 단어로 문장을 만들어 적는다.

모든 것은 먼지처럼 잿빛이다.

줄을 바꿔서 제법 긴 문장을 쓴다.

어제저녁엔 큼지막한 감자(네 할머니가 해주시던 굴라시*
와 같이 먹던 것처럼 큰 감자)를 곁들인 고기 요리가 나왔어.
지뢰 없는 들판에서 기른 감자.

마지막으로 이렇게 적는다.

나한테는 너트가 부족해.

나는 ~~나한테는 너트가 부족해~~를 지운다.

나는 부품 따위는 무시한다.

메이가 갑자기 내 방 문턱에 서서 무얼 쓰는 중이냐고 묻

---

* 헝가리의 전통 요리로 고기와 야채를 넣어 만든 스튜.

는다.

"소설 쓰는 중인가요?"

"그렇게 얘기할 수도 있죠."

"그 이야기 속에서는 무슨 일이 일어나죠?"

"난 아직 모든 걸 다 결정하진 않았어요."

"누군가가 죽나요?"

"늙은 사람들만요. 사람은 누구나 죽죠, 나이 순대로 말입니다."

"좋아요."

메이는 수건을 하나 놓고 돌아간다. 문을 닫으려다가 그녀가 말한다.

"난 이제 밤이 무섭지 않아요."

나는 세상이
형체를 찾아가기를 기다린다

피피가 아래층에서 누가 나를 기다린다고 알려준다.

식당 주인이 내 가해자와 함께 왔다. 가해자는 인상만 봐도 껄렁한 불량배 같다. 두 남자는 선글라스 진열대 옆에 서 있다. 호텔 매점에 새로 진열된 호랑이 고무튜브가 보인다. 어제는 거기에 없었던 물품이다.

"오해였습니다."

식당 주인의 입에서 제일 먼저 튀어나온 말이다.

불량배는 잠자코 말이 없다. 그는 알록달록한 셔츠 위에 가죽점퍼를 입고 한쪽 귀에만 귀고리를 했다.

식당 주인이 그를 앞으로 떠민다.

"이자가 죄송하답니다."

식당 주인이 말을 계속한다.

잔뜩 찌푸린 얼굴로 봐서, 남자는 전혀 미안해하는 기색이 아니다.

"다시는 그러지 않겠답니다."

"고맙군요."

"이자가 당신에게 보여드릴 게 있답니다. 따라가 보셔야 할 것 같습니다."

나더러 내 가해자를 따라가라고? 복잡하기 이를 데 없는 골목길로?

"아니, 전혀 그럴 마음이 없습니다."

"후회하지 않으실 겁니다. 이자가 그 오해를 사죄하겠다니까요."

"아니, 난 관심 없다니까요. 게다가 난 지금 바빠요."

그건 정말이다. 나는 도로시 파커의 전기『왓 프레시 헬 이즈 디스?』*What Fresh Hell Is This?*를 읽고 있던 중이니까.

"이자가 당신이 수리 중인 집에 들여놓을 가구를 마련해줄 수 있대요. 당신이 그랬잖아요, 여자들한테 가구가 필요하다고요."

나는 생각한다. 우리에게는 3층, 여자 일곱, 아이 셋 그리고 아이의 삼촌을 위한 가구가 필요하다.

"당신은 어떻게 생각해요?"

"아무 생각이 없어요."

"그렇다면 조금 더 생각해보시겠습니까?"

식당 주인은 나를 벽난로 쪽으로 끌어당긴다. 사냥 장면을 담은 그림 옆으로. 아니, 좀더 정확하게는 그림 아래로. 이 각도에서 보니 빛이 또 다른 방식으로 화폭에 떨어진다. 그래서인지 전면을 장식하는 나무줄기들의 절반은 죽은 것처럼 보인다.

"당신은 남자임을, 진정한 남자임을 증명했습니다."

그가 한 손을 내 어깨에 얹으며 거창하게 운을 뗀다.

식당 주인이 내 가해자를 가리키는데, 내가 잘못 본 게 아니라면, 그자는 거울 앞에서 진열대에 놓인 선글라스를 이것저것 써보고 있는 중이다. 피피가 우리 두 사람에게서 눈을 떼지 않으면서도 짬짬이 곁눈질로 그를 감시한다.

"저자 말이 당신은 전혀 겁에 질리지 않았다더군요."

나는 빛의 속도로 머리를 굴린다. 내 머리는 아직도 꿰맨 자국으로 덮여 있다.

"용서할 줄도 알아야 하는 법입니다."

식당 주인이 훈계한다.

그는 제약회사 공장을 짓기 위해 철거 중인 창고에 대해 이야기했다. 그 창고에 폐허가 된 건물과 버려진 주택에서 실어 온 가구가 한가득 있다고 말했다. 내 가해자가 철거 공사를 맡은 업자를 잘 아는 모양이니, 거기만 가면 지하실부터 옥상까지 가구를 채우는 건 일도 아니라는 것이었다.

"내가 접촉한 자 말로는 불도저가 오기 전까지 그 창고를 비워야 한대요. 그러니 당신이 원하는 건 뭐든 가져가도 돼요. 고물 창고에 불을 지르면 훨씬 간단할 테지만, 시의 허가를 못 받았대요."

그는 목소리를 낮추며 내 팔을 잡아당긴다.

"물건 가운데 아주 좋은 가구도 있는 모양입디다. 고급 가구들 말입니다. 가령 발판이 딸린 리클라이너 같은 거지요."

나는 계속 생각한다. 내 가해자는 여전히 선글라스를 써보느라 여념이 없다. 가격표가 그놈의 미간 아래 대롱대롱 매달려 있다.

"내일 아침 아홉 시."

내가 결단을 내린다.

"아홉 시 정각입니다."

합창단원

내 가해자는 아홉 시 정각에 안내 데스크에 나타난다. 필요 이상으로 단추를 열어젖힌 셔츠 사이로 적당하게 그을린 상체가 엿보인다. 그는 전날 구입한 선글라스를 끼고 왔는데 실내에서도 그 안경을 벗을 마음이 없어 보인다. 피피가 걱정스러운 표정으로 같이 가겠다고 하지만, 나는 그럴 필요 없다고 그를 설득한 뒤 불량배의 뒤를 따라 나선다.

도시 외곽에 세워진 창고로 가는 길에 나의 안내자는 오해가 있었다고 다시 한번 반복해서 말한다.

그 일에 대해서라면 더는 이러니저러니 이야기하고 싶은 기분이 아니어서, 나는 나한테 할 말이 있다면 우선 선글라스나 벗는 게 어떠냐고 쏘아준다.

그러자 그는 즉시 실행에 옮긴다.

"빙고라고 부르십시오."

그가 말한다.

창고의 대형 미닫이문을 열자 뒤죽박죽으로 섞인 가구들과 온갖 종류의 살림살이가 산더미처럼 쌓여 있다.

나는 속으로 여러 사람의 인생이라고 생각한다.

"지뢰 탐지기가 이미 다 훑었습니다."

벼룩시장이나 가구 보관소를 닮은 창고에는 엄청나게 많은 물품이 쌓여 있는데, 대다수는 상태가 제법 괜찮은 편이고, 나머지도 수리가 가능하거나 그런대로 쓸 만해 보인다. 쟁반 같은 것에 다리를 붙여서 테이블을 만들거나 가구를 약간 손질하는 건 그다지 복잡한 일이 아니다. 그거야말로 내 전문 분야다.

"사람들이 가져다가 땔감으로 썼습니다."

빙고가 반쪽만 남은 서랍장을 한쪽으로 밀면서 설명한다.

그는 내가 자기와 절대 말을 섞고 싶은 마음이 없다는 걸 이

해할까? 우리가 어쩔 수 없이 같이 있는 동안에는 제발 입을 다물어주면 고맙겠다는 내 마음을 이자가 짐작이나 하겠느냐고?

나는 3층짜리 주택을 채울 만큼의 가구가 필요하므로 제일 아래층부터 시작한다. 티크 목재로 만든 식탁 하나와 일인용 소파 두 개를 고른 다음 식탁에 어울릴 만한 의자들을 찾기 시작한다.

"이삿짐용 트럭이 있어야겠군."

내가 또 다른 식탁과 책상용 앉은뱅이 스탠드, 키다리 스탠드를 찾아내며 말한다.

나는 머릿속으로 필요한 침대 개수를 재빨리 계산하면서 골라잡은 가구들을 어디에 배치하면 좋을지 상상한다.

빙고는 운반용 트럭과 가구를 옮겨줄 친구를 섭외한다.

그는 내가 옷장들과 유아용 침대 하나를 창고 입구까지 옮기는 일을 도와준다. 나는 다른 가구들도 모두 거기에 모아둔다. 빙고는 군소리 없이 내가 시키는 대로 한다. 그는 한눈에 봐도 누군가의 지시에 복종하는 게 몸에 밴 인간이다.

나는 여자들의 집에 살게 될 식구 수만큼의 침대는 찾았는데, 매트리스는 도저히 사용이 불가능한 상태라 다른 곳을 뒤져야 한다. 이불보는 메이가 호텔에서 어떻게든 해결할 수 있을 거라고 말했다. 물론 완전히 새 물건이라고 할 수 없지만 그래도 아직 얼마 동안은 쓸 수 있는 것들로 말이다. 나는 폐가구 사이를 썰매 타듯 요리조리 누비고 다니면서 손가락으로 가리킨다. 그러면서 이거, 이거 그리고 이거, 그렇지, 여기 이 책상과 저기 저 의자 말일세, 라고 말한다. 나는 자전거도 몇 대 챙긴다.

그가 새장을 들어 올리자 나는 곧 고개를 젓는다.

"외국인들이 이 나라를 빠져나가면서 두고 간 가구들도 있습니다."

내 안내인 격인 빙고가 두 다리를 테이블에 올려놓고 엉덩이를 안락의자 안으로 냉큼 들이밀면서 말한다.

한눈에 보아도 한 시대를 풍미하던 진짜 골동품이라 할 만한 아름다운 의자지만, 난 그자에게 그런 말까지 해줄 필요를 느끼지 못한다. 나는 그저 얼른 일어나라는 신호만 보낸다.

창고 구석에서 옷장을 찾던 나는 뭔지 모를 가구 위에 덮여 있는 무늬 있는 양탄자를 발견한다. 그 양탄자를 들어 올리자 전혀 손도 대지 않은 새 페인트 통들이 무더기로 나온다.

내가 있는 쪽으로 온 빙고가 깜짝 놀란다.

"건축 자재 상점에서 온 것들인 모양입니다. 거기 재고들이 모두 여기로 실려 온 거죠."

그가 추리한다.

"진작 알았다면 돈 받고 팔 수도 있었을 텐데."

그는 칼을 꺼내 그중 한 통을 연다.

다른 통들까지 모두 그러모은 나도 한 통씩 차례로 열어 본다.

"이거, 이거 그리고 이거."

내가 말하면 그가 창고 입구로 가져가서 정리한다.

말 타면 경마 잡히고 싶다는 속담처럼 나는 이제 니스도 있었으면 싶다.

"사포와 붓, 니스도 필요해."

그것만 마련되면 나는 다음 주부터 마루 공사를 시작할 수 있을 것이다.

빙고는 거기 있는 페인트 통들을 수거하기 위해 거의 기다시피 창고 안을 누빈다. 통에 부착된 상표들을 읽느라 그의 입술이 움찔거린다. 그러는 사이 나는 잎사귀 문양의 벽지 두루마리를 네 개 찾아낸다.

창고를 나서면서 빙고가 미닫이문을 다시 잠그려는 찰나,

입구 가까이에 놓여 있던 턴테이블이 내 눈에 띈다. 그것은 테이블 아래, 맨바닥에 놓여 있다. 얼핏 보기에는 상태가 괜찮은 것 같다. 나는 뚜껑을 연다. 5년간 계속된 전쟁 속에서 폭격으로 녹아내린 아스팔트와 제멋대로 찢기고 떨어져나간 살점들에도 불구하고 바늘은 온전하다. 재빨리 기계 주변을 살피니, 조금 떨어진 곳에 LP판을 모아둔 상자가 보인다. 얼른 내용물을 점검한다. 굉장히 구하기 힘든 마리아 칼라스와 유시 비엘링의 희귀 앨범 몇 장, 프란츠 리스트의 『죽음의 무도』, 라흐마니노프의 『파가니니 주제에 의한 광시곡』, 게다가 『리자 제인』*Liza Jane* 『캔트 헬프 싱킹 어바웃 미』*Can't Help Thinking About me* 『네버 렛 미 다운』*Never Let Me Down* 같은 데이비드 보위의 일련의 앨범들까지… 나는 레코드판 재킷 한 장을 꺼내 그 안에 들어 있는 판을 꺼내본다. 긁힌 자국이라고는 없이 말짱하다.

나는 빙고에게 턴테이블을 호텔로 가져가고 싶으니 LP판이 든 상자를 들고 나를 따라오라고 말한다.

"난 내일 여자들과 거기 다시 가고 싶네."

내가 그에게 말한다.

우리에게는 아직 시스템키친을 비롯해 부족한 가구들이 더러 있다. 혹시 여자들이 책꽂이를 원하지는 않을까?

빙고는 자신이 맡은 역할을 아주 진지하게 생각한다. 그는 양손으로 레코드판이 든 상자를 안고 느린 걸음으로 앞장선다. 자기가 들고 있는 소중한 상자가 혹시라도 손상될까봐 아주 조심하는 눈치다. 호텔로 돌아온 나는 상자 놓을 곳을 가리킨다. 이제 비는 오지 않는다. 입구에 꽃병이 하나 놓여 있다.

"저는 전쟁 전에 합창단에서 노래를 했습니다."

빙고가 호텔 입구 계단에서 뜬금없이 불쑥 말한다.

"바리톤 파트였죠."

그 순간 메이가 한 말이 내 머리를 때린다.

"이곳 남자들은 모두 사람을 죽였어요."

"그렇군, 나도 전에 합창단에서 노래하던 시절이 있었지."

내가 맞장구친다.

"게다가 거기서 부인도 만났지. 이제는 전 부인이 되었지만."

나는 이렇게 덧붙일 수도 있었을 것이다.

"그 무렵, 나는 아직 존재하지 않았다고."

그런데 만일 그가 "그럼 지금은, 당신은 지금은 존재합니까?"라고 묻는다면 난 뭐라고 대답했을까?

모든 것이
꿀처럼 감미로운 나라

피피가 소식을 전한다. 좋은 소식이다.

"방금 첫 예약을 받았어요. 좀더 정확하게 말하자면 총 세 건이죠. 물론 다음 달이나 되어야 올 손님들이지만요."

좋은 소식은 그것만이 아니다. 그가 말한 고고학자들이 2주 후에 도착한다니 말이다.

"그 사람들이 확답해줬어요. 객실도 예약했고요. 정말로 모든 걸 다시 시작하는 것 같은 기분이에요."

컴퓨터 뒤에 서 있는 그는 반만 유니폼 차림이다. 흰 셔츠에 넥타이, 찢어진 청바지에 농구화를 신고 있으니까.

"상황에 맞춰 입은 거예요."

그가 자신의 복장에 대해 한마디 한다.

피피에 따르면, 호텔 식당 문을 다시 열게 되는대로 여자들의 집에서 함께 살게 될 사람 가운데 한 명이 요리를 담당하겠다고 했단다.

"누나가 다 계획하고 조직한 거죠."

기쁜 소식을 축하하기 위해 메이의 친구가 지금 쇠고기 요리를 준비 중인데 곧 다 익을 거라는 말도 덧붙인다.

"이제 제가 맨날 끓여드리던 완두콩 수프 말고 다른 음식도 드실 수 있게 되었네요."

피피는 내가 화면을 볼 수 있도록 컴퓨터를 휙 돌린다. 그는 전쟁이 끝난 후 처음으로 홈페이지를 업데이트하는 중이다.

"우리는 온천과 객실이 지닌 각기 다른 개성을 우리 호텔의 장점으로 강조하려고 해요. 어떻게 생각하세요?"

"좋습니다."

그는 다른 일에도 내 의견을 듣고 싶어 한다. 이모님은 돌아오시지 않을 테니 메이와 그는 호텔 이름도 바꿀까 생각 중인데, 두세 개쯤 생각해둔 모양이다.

블루 헤븐스 호텔Blue Heavens Hotel, 아니면 블루 스카이 언리미티드 호텔Blue Sky Unlimited Hotel 또는 파라다이스 로스트 호텔Paradise Lost Hotel에 대해서 나는 어떻게 생각해야 한담?

"어떻게 생각하세요?"

"왜 호텔 사일런스라는 이름을 그대로 간직하면 안 되는 거죠?"

때마침 침묵이 찾아온다.

"그렇군요, 아마도 우리는 침묵으로 만족해야 할 것 같군요."

그가 다시 이어폰을 꽂으며 말한다.

눈꺼풀 위에

무지갯빛 하늘

열이틀이 지났고, 약속대로 여배우가 돌아왔다.

계단에서 그 여자와 마주치자 나는 마치 전기울타리를 뛰어넘을 때처럼 한순간 온몸에 소름이 쫙 돋는다. 나는 여자를 바라본다. 여배우는 심각하면서 의기소침한 표정이다. 내가 묻는다.

"여행은 어땠습니까?"

"온통 폐허뿐이에요. 사회를 돌아가게 하던 모든 톱니바퀴가 다 무너졌어요."

난 잔뜩 부어오른 턱에 멍든 눈, 그리고 눈썹에 허연 반창고를 붙인 몰골이다.

내 꼴을 본 여배우가 걱정한다.

"거리에서 당하셨다고 들었어요."

"내가 여기서 휴가를 보내는 걸 못마땅하게 생각하는 사람이 있는 것 같습니다."

여배우는 내 상처를 만져보려는 듯 천천히 한 팔을 들어올린다. 여배우의 손이 애무하듯 잠시 내 얼굴 아주 가까이에 멈춰 서 있더니 곧 손을 내린다.

"너무 걱정하실 거 없습니다."

내가 말한다.

"나를 공격했던 자는 왕년에 합창단원이었대요."

여배우는 대단한 수수께끼라도 푸는 사람처럼 내 얼굴을 빤히 쳐다본다.

"당신이 여자들을 돕는다는 얘기도 들었어요. 소식 참 빠르죠."

"네, 그 여자들이 집수리하는 걸 돕고 있죠."

여배우는 깊게 숨을 들이마신다.

"모든 여자가 누군가를 잃었어요. 남편과 아들, 오빠나 동생을 잃었다고요. 아이들은 아버지나 큰형, 큰오빠를 잃었고요. 살아남은 자들은 팔 하나, 다리 하나 또는 다른 신체 일부분을 잃었습니다."

"다큐멘터리 영화 찍을 장소는 물색하셨나요?"

"여자들은 조심스러워서 자기가 겪은 일을 말하려 하지 않죠. 인터뷰를 원하지 않는다고요. 우리 여자들은 지쳤어요. 도대체 무슨 일이 일어난 건지 알려고 애를 쓰고 있어요."

여배우가 잠시 입을 다문다.

"곧 새로운 세대가 부상할 테죠. 이 모든 일에 대한 기억이 없는 세대 말이에요. 새로운 세대와 더불어 새로운 전쟁의 위험도 발생하는 거고요."

여배우는 다시 크게 숨을 들이마신다.

"그래도 10년 안엔 아니죠. 10년이라는 시간은 새로운 인간들로 형성된 세대가 나타나는 데 필요한 시간이죠."

여배우는 기진맥진한 사람처럼 넋 나간 표정을 짓는다. 그녀의 표정이 바뀌면서 목소리도 달라진다.

"전쟁이 끝나갈 무렵 이 나라에는 병사보다 용병이 더 많아졌죠. 마치 민간 군대가 사설 치안회사를 위해 일하는 것처럼 말입니다. 용병들은 직접 전투에 참가했습니다. 이 사설 치안회사 없이는 전쟁에서 이길 수 없어요. 이들은 전쟁에 엄청난 돈을 쏟아 붓습니다. 흔히 무기를 제작하고 용병을 공급하며 종전이 되면 재건 사업에 뛰어드는 게 다 같은 인물들이죠. 그런 자들이 요즘엔 의약품을 제조하고 약국을 개설하느라 분주합니다. 그들은 사람들의 두통을 걱정하면서 아스피린을 던져준단 말입니다. 아무도 고통받아선 안 된다는 명분까지 들이밀면서 말이죠."

"시나리오는요?"

여배우는 내 질문에는 대답도 하지 않고 그저 자기가 하려고 했던 일은 다 끝마쳤다고 말한다.

"저는 내일 떠나요."

그녀가 내 두 눈을 똑바로 쳐다보며 또박또박 말한다.

"오늘이 제가 여기서 보내는 마지막 날이죠."

여배우가 미소 짓는다.

그녀가 나에게 미소를 보낸다.

마지막 날은 마지막 밤을 뜻하기도 한다.

"오늘 저녁에 방으로 가죠."

나는 빙빙 돌릴 것 없이 대놓고 말한다.

살이라는 겉옷 차림으로

나는 거울을 들여다보면서 손으로 머리를 만진 다음 방문을 닫는다.

여배우의 방은 11호실, 복도 제일 끝 방이다.

그녀는 바로 내 앞에 서더니 침대보를 젖히고는 그걸 정리하지 않는다. 밖에서는 비둘기가 저희들끼리 구구, 구구, 이야기하는 소리가 들린다.

내가 입고 있던 빨간 셔츠의 맨 위 단추를 풀자 내 피부가 드러난다. 셔츠 밑에는 흰 연꽃이 있고, 그 연꽃 아래에는 여전히 씩씩하게 뛰고 있는 내 심장이 있다. 내가 두 번째, 세 번째 단추를 차례대로 푸는 동안 그녀는 자기 단추를 푼다. 나는 셔츠와 바지를 벗고 이제 양말을 벗는다. 그런 것쯤이야 순식간에 끝난다. 그런 다음 나는 팬티까지 벗는다. 이제 나는 완전히 벌거벗고 그녀 앞에 있다. 침대 위에 걸린 풍경화 한가운데에는 시커먼 나무줄기 사이에서 활과 화살을 쥐고 표범을 노려보는 사냥꾼이 자리 잡고 있다. 그 순간 나는 나무 사이로 고불고불한 오솔길이 나 있음을 발견한다. 그 오솔길은 화면 밖으로 우리를 인도하는 것 같다. 나는 한 손을 내밀어 멈칫거리며 그녀에게로 한 발짝 다가간다. 우리 사이에는 아직도 마루청 세 개만큼의 거리가 있다. 한 발짝 더. 이제 우리는 살을 맞댄다.

우리는 우리의 손을 하나씩 마주 잡는다. 맞닿은 생명선과 생명선, 핏줄과 핏줄. 나는 내 몸 전체가 툭, 툭 뛰는 것을 느낀다. 목이며 무릎, 양팔 할 것 없이, 혈액이 분주하게 신체 기관을 뛰게 한다. 그 소용돌이 속에서 나는 그녀의 쇄골에 내 손을 가져간다.

"이건 꽃이로군요?"

그녀가 내 가슴에 손바닥을 얹으며 말한다.

나는 숨을 크게 들이마신다.

그런 다음 나는 숨을 내쉰다.

스틸 레그스 회사

나는 님페아에게 전화를 걸어 다짜고짜 용건을 말한다. 그동안 피피는 내내 컴퓨터와 씨름한다.

"그 친구는—나는 내 딸의 전 남친 이름을 기억해내려고 속으로 끙끙 댄다—지금도 일하니? 그러니까 프로스티가 아직도 보철회사에서 일하느냐고?"

나는 딸아이에게 지뢰 피해자들의 재활을 담당하는 물리치료사를 만났는데, 그 물리치료사는 내가 수리한 집에 살게 될 여자며, 메이가 그 여자를 나한테 소개해줬다는 배경을 설명한다.

"사람들이 팔이나 다리를 잃은 건 물론 전쟁 때문이야."

내가 말한다.

"그럴 테지."

"물리치료사 말이 사지가 심하게 절단된 환자들도 자기한 테 오는데, 의족만 끼워주면 걸어서 나간다고 했어."

나는 계속한다.

"그래서 말인데, 열네 명분 의족이 필요해."

"뭐라고?"

"일곱 살짜리 남자아이, 열한 살짜리 여자아이, 열네 살짜 리 청소년, 스물한 살 여성이 각각 한 명씩이고, 나머지는 서 른셋, 마흔넷 남성이야."

이건 명단 가운데 일부다. 나는 곧 치수를 확인해서 님페아 에게 보내줄 참이다.

나는 잠시 망설인다.

"그런데 그 모든 걸 일단 외상으로 해줘야 해."

전화기 너머에서 침묵만 이어지다가 딸아이가 묻는다.

"아빠, 아빠 금방 돌아오는 거 아니야?"

"금방은 아니야. 너 할머니 찾아뵙고 있지, 그렇지?"

딸아이의 목소리가 작아진다. 나는 그 아이가 자리를 옮겼다고 짐작한다.

"안 그래도 나 지금 할머니한테 와 있어."

딸아이는 곧 덧붙인다.

"잠시만!"

그러자 딸아이가 무언가를 자기 할머니에게 설명하는 소리
가 들린다.

그러느라 시간이 지체되면서 나는 통화료 때문에 불안해지
기 시작한다.

"할머니가 아빠한테 할 말이 있으시대."

딸아이가 할머니에게 전화기를 넘겨준다.

"여보세요, 난 구드룬 스텔라 요나스도티르 스녤란드입
니다."

"네, 엄마, 저예요."

"님폐아가 넌 지금 여행 중이라더구나. 외국에 간 거니? 소
지품은 잘 정리하는 거지?"

"네, 잘 하고 있어요."

"거긴 날씨가 어때? 외국이라고 늘 날씨가 똑같은 건 아닐
테지?"

"비가 와요."

"전쟁이 벌어지고 있니?"

"아뇨, 전쟁은 이제 끝났어요."

"죄 지은 놈들은 언제나 내빼지. 죄 없는 사람들만 늘 고생한단다."

"네, 저도 알아요, 엄마."

"네 아버지와 나는 말이다, 신혼여행 가서 전쟁박물관을 방문했단다. 전혀 로맨틱하지 않아, 안 그러니?"

"맞아요, 그 얘긴 벌써 엄마한테 들었어요."

그러고는 창문에 나뭇가지가 부딪치는 걸 잊지 말라는 말이 이어진다.

"나를 위해서 네가 그 가지를 좀 잘라주렴. 너, 네 아버지가 쓰던 톱 내내 가지고 있지?"

갑자기 나는 주방 리놀륨 바닥 위에서 춤추던 엄마를 떠올린다. 물방울 무늬 블라우스를 입은 엄마가 턴테이블에 레코드판을 올려놓는다. 나는 엄마가 그렇게 하는 모습을 지켜본다. 한 팔에 깁스를 해서 며칠 동안 학교에 갈 수 없는 나는 엄마와 집에 있다.

엄마가 듣던 앨범이 뭐였더라? 리틀 리처드였나? 엄마는 나에게 트위스트를 어떻게 추는 건지 보여준 다음 다치지 않은 내 손을 잡는다. 나는 양말 바람이다.

님페아가 다시 전화를 건네받는다.

"아빠는 누군가를 바라보는 것만으로도 사랑하는 게 가능하다고 믿어?"

"왜 그런 걸 묻는 거야?"

"그냥, 어제 은행에서 어떤 남자를 봤거든."

딸아이는 아직도 다른 할 말이 더 있다.

"내가 생각해봤는데, 아빠가 돌아오면 우리 같이 등산 가자. 그래서 난 벌써 등산화도 샀어. 난 이번 여름에 야외에서 여러 날을 자고 싶어."

그리고 침묵이 폭발한다,

마치 화산처럼

우리가 통화하는 동안 피피는 가끔씩 나를 힐끔힐끔 흘겨본다. 내가 전화기를 내려놓자 그는 그제야 나에게 무언가 묻고 싶은 표정을 짓는다.

하지만 이내 마음을 돌리고 다른 말을 한다.

"사람들이 어제저녁 다른 분을 데리러 왔습니다."

"누가 왔다고요? 누구를 데리러?"

"경찰이 왔어요. 9호실 손님을 데리러 말입니다. 경찰은 그 사람 손목에 수갑을 채워서 데려갔어요."

"무슨 일이 있었는데요?"

피피가 자초지종을 들려준다. 메이가 다른 곳에서 일하는 동안 아담이 그 손님 방 벽장 안에 숨어 있었는데, 메이가 그 벽장 안에 숨어 있는 아담을 찾아낼 때 암시장에서 사들인 예술품을 발견했다는 것이다. 모자이크 벽화에 빠져 있던 가슴 조각 세 개까지. 그래서 남매가 경찰에 신고를 했다는 것이 사건의 전말이었다.

"그자는 골동품 절도와 밀거래 혐의로 고소될 겁니다."

그는 다른 주제로 말을 돌린다.

"우리는 손님의 충고에 따라 호텔 이름을 '호텔 사일런스'로 결정했습니다. 그래서 간판도 달았고요. 세 가지 언어로요."

그가 검지로 뒷벽을 가리킨다.

게시판에는 이렇게 적혀 있다.

침묵이 세상을 구원하리라.

나는 너와 나 사이의
발걸음 수를 센다

메이가 방문을 연다. 그녀는 야무지게 단추를 여민 녹색 조끼를 입고 있다.

"이거, 당신 주려고요."

나는 그녀에게 턴테이블을 내민다.

"플러그만 꽂으면 되거든요."

"당신에겐 시간 같은 건 필요하지도 않았어요."

그녀가 대뜸 퍼붓는다.

"당신은 그냥 나를 원하지 않았던 거라고요."

내가 메이에게 잠깐 들어가도 되느냐고 묻자, 그녀는 순순히 그러라고 한다.

아담은 침대에서 자고 있다. 입을 벌리고 두 손을 쫙 편 채로. 아이 옆에는 그림으로 알파벳 배우기 책이 놓여 있다.

메이는 가을이면 학교가 문을 열 예정이라서 아담에게 글자를 가르치기 시작했다고 설명한다.

나는 턴테이블의 플러그를 꽂은 다음 상자 속에 든 LP판을 가지러 간다.

나는 『지기 스타더스트』*Ziggy Stardust* 판을 재킷에서 꺼내 턴테이블 위에 놓는다.

"당신이 혹시 나한테 춤을 가르쳐줄 수 있을까 해서요."

엄마가 전에 뭐라고 했더라? 기관총 소리가 멈추면 사람들은 춤을 추고 싶어 하고 극장에 가고 싶어 한다고 했던가.

메이는 잠깐 진지한 표정으로 나를 쳐다보더니 이내 웃음을 터뜨린다.

나는 뭔가 설명해야 할 것 같은 필요성을 느낀다.

"내 아내, 그러니까 내 전 부인은 나를 춤맹이라고 놀려댔지요."

"어떤 춤을 추고 싶은데요? 살롱에서 추는 그런 춤 말인가요?"

"그냥 남자가 여자랑 같이 추는 춤이오."

나로서는 입 밖에 내기 쉬운 말이 아니었다.

"언제부터 시작하고 싶으세요?"

"지금 당장은 어때요? 당신이 바쁘지만 않다면. 그리고 아담이 깰까봐 걱정되지 않는다면."

"저 아이는 폭탄이 천둥처럼 와르르 쏟아지는데도 잠만 잘 잤어요."

그녀는 한숨 돌릴 틈도 없이 말을 쏟아낸다.

"당신은 손을 여기에 이렇게 놓고, 나는 내 손을 여기 놓는 거예요. 당신이 한 발짝 앞으로 나오면, 나는 한 발짝 뒤로 물러서고, 그런 다음엔 내가 앞으로 나가고 당신이 뒤로 물러서고."

우리는 타일 깔린 바닥 정중앙에 있다가 창 쪽으로 이동한다.

"여행을 가는 거라고 상상해보세요."

메이가 춤 강습을 계속한다.

"이렇게요?"

"네, 그렇게요. 걷는 것처럼 하시면 돼요."

"우리는 다 거기서 거기예요."

내가 말한다.

"저도 알아요."

그녀가 나를 쳐다보지 않고 대답한다.

그녀가 방긋 미소를 짓는다. 뒤이을 적절한 말을 찾고 있는 것 같다.

"오늘 아침, 아주 오래간만에 풀 향기를 맡았어요."

천체의 빛이 도달하기에는 시간이 필요하다

스바누르는 일전에 몇몇 일출은 다른 일출들을 뛰어넘는다고 말했다.

해가 뜬다. 하늘을 둘로 가른다. 피도 흘리지 않고. 우선 해는 마룻바닥을 따라 가로선을 하나 긋는다. 딱 한 획. 그런 다음 다른 획, 또 다른 획이 뒤를 이으면서 결국 바닥에는 빛 웅덩이가 생긴다.

면도를 하는 동안 누군가가 나를 부르러 온다. 나한테 전화가 왔다는 것이다. 체육복 바지 차림의 피피는 마치 자다가 침대에서 굴러떨어진 사람 같은 행색이다.

"손님 따님이래요."

그가 전해준다.

딸아이의 목소리로 미루어 나는 무슨 일이 생겼다고 직감한다.

"스바누르 아저씨 말이야, 아빠. 그 아저씨가 바닷속으로 걸어 들어가서 익사했어. 아저씨네 개는 자갈밭에서 발견되었는데, 완전히 물에 젖은 상태였어. 그 개는 오랫동안 헤엄쳐서 주인을 따라갔다가 뭍으로 돌아왔나봐."

"태어났다는 사실 자체를 언젠가는 극복할 수 있을까?"

스바누르는 자문하곤 했다.

"우리들 각자에게 의견을 묻는다면, 혹시 애초부터 태어나지 않는 편을 더 좋아하지 않았을까?"

스바누르는 덧붙였다.

딸아이는 그저께 파슬리 화분에 물 주러 가다가 우리 집 앞에서 스바누르와 마주쳤다는 말도 전한다.

"그 아저씨는 진공청소기로 자기 트레일러를 청소하고 있었어. 내가 도착했을 때 차에서 이상한 소리가 난다는 이야기도 했어. 아마 오른쪽 바퀴의 균형이 잘 안 맞아서 그럴 거라면서 다시 살펴보겠다고도 했고. 아저씨가 여자는 인류의 미래라면서 나를 와락 끌어안더라고. 난 그래서 유명한 사람이 한 말을 인용했는지 검색까지 해봤는걸."

6월 17일

"아니, 이럴 수가!"

택시기사가 내 짐을 트렁크에 실으면서 외마디 비명을 지른다.

그는 나에게 앞자리에 앉으라고 권한다.

"전에 태워드린 적이 있는 것 같군요. 믹 재거 다음으로 태운 손님! 손님을 보는 순간, 난 혼잣말을 했어요. 그 사람이야. 공구함 들고 탄 사람."

메모

이 소설에는 여러 개의 인용문이 등장하는데, 그 인용문들은 주로 각 장의 제목으로 쓰였다.

요나스 소르비아르드나손의 시집 『어디서 끝나는가』 *Hvar endar madur* 에서 많은 인용문을 차용했다(56, 107, 111, 134, 146, 149, 152, 180쪽).

마찬가지로, 프리드리히 니체의 작품 『차라투스트라는 이렇게 말했다』 (21, 25, 112, 262쪽), 『선악의 저편』(40쪽), 『아침놀』(74쪽), 『즐거운 지식』 (323쪽)도 많은 도움이 되었다.

또한 스타인 스타이나르(127, 178쪽), 헌터 톰슨(152쪽), 러너드 코엔 (162쪽), 가르시아 요르카(172쪽)의 구절들도 인용했다. 욘 귄나르 아우르드 나손(156쪽)에게서 빌려온 인용문도 있다.

어떤 장(200쪽)은 『성경』에서 바울이 쓴 「고린도서」에서 간접적으로 뽑은 글귀로 제목을 정했으며, 선지자 이사야에게서 따온 글귀도 있다(207쪽).

구차하고 남루한 우리는
무엇으로 또 하루를 살아내는가

• 옮긴이의 말

마음이 몹시 울적하던 무렵에 이 책을 처음 읽었다. 그래서였을까? 자기가 이 세상에 태어난 날과 끝자리가 같은 날—가령 5일, 15일, 25일—에 이 세상을 떠나야겠다는 기이한 강박 관념을 가진 한 남자의 이야기에 속절없이 빠져들었다.

주인공 요나스의 인생은 불행하기만 하다. 그의 아버지는 일찍 돌아가셨고, 그의 어머니는 치매에 걸려 요양원에서 인생의 말년을 보내고 있다. 그는 아내와 이혼했고 애지중지 키운 외동딸은 알고 보니 다른 남자의 자식이다. 요나스의 삶은 남루하고 구차하고 무의미하다. 누구나 다 그렇게 산다고, 그 역시 남들처럼 먹고, 자고, 사랑하고, 울며 살았을 뿐이라고 말해봐야 위로가 되지 않는다. 어차피 우리의 태어남 자체가 벌써 상처—배꼽이 바로 그 증거—라고 말해본들 달라지는 건 없다. 하긴, 부처님도 인생은 고해라고 하지 않았던가.

요나스는 이 세상을 어떻게 하직할지 결정하지 못해 이웃 집 남자 스바누르에게 사냥총을 빌리기도 하고, 자기 집 천장에 갈고리를 매달아 뭔가를 시도해보는 편이 낫지 않을까 생각하기도 한다. 그는 고민 끝에 언젠가 집에 불쑥 찾아올 친딸 아닌 딸아이에게 흉하게 망가진 자신의 모습을 보이고 싶지 않아 아는 사람이 없는 먼 곳으로 떠난다. 전쟁 중인 그 나라는 길을 걷다 총에 맞거나 지뢰를 밟아도 전혀 이상할 것이 없는 곳이다. 그는 그곳에서라면 뒤처리가 비교적 간단하겠다는 생각으로 '편도' 여행길에 오른다. 평소 고장 난 물건을 수리하고, 필요한 것을 만들어 쓰는 데 이골이 난 요나스는 생뚱맞게도 여행길에 공구함을 챙긴다.

요나스는 익명의 공간인 호텔 사일런스에서 메이, 아담, 피피 등 하나의 몸짓에 지나지 않았던 호텔 식구들의 이름을 알게 된다. 그가 그들의 이름을 불러주자 그들은 그에게로 와서 꽃이 되었고 그는 '뒤처리'가 예상보다 복잡할 것 같은 예감을 느낀다. 그곳은 전쟁으로 모든 것이 파괴되고 물자가 부족하다. 요나스는 그가 가져온 공구로 이곳저곳을 수리할 기회가 생겨 마을 사람들을 돕게 된다. 그 때문에 그의 원래 계획은 차일피일 미뤄지기만 한다.

무엇이 그로 하여금 계속 목숨을 이어가게 만드는가. 그가 남루하고 구차하고 무의미하다고 여겼던 삶은 어떻게 해서 유용하고 의미 있는, 그래서 아직 며칠은 더 살아야 하는 삶으로 바뀌게 된 걸까.

어쩌면 그 질문에 대한 답은 요나스의 이웃 스바누르에게서 찾을 수 있을 것 같다. 여행을 떠나겠다며 트레일러까지 꼼꼼하게 손보았던 스바누르는 어느 날 바닷속으로 뚜벅뚜벅 걸어 들어가 세상과 작별한다. 가까이 살던 요나스가 먼 곳으로 떠나서 교류할 유일한 이웃마저 잃었기 때문이었을까?

우리는 무엇으로 하루 또 하루를 살아내는가. 장님 동네에선 애꾸가 왕이라는 말이 있듯이, 전쟁 참화로 신체 일부를 잃은 사람투성이인 곳에서 사지가 멀쩡하면 일단 행복한 거라는 식의 피상적인 깨달음, 망가진 물건을 고치고 없는 문짝을 만들어 달아주는 데 필요한 도구들이 들어 있는 공구함이 상처와 치유를 의미하는 은유라는 식의 손쉬운 해석 따위는 굳이 들먹거리지 말자.

저자 외이뒤르 아바 올라프스도티르는 아이슬란드의 화산재와 빙하 속에 갇혀 있는 듯한 요나스의 답답하고 암울한 이야기를 단순하고 간결한 어휘와 문장으로 담백하게, 심지어

유머러스하게 풀어낸다. 경첩이 느슨해져서 삐걱거리는 문, 구멍이 막혀서 물이 잘 나오지 않는 샤워꼭지를 고쳐주는 요나스의 손길을 따라가다 보면 우리는 어느새 우리 실존의 막힌 수챗구멍까지 시원하게 뚫리고 있음을 느끼게 된다. 그런 까닭에 내 마음이 울적할 때 이 작품을 만난 건 나에게 큰 행운이었다.

아침저녁으로 제법 선선한 기운이 느껴지는 계절이 돌아와서 마음이 헛헛해진다면 '미스터 다 고쳐' 요나스를 한번 만나보시라. 투박해보여도 자기와 잠자리를 같이한 여자친구들에게 일기장 속에서나마 일일이 고맙다는 인사를 잊지 않는 섬세한 남자니까.

2018년 10월
양영란

외이뒤르 아바 올라프스도티르 Auður Ava Ólafsdóttir, 1958-

아이슬란드에서 태어난 올라프스도티르는 아이슬란드의 대표 작가다. 작품으로는『링로드를 달리는 여자』(*Butterflies in November*, 2004),『그린하우스』(*The Greenhouse*, 2009),『제외』(*The Exception*, 2012) 등이 있다. 특히『그린하우스』로 DV컬처어워드 문학상을 수상했고 북유럽협의회가 주최한 문학상 최종 후보에 올랐다. 현재 아이슬란드대학 미술관장과 예술사 교수로 활동하고 있다.

옮긴이 양영란 梁永蘭, 1958-

서울대학교 불어불문학과와 동대학원을 졸업하고, 프랑스 파리 3대학에서 불문학 박사 과정을 수료했다.『코리아헤럴드』기자와『시사저널』파리 통신원을 지냈다. 옮긴 책으로『파리의 아파트』『브루클린의 소녀』『지금 이 순간』『센트럴파크』『내일』『그는 한때 천사였다』『탐욕의 시대』『공간의 생산』『그리스인 이야기』『물의 미래』『빈곤한 만찬』『미래의 물결』『식물의 역사와 신화』『잠수정과 나비』등이 있으며, 김훈의『칼의 노래』를 프랑스어로 옮겨 갈리마르에서 출간했다.

호텔 사일런스

지은이 외이뒤르 아바 올라프스도티르
옮긴이 양영란
펴낸이 김언호

펴낸곳 (주)도서출판 한길사
등록 1976년 12월 24일 제74호
주소 10881 경기도 파주시 광인사길 37
홈페이지 www.hangilsa.co.kr
전자우편 hangilsa@hangilsa.co.kr
전화 031-955-2000~3 **팩스** 031-955-2005

부사장 박관순 **총괄이사** 김서영 **관리이사** 곽명호
영업이사 이경호 **경영이사** 김관영
편집 백은숙 노유연 김지수 김광연 김지연 김대일 김명선
관리 이주환 문주상 이희문 김선희 원선아 **마케팅** 김단비
디자인 창포 031-955-9933
인쇄 예림 **제책** 예림

제1판 제1쇄 2018년 10월 26일

값 15,500원
ISBN 978-89-356-6803-8 03890